心有千千邪

宝贝

Liu liu

六六 著

长江出版传媒　长江文艺出版社

目 录

一　男主内，女主外

阳光，沙滩，海浪，没有仙人掌，却有黑黝黝皮肤的姑娘、小伙儿和臭烘烘的榴莲……

静波还沉浸在泰国度假的回忆中，飞机就降落在浦东国际机场了。

她叹口气："唉，幸福总是那么短暂，回来又要上班。"

孙哲一边收拾行囊一边答她："你不错了，这点儿能去度假。你要有个孩子，就跟毛驴一样现在正看着他做作业呢！"

静波站起身："孩子又不是生活的必需品咯，凭什么每家都得发一个？我就不要！"

凭什么？就凭七大姑八大姨相识不相识的见面就问："哎？该要个孩子了吧？"我就闹不懂，这中国人怎么就这么喜欢吃自己的饭，操别人的心。你到了婚点儿没婚，七大姑八大姨就蹦出来给你介绍对象，相亲，邀你上"非诚勿扰"，还能把电话杵到你亲妈那儿，说："我看昨天晚上那期，有个小伙子真不错，那些女的也不知道是去找男人的还是去作秀的，竟然都不要他，我帮你家闺女记下联系方式了，她们不要咱要！"尼玛……闺女大了不中留，再不出阁就成收拾垃圾的了。

静波好不容易逃脱了嫁人关，现在又要闯生育关。

七大姑八大姨又蹦出来了，见你就催，理由千奇百怪无奇不有："你得要个孩子，不然老来孤单""你别说不要不要，等你生不了了他想要找个小的给他生你完蛋""生个孩子能延缓衰老十年！不然你以为林青霞她们干吗都赶末班车？""不生孩子的人生是不完整的，孩子太可爱了，真是上天派下来的小天使！你个熊孩子！哪个要你把尿撒到你爷爷杯子里的?!我怎么想起生你这个小讨债！"……

基本上七大姑八大姨就是推动社会进步和后人压前人脚印车轱辘往前转的原动力。你又逃不开她们的舌头和视线。

静波和孙哲对付她们最有效的办法是主动认罪。

通常在孙哲家的聚会上，静波会痛心疾首地表达对孩子的渴望和对因疾病造成的不孕的伤感。恳词之下大家立刻由催逼转向安慰。在静波家，每每提到孩子事宜，孙哲就立刻低头看脚丫，寻找儿时考试作弊被抓的羞耻感并表演出来，众人立刻换话题。静波家是高知家庭，不太好意思当面问人隐私。静波妈背地里一问静波，静波就坦然答："他 IT 男啊！这个行业的人精子活力都低，他们那行的没孩子的可多了，这是职业病！"以至于静波妈对孙哲没太大意见，对孙哲的职业却耿耿于怀。

但这种安慰过犹不及。一两次之后就变成献计献策："我认识一个老中医，调经调内分泌……""上海最有名的人工受精的医院是……""不行就抱一个，和亲生的一样亲，你要的话我去联系……""你知道不？现在流行代孕！而且是找美国代孕妈妈！落地就是美国人呢！""普陀山求子很灵验，我一同事的孩子就那儿求来的！""出去旅游！你们就是太紧张，放松一下，环境好一些，自然就有了！"

静波和孙哲的福利于是来了，在双方爹妈的要求且强迫性资助下，静波和孙哲踏上怀孕放松普吉岛之旅。

刚出机场出关通道，静波就看见她哥陈 QQ 吊儿郎当垮着肩膀，脚丫抖抖抖地站在栏杆外面心不在焉发短信。

孙哲先打招呼："哎妈呀！你怎么来了？"

陈 QQ 收起手机："奉母命前来接你们。"

静波眼睛一翻："你跟我妈说，没怀上，不必小安子揣着。"

陈QQ一脸坏笑："你怎么就断定没怀上呢？说不定就在肚子里装着呢！"

静波一下被噎着了，又不好意思反驳说拿了爹妈的钱，没办爹妈的事儿，便不再回嘴，上了车。

车一路西行，明显不知去处。静波问："我们去哪儿啊？"陈QQ也不答，只管开车。静波心里有些打鼓。

车一直开到武警总医院门口，刚停下，婆婆和妈妈就冲出来拉着静波和孙哲的手往大厅里冲："快！都过号了！怎么才来啊！"

静波和孙哲像被拖去刑场行刑的叛徒一样抗拒挣扎形象恶劣："你们干吗？你们干吗？我没病，你们到底想干什么？"

留下陈QQ在背后得意耻笑："出来混的，总要还的，花老头老太的钱想不办事？不知道民工和退休老头老太的钱不能欠吗？"

于是，孙哲没精打采地和静波一同坐在老中医面前。老中医下巴一点静波："西医诊断，中医治疗。你，去帮助他，到对面，把精子取出来，我们化验一下活力。然后你去楼上B超一下，看看排卵的情况。"

孙哲和静波异口同声："怎么帮？"

老中医面不改色："平时怎么帮就怎么帮啊！"

孙哲手上被护士塞一小瓶子，静波手上被塞一张一次性床垫，俩人被关进小黑屋。门外，是妈妈们殷切的目光，以及满走廊全国各地口音的问询声，护士大声喊号声，小孩哇哇哭泣声，还有吵架声。

静波扑哧笑了。孙哲却笑不出来："都是你出的馊主意，非占老头老太便宜拿钱去旅游。钱哪有那么好拿？"

静波咯咯咯咯地笑着说："我们就是不拿，这一关也要闯的呀！先森，需要我的胡务吗？"边说边解开扣子，露出半拉胸脯，冲孙哲挤眉弄眼，"跪式服务也可以的。"

孙哲臊眉耷眼："这关今天怕是过不去了。"

静波兴致不减："当强奸是必须的时候，你就学着享受吧！"静波开始解孙哲的皮带，然后就地一跪，嘴巴里含糊不清地说："我们开辟了新纪元，性爱场所从小剧场，大学操场，车后座，山顶上，发展到医院里，我一直遗憾没在飞机上办了你……"

孙哲哭笑不得："行了行了，你别捣乱了。尽帮倒忙，我紧张，我不行！你出去吧！"

静波是被孙哲推出去的，刚出门就碰到婆婆妈妈惊讶的眼光："这么快？怎么样？"

静波说："他说他不行。"

孙哲妈有些挂不住面子："男人怎么能说不行呢？男人就要说行！！！"

可孙哲真的不行，在里面待了十多分钟没一点动静。连护士都忍不住敲门了："哎，你快一点，后面有人排队呢！"

孙哲在欲哭无泪甚至开始找能翻越窗栏杆的工具时，救命的陈QQ来了，他敲门："哥们儿，是我，开门。"

这是孙哲唯一信赖的伙伴，也是他大学的同班同学，还是死党，死到为与他把酒盟誓今生都是兄弟不离不弃，结果把他妹都娶了。后来孙哲跟静波哀叹："我怎么就这么蠢？凭什么每次都是我效忠，他怎么不娶我姐呢？弄得我今生连离婚的念头都不敢有。"静波得意地说："这不赖他，你姐孩子都快上初中了。"

陈QQ从门缝里递进一部iPhone5，说："照片集下有个文件夹，叫'八荣八耻'，剩下就是你的造化了。"

等孙哲狼狈不堪地从房间里出来时，静波已经拿着一切正常的报告在孙哲面前抖起来了。

孙哲妈满怀希望地看着孙哲手里的小瓶子，和瓶子里少得可怜的孙哲一直用手遮着密不外宣的上等机密，好像孙子都抱手里般地说："这医生很灵的，名满上海。光名字听起来就很灵！他叫宋观印！送子观音！"

孙哲忍不住蜇他妈一下："这名字哪适合干这行呀！这名字适合

4

在中组部，门槛都要被干部踏破了！"没等孙哲妈回过神儿，孙哲携静波进了老中医的诊室。

宋医生看着孙哲的报告，沉默良久说："丈夫的问题很大。如果十分制的话，你这个只能打四点三啊！量，只有正常量的三分之一。"

孙哲还辩解："没控制好，剩下的三分之二都在衣服角上。"

"就算排除这个量，你的质也不行啊！你看看人家的，都一往无前；你看你的，横七竖八不说，还有转一圈又回去的。这个样子是没法怀孕的，你是 IT 男吧？"

孙哲大惊："这，这，从这个图能看出职业？"

医生一笑："比较符合职业特征。"

静波关心地问："怎么治疗呢？"

宋医生："你抽烟吧？"

孙哲点点头："抽得不多。"

宋医生："那要戒掉。你晚上应酬多吗？"

孙哲："有一些的。"

宋医生："酒也要戒掉。你要是真想要孩子，饭局也不建议你去。你想想，外头的饭店，哪怕再高档，它能跟家里做的饭菜比吗？他们能给你用什么油呢？"

孙哲："哎，我尽量。"

宋医生继续问："熬夜吗？"

孙哲："经常。工作比较忙。"

宋医生："按时起居，睡眠要保证八个小时。另外不要长期对着电脑，尤其是不要把笔记本电脑放在大腿上。那个辐射也蛮厉害的。哦！对了，你是不是习惯把手机放在裤兜里啊！"

孙哲："是啊是啊！不然手机也没地方放啊！"

宋医生看了一眼孙哲的裤子口袋："你口袋里的东西要是掏空一大半，你怀孕的概率就上升一大截啊！烟盒、打火机、手机都清出去。"

孙哲悲愤了："手机都不能放吗？那我也要打电话的呀！电话也

有辐射的呀!"

宋医生拿出一份资料:"这个不是我说的,是世界卫生组织发的报告,首次将手机定为致癌物。英国的癌症专家调查显示,未来手机致死人数将超过吸烟。看这里,第九条:经常将手机放裤兜的男性,其精子数量比正常男性少25%。"孙哲的脸唰地就白了。

宋医生回头又对静波说:"我给他开些药,你要嘱咐他按时吃。你不需要做什么了,但你要配合,一周两次,不要听一些大夫的集中火力。就平均分配,增加受孕机会。周二、周六,或者周三、周六。每次做完就在这张表上画个圈。没做就画个叉。我们先试起来,先看三个月效果。哦!对了!因为他活力比较差,量又少,你每次结束后,千万不要立刻下地,把腰垫起来休息半小时。你要是韧性好的话,最好把两条腿举起来帮助一下。"

静波顿时惊了:"啊?还要练倒立啊!这可是技术活了!"

宋医生:"不难的。你可以练练瑜伽,练两个月就能竖起来了。"

出了医院,静波看着来来往往的人流车流,忍不住赞叹:"真没想到,这满大街的人都是爹妈拿大顶拿出来的!怪不得老外对中国的印象就'功夫'二字,没功夫哪来的孩子呀!"

孙哲垂头丧气。他原本坚决不要孩子的骄傲今天竟然变成嘲讽,这万一传出去,就变成了"死鸭子嘴硬,硬把不能说不要"。男性有三大帽子戴不得:绿帽子、不行和无能。刀刀致命伤。

静波看出孙哲的沮丧,故作轻松地安慰道:"早知道这结局,咱得省多少安全套啊!从此往后我们可以过非谨慎夫妻生活了!"

静波和孙哲的关系,是男主内,女主外。静波比孙哲小三岁,从毕业进入工作单位起,就显示出她超强的"street smart"。"street smart"这词很难解释,相当于中文的"混世"。静波读书也许不如孙哲灵光,走上社会以后倒是干得风生水起,从进广告公司起,文宣,市场,运营,媒体,大客户,没几年,她就把这行摸得门儿清,一只

6

苍蝇从眼前飞过她都能判断出它能创造出多少效益。从小到大数学学得不怎么样，大学的数学作业带考试全靠孙哲帮着作弊，出了校门儿，心里的小算盘拨拉得门儿清，但凡客户报一数字，她心算就能把成本利润奖金给框出来，早知道数学只用到加减乘除，哪还用荒废这么多年在对数指数函数上。小姑娘哄人一流，上上下下，从对口领导到难缠客户，她都熨得平整，这不，单位刚来一难缠的主——

这天，静波正在办公室里忙事儿，一姑娘冲进来："陈经理，快去会议室，老板急找！"

静波放下手里的活儿，小碎步往会议室疾走。会议室门口，隔着玻璃就看见五大三粗的"米饭班主"在咆哮着拍桌子，满地文件夹。

静波进房间的时候，啪！一个玻璃杯正砸地上。全场静默。静波温温柔柔地走到客户身边，拉起客户的手看了一眼，关切地问："马总，小心，我看看，割到手没有。您借一步站这里，别扎着脚，我来收拾。"

静波拉了马总的腰一把，把马总拉一边站着。然后自己蹲下身去一片一片地捡玻璃片，抬眼又冲马总一笑："我最喜欢的景德镇薄胎瓷杯，碎一个，你赔我的。哎哟！"静波捂着手指头，鲜血滴了出来。

马总慌了，赶紧走过去："快快！创可贴，哎呀，这可怎么好，太不好意思了！"

静波："没事儿，残缺美。但您放心，您的广告案，一定会完美无缺让您满意。马总，您呀，什么都好，就是有一点，我得给您提意见。"

马总有些愧疚地说："我知道，我知道，耐心不好，脾气不好，我爱人和孩子也这么说我。"

静波："您的问题，比这严重多了，您是太不爱惜身体。您现在集社会责任家庭责任于一体，多少人指着您吃饭呢，您也不晓得为大家照顾点儿自己，不就一广告案吗？值当您亲力亲为？你们公司王大姐，我们一直合作，您派她来就行了啊！"

马总："她离职了，一时还找不到合适的人代替。"

静波："她那么能干的人，是不好找替手。"

马总："什么呀，我请神才把她请走的，占着茅坑不……她要不走，我都不知道这次这么大活动能弄成这样！"

静波立刻换了张脸："哎呀，她可走了！现在我们可以放开手脚大干一场了。我们以前以为这都是您的主意，都没好意思说……这方案，怎么拿得出手啊！也毁我们名声啊！"

马总："是啊！也难为你们了。这往后，至少这次的大的宣广，我亲自负责，让我秘书 Sally 跟你直接对接，你也不许派人糊弄我！干不好，我就……"

静波笑了，晃一晃缠着创可贴的手说："您索性就把我吃饭的家伙给砍了，行不？"

马总喜笑颜开地被静波哄出办公楼，老板在玻璃幕墙后面舒了一口气。静波回到办公室，老板关切地发问："怎么样？马总气消了没？搞定没？"静波表示无力："跟您提个意见，以后除了给公司卖力，能不卖身吗？您看我这上下都体无完肤的。还有，您那宝贝的广告案，别说客户了，我都忍不住要打人。"

老板避重就轻："静波啊，今天多亏有你。你是公司的福将啊。"

静波毫不客气地顺竿上爬："老板，福将要求申请个福利，您把我那张担担面的发票给特批了吧。"

"你这张发票我听财务科说了，一碗面要两千？"

"是两碗面两千。"静波不失时机地又扬了扬缠着创可贴的手。

老板瞪眼："一千的面还吃两碗？"

静波委屈道："那不能客户吃面我喝汤吧，我们公司的格局呢？"

老板不打算放弃辩扯："那也太贵了。你这下午茶都喝到两千了，以后我还怎么招待他们啊？"

静波娇嗔："老板，您不是常说嘛，做事情格局要大。再说了，我都为公司流血了，让您为自己的公司破点财您还不肯？资本家！"

老板立刻告饶："下不为例啊。"

静波就有这本事，把葫芦和瓢同时按下去。

而孙哲就是典型的"book smart"，就是我们俗语所说的"书呆子"。孙哲在学校里一直是学习委员，多复杂的难题在他那儿都是浮云，可是一走进社会他的那根筋就失灵了。按说IT男又不用跟太多的社会关系打交道，可就办公室里那一摊子他都搞不定：第一次离职是半夜里偷偷去把私人物品偷出来从此销声匿迹的，原因是太频繁的加班阻碍他陪静波逛街；第二次愤而离职是因为奖金分赃不均；第三次离职是因为跟老板搞不到一块儿去，天天被盯着挨批。孙哲最经典的形象就是手里抱着大包小袋，一脸沮丧，进门就单膝跪地："求包养。"

静波对此哭笑不得。有心批评他，不忍在他伤口上撒盐；有心安慰他，发现也不需要。孙哲原本对工作这事就不上心，丢工作的伤感比不上跟静波吵架后受伤持续得长。

静波并不介意孙哲在工作上的不上进不如意。其实如果有可能，能力够的话，静波愿意包养孙哲。因为静波这一行有个特别耳熟能详的自嘲诗：起得最早的是干广告的和收破烂的；睡得最晚的是干广告的和按摩院的；不按时吃饭的是干广告的和要饭的；加班不补休的是干广告的和摆地摊的；说话不能错的是干广告的和主持节目的；加入了就很难退出的是干广告的和黑社会的；干着干着就跳楼的是干广告的和富士康的。

静波对自己行业的判断是：如果干满三年你还没有跳楼，那么你就有一颗无坚不摧的心。

静波每天要面对各式操蛋客户，绝大多数客户总是以屁股脸示人，明明是求人推广，却搞得好像静波在既卖艺又卖身。改稿被训跑路是常态，更悲催的是稿子也被人用了，钱还追不来。所以静波练就了金刚不坏之脸皮和超级无敌套叠文档，你要是翻静波的文案，你会发现文件夹套文件夹套文件夹套文件夹，名字分别是文档1，文档2，文档3……修改文档1/2/3，终稿文档1/2/3，坚决不改文档1/2/3，坚决不改终稿文档之修改稿回文档 1/2/3……静波有一个文件夹的名字叫"草泥马以后我要是再接你们公司案子我就是小妈养的",还有个文件名字叫"好吧我承认我是小妈养的"。

静波其实特别喜欢孙哲的状态。因为他就能做到无欲无求,爱谁谁,任何时候静波只要有召唤他就能放下手头一切奔延安而去。只要静波下班,孙哲总是不在公司门口等她就是在家用微波炉把饭热好了等她。

静波想过,如果没有孙哲这样的生活伴侣,她嫁谁,婚姻都超不过一年。对一个能迁就你的男人,你唯一的回报就是包容他。

所以,静波和孙哲,是女强男弱的绝配。俩人出门跟朋友卡拉OK,唱天仙配的时候,孙哲负责伴舞,静波唱:"我挑水来哎,我浇园。"旁边的孙哲做乖巧状给静波擦汗、鼓掌和眨眼卖萌。

这种情形也是好几年前的事了。自打朋友们陆续添了孩子,静波和孙哲也找不到出去卡拉OK的伴儿了。

得知孙哲不育的消息,孙哲妈像霜打的茄子一样抬不起头,都快成心病了。

"再让孩子们查查吧?一家医院不一定准。"孙哲妈在孙哲爸耳朵根儿上嘀咕。

孙哲爸很为难:"万一还是这结果,你想逼死孩子吗?"

孙哲妈:"现在不靠谱的医院多,癌症还有瞧错的呢,何况不孕?说别人不孕我信,说小哲,打死我我也不信。他以前又不是没……"

孙哲爸吓得一把捂住老伴儿的嘴:"打住!你可别说走嘴了静波跟你急啊!"

孙哲妈:"嗨!那都是过去的事了,那时候都没静波什么事儿!可那时候俺们小哲不好好的吗?我早说了静波跟小哲八字不合,你看,相生相克!咱要不,给他抱一个?"

孙哲爸:"你别招孩子讨厌啊!他们已经说和我们有代沟了,现在也不是非得有个孩子才完整，要不要是他自己的事。"

孙哲妈嘴一撇："他们这些小屁孩，都没历练过，对生活有什么理解啊！要是没孩子，要是没孩子我跟你离八百回了。夫妻俩要想安稳，就得靠孩子拴。那静波就不是个安分的人，万一再借着小哲不行的由头……"

孙哲爸："现在不比我们当年，现在有孩子的离得多了去了。"

孙哲妈："孩子，还是得要一个。免得他们到了我们这岁数，连个来看的人都没有，孤单。你去跟他说呀！你去！"

父母就是操不完的心：从怀孕的那一刻起就担心孩子是不是六指，智力发育全不全；生下来又担心他的体重身高达不达标，怎么人家长牙他不长，男孩查包皮能不能翻起，女孩查双眼皮能不能翻起；到上学了就得看着做作业，考试成绩，开家长会就跟自己过堂一样焦躁；早恋吧你也气，迟恋吧你又急，考不上大学吧你担心出路，考上大学吧，你还担心出路。一直到自己闭眼，才能做到终于可以两耳不闻儿女事了。

这边，静波妈和静波爸相对无言。静波没心没肺地嗑瓜子吃花生。静波妈欲言又止，没止住，还是试探着问："不行，咱去抱一个吧，这样孙哲的压力也小。其实孩子是不是自己亲生的都不重要，只要是一手带大的，都亲。你看你自己养的那只猫，跟你也没血缘关系，你不也疼吗？"

静波扑哧把西瓜子给喷出来："您是想给我打预防针，想跟我说我不是您亲生的吗？抱孩子跟抱猫，能一样吗？没孩子又不是不能过。"

静波妈忧虑深远："妈妈是担心你们老了以后怎么办？妈妈又不能陪你们一辈子。"

静波："您好歹也是大学教师，怎么跟农村妇女一样的思想，还养儿防老？等我们这辈老了，肯定都进养老院。"

静波爸半天不作声，作声吓死人："可要是都像你们这样丁克，哪有劳动力去养老院伺候老人呢?"

静波妈语重心长:"孩子,一定要要一个的。有了孩子,你们才会长成大人。你看你哥和孙哲,都像长不大的孩子。"

静波又吐了一口瓜子皮:"我不像。我比较早熟。"

静波妈叹口气:"男人要是都像孩子了,女人可不得就像妈嘛!"

静波爸的忧虑显然境界更高一筹:"我要是跟你说社会责任,家庭责任,对父母的责任,你就会觉得我老思想老学究。可我作为父亲,如果不跟你说这个道理,就好像班主任不跟你念校规,医生不给你签术前通知一样不负责任。你们这些小年轻啊,挥霍青春,该干什么的时候都不干,一个二个该孕不孕,以后社会要出大问题的。"

静波一脸无所谓:"您放心,还有不该孕的总孕的,这社会啊,塌不了,总体肯定是平衡的。"

静波妈:"你以为?你知道'PM2.5'吧?北京都爆表了!人吸进肺里的霾都能把肺糊上了!还有你天天出门吃的地沟油,你手指甲嘴唇上的化学用品,孙哲的那电脑辐射,还有水污染,黄浦江上漂死猪,你以为还有多少意外怀孕?你看你表姐冯莹,生完偶得以后,再想追个小二子,死活追不到了,你去看看她受的罪!你就知道怀孕有多难了!明天冯莹去医院治不孕不育,你,跟着去受受教育!"

妇科医院的床上,冯莹浑身扎满银针,如义士一般表情坚毅。面对眼前的惨状,站在诊室门口的静波表情非常恐惧和不忍目睹,发出由衷的赞叹:"我太受教育了!"

见医生在旁边拿酒精慢条斯理地擦着针,静波恨不能把眼睛捂起来:"还扎呀!太吓人了!受这么大罪,我得亏不要孩子。"

冯莹:"又不是扎你,你们家要扎得扎孙哲。"

静波:"那他更不干了。一群妇女就夹他一个男人。"

冯莹:"要给他压力。没有孩子的家庭,哪像个家啊!你别天天说不要,女人可以没老公,哪能没孩子呢?你问问这所有的女人，你有可能后悔选错了职业，嫁错了人，投错了胎，哪有后悔生错孩子的呀！"

静波："我也就罢了，你至于吗，想孩子想成这样。家里又不是没有。"

正说着，旁边一个面黄肌瘦的年轻妇女被丈夫用轮椅推进了治疗室。瘦女人的丈夫满脸辛酸："医生，已经没地方打了。昨天打得都淌黄水了。能不能停一天？"

医生的阻止一如既往地坚定："得打。你自己想想，你这一路走来，为要这个孩子受了多大的罪。拜佛都拜这么多下了，孩子都揣上了，哪能冒这个险呢？最后一哆嗦，忍一下！"

瘦女人义无反顾地从轮椅上站起来，身子一弯趴在旁边的桌子上："打大腿吧！屁股没地方了。"护士推着针头里的水，走过去了。

静波看着直咋舌："你这到底是鼓动我生孩子呢，还是吓唬我别生啊！我可不打算受这个折磨。这辈子就是没孩子，又如何呢？"

冯莹和旁边打针的妇女异口同声："可不能瞎说！"一屋子女人包括医生，都坚定地冲静波一致点头。当少数派，需要的真不是一般的勇气，静波被一屋子盼儿心切的妇女围攻着，第一次感受到"孤立无援"这个词的含义。

就像是为了使她的孤立更加确凿无疑，一个抱着大胖小子的妇女进门了，一进门就把孩子往医生手里塞，自己窟通就跪下了，惊了一屋子人。

随后跟着的妇女的丈夫掏出一面锦旗。

锦旗上书八个大字：

大医精诚　妙手回春

妇女热泪盈眶地磕头："医生，真是谢谢你了！没有你，我怎么能抱上娃呢！"

13

冯莹感动地戳静波："你瞅瞅，这就是丰收的喜悦。所有的付出，到这一刻，才是值得的！"

　　医生倒诧异了，没有认出这位妈妈："您是？"

　　"我是去年来看病的王秋枫啊！您还记得吗？我们夫妻俩青梅竹马感情甚好，就是婚后十年无娃，最大的遗憾就是每天看见人家抱着孩子出门，求医无数，到您这里，您给诊断的我丈夫输精管闭锁无精，建议我们试管的？"

　　医生疑惑又恍然地问："哦！你试管成功了？"

　　王秋枫语出惊人："我当机立断离婚了。又找了个丈夫，现在已经抱上娃了。多谢啊！"

　　全屋静默一阵，静波哈哈大笑，拉着冯莹就出去了，强忍着笑问："这就是你说的神医？这就是你说的凡是努力必有收获？"

二 没孩子是上天的犒赏

孙哲坐电脑前玩游戏。这是孙哲过去十二年里唯一坚持下来没放弃的职业。静波为此闹过吵过，后来被孙哲的"游戏是最有益于家庭的活动"理论给说服了。打游戏既占时间又耗体力，花钱不多，远离异性，网上抓得住，回家看得见，如果全国人民都打游戏，维稳费用都省了。不过坏处呢，也是显而易见的。

静波对着镜子卸妆，想想又把新买的口红拿出来在唇上抹好，跑到孙哲面前问他："这种颜色嫩吧？"

孙哲抬眼看看："嫩。"

静波回去换一种唇膏，过一会儿又跑出来问孙哲："这种妖吧？"

孙哲抬眼看看："妖。"

静波进去又换个唇膏，又出来："这种媚吗？"

孙哲眯眼一看："媚。"

静波不乐意了，掐住孙哲的脖子："你个坏蛋，敷衍我。我说啥你说啥！"

孙哲把舌头伸得像个吊死鬼，假咳着投降："我的亲亲老婆呀！你就那么一张樱桃大口，用得了这么一溜口红吗？多浪费呀！"

"口红是用来用的吗？口红是用来装饰心情的。我郁闷的时候，我就这么款款坐在我的梳妆台前，把我的同学们这么整齐地排成一排，每个在嘴唇上抹一遍再擦干净，我心头的阴霾就一扫而空。这哪里是简单的口红！这是我的心灵抚慰剂！其功用，就是男人的蓝色小

15

药片，小狗的骨头，超人的小内裤！"

孙哲摇头："你的同学们实在是太多了，简直桃李满天下。你那同学们般做操的墨镜，你那同学们般排列整齐的鞋盒子，你那同学们般仪仗队的包包，多占地方啊！家里哪还有地方给你放同学们啊！"

静波："唉！我也想买点什么不占地方的东西，比方说 TIFFANY 的钻戒，纪梵希的手链，谢瑞麟的翡翠，可我消费不起啊！"

孙哲赶紧打住："你们女人真花钱，你看我们男人，都不消费，多好。这满世界要都是男人，大约生产力会飞速发展，大家都去干活了，没人享受。"

"错，葛革，男人怎么不消费？女人消费世界，男人消费女人啊！你把你赚的钱交给我花，我高兴了回来以后就对你和颜悦色千娇百媚，你不高兴了我就说个笑话替你解闷儿，我直接为你提供快乐！你是站在消费的金字塔的最高端！我只是你的低等链条啊！前提条件是：你得挣足够的钱来消费我。"

孙哲叹气："我妈还要我们养孩子，我能把你养好了就不错了。家里有个低等链条我都要破产了，要是再来个高等祖宗，我没地方去了。"

静波："就是，咱不要。没孩子我们还自由，冯莹下午四点半以后就不出门了，天天看着偶得做作业。一想这样的日子，我也头大。"

孙哲："就是，还不如咱家的孙咪咪呢！对吧，孙咪咪？"

猫咪孤傲地抬眼看看孙哲，目中无人。静波一把把猫抱怀里："什么孙咪咪？陈咪咪，她跟我姓！"

孙哲："你看，咱都有后了，陈咪咪一足！要是真馋孩子了，满大街都是，看看人家的就行了，再不行，借冯莹的孩子玩两天，过过瘾。当个周末爹娘吧！"

静波："好，周末去冯莹那儿。我妈要我陪着去看看姨妈。"

周末，静波和孙哲带着静波妈刚一进冯莹家门，就被冯莹一把拉住："哎，跟你们商量件事。"

孙哲："主公有话请吩咐。"

冯莹："大事儿，要有劳二位。毛驴组织假期迪士尼游，团都组好了，结果赶上我排卵期，我天天要去医院测的，没法去，我跟偶得商量了，他坚持要去。"

偶得冲过来："小姨，你带我去吧！"

静波妈急了："不行不行！他俩连猫都是我去喂！他俩哪带得了孩子啊！回头给你把宝贝儿子弄丢了。这可不能乱托付的。"

冯莹妈拉一把静波妈，跟她使眼色，拽着她去了厨房："小妹，让他俩受受教育有好处。俩人天天说不要孩子，要是真有了，带了，肯定会喜欢的。猫现在不也是当孩子在养吗？先培养培养。实话告诉你，不是亲姊妹，我还不舍得借呢！"

静波妈立刻不作声了。

从厨房出来时，冯莹的老公张嘉平也从书房出来，加入他们的谈话："你俩的一切开销我来。你们就当出去度假一次。其实孩子不用你们看的，有毛驴匪兵他们，孩子都一堆一堆的，哪轮得上你俩带啊？小孩自己就扎堆玩儿了。到时候你们爱干吗干吗去。香港自由行好了。"

静波和孙哲异口同声："这么美好的事儿都有啊?！"

孙哲其实有些挠头皮，刚去泰国没俩月，这又要去香港，自己的工作不像是蹲办公室的，倒像是导游。假，不太好意思张口请，尤其是这一段有新项目上马，大票同事加班到人仰马翻，再让人替自己顶班，估计要把同事得罪光了。

可问题是，同事不能得罪，老婆更不能得罪啊！何况连来带去就四天三夜，也就两天的假，老婆百忙之中都有空，自己一个在家打擦边球的，怎好意思说自己没空呢！

机会，都是人创造出来的。可巧去年奖金通知发下来了。全公司拿两个半月工资的平均奖，孙哲只拿一个月。若按他平常的性子，他也就算了，本来也没啥表现，总不好争功，但现在是非常时期，争一争，至少争两天假来。孙哲拿着奖金通知表就去了领导办公室："周总，这个奖金，不太对吧？"

周总："有什么问题？"

孙哲："公司平均奖是两个半月工资，包括后勤部，可我这才一个月。"

周总："没错啊！奖金又不是工资，不是固定的，这是要论功行赏的。你有什么功劳摆出来听听？"

孙哲："我们部门是公司一线技术部……"

周总："你们部门的确是啊，有人就拿了五个月的奖金。"

孙哲："你说的是吴兴林吧？他才工作三年，我都有六年工作经验了。他一个二本毕业的，我是清华……"

周总："人家工作三年，天天加班，日日进步，每时每刻都在学习，你不是有六年工作经验，你是一个经验用了六年。没错，人家小吴是二本的，也就是个火车硬座吧！你呢，就算飞机头等舱，可你飞机要是延误个十小时八小时，再头等舱，也没跑过人家硬座啊！你不要老把你清华毕业的放在嘴上，五分钟之内，是个人都知道你是清华毕业的了，为什么呀？你自己会说，因为你这一辈子，最辉煌的点儿，搞不好就停留在那儿了。"

孙哲真被激着了。他平时真不是个爱动气的人，但这周总跟他五行星座八字没一个合的，你好歹说话委婉点儿啊！你既然不怕得罪我，我也不给你留面子了："你不就是打击报复我不加班吗？我认为八小时之内活都没干完还得加班的人，那就是能力低下的表现。"

周总："你有能力，我承认。可你，不努力。不努力的兔子，是跑不过不停前进的乌龟的。你有时间在这儿跟我吵你的工资奖金问题，不如自己坐位子上，想想怎么提高自己。通常，我不太愿意跟员工这样说话，我希望他们自己去想其中的道理。你呢，你就非逼我要把话跟你挑明。挑明也好，我希望你，响鼓不用重锤。把奖金的事放一边，把以后的工作做好。"

孙哲看看周总说："这么复杂的问题，我的确要好好想两天。"

孙哲用一个半月的奖金，换来了两天的旅游假。

静波和孙哲走进机场，老远就看见毛驴的旅行团，大家还戴着统一的维尼熊的帽子，穿着米老鼠的团服，小孩子们手里都拿着米老鼠的旗子，其中几个大点的男孩把旗当剑在对打。偶得也在里面玩闹着。

孙哲过去一拍毛驴的肩膀。毛驴正在给各个孩子身上别牌子，一看到孙哲，重逢的喜悦使他给了孙哲一个大大的黑人见面握手拳。

孙哲："以前看你特彪悍，赛车手，都跑塔克拉玛干，藏北的，今天这打扮，跟咱这硬汉做派不太和谐啊！"

毛驴："那来个卡通版的。"说着还特别卡通地把手指头横在眼前二了一下，"洗刷刷洗刷刷洗刷刷，嘚儿嘚儿，耶！"毛驴屁股扭得极富动感。孙哲没乐晕过去。

毛驴把孙哲一把拖到孩子们面前："我伟大的士兵们，这个就是你们的'captain'，这次行动的上校指挥官。如我不在，请找他。上校会为你们做出一切决定。"

小朋友们训练有素地立刻来了个立正敬礼，吓了孙哲一跳。他赶紧把毛驴拉一边："怎么回事啊？怎么回事啊？不是说我们就凑个人头吗，行动自由吗？怎么我成副指挥官了？我是要跟静波走的，不可能跟你们这群小萝卜头混。张嘉平说你负责带偶得呀！"

毛驴嬉皮笑脸："老张说行动自由，当时是对静波说的吧，可不是对你。你是带着任务来的。我们这次活动，妇女以购物为主，到地方就放假走人了。爸爸们表示爱心，孩子多，我怕看不过来，不然你以为为什么我要凑你们俩？我需要帮手。你，就是我们的主力干将，这么光荣的任务交给你，你还推辞什么？就这样吧！"

孙哲当即有逃跑的冲动，放眼望去，另一边，冯莹跟各个女家长已经拍屁股搂腰地说拜拜走人了。

孙哲现在是掉坑里了，他还没张口抱怨呢，毛驴倒一面看下表一脸焦急地四下张望，一面抱怨："怎么还不来啊！早就出门了啊！到现在还没到！等下误机了！"

远处一对夫妻一阵狂奔过来，丈夫抱着丫头，老婆拖着行李箱。

毛驴赶忙招呼："快快！马上就要停止办票了。动作太拖拉！"

小孩妈妈特不好意思地解释："出租车在高速公路上孩子非要大便，没办法，下了高速找块空地让她拉，再绕上高速公路，这就耽误了。有小孩，不就这么麻烦吗？"

毛驴对孙哲丢了一句"替我看着孩子们，别让他们乱跑"，便领着这迟到的一家匆匆往柜台跑。小孩子们一下都围到孙哲面前，一片叽叽喳喳。

一小精怪挑剔孙哲的长相："你不是船长，你的一只眼睛没有蒙起来。船长的手是钩子的，你的钩子呢？"另一小孩应和着："你没有我们的帽子，我把我的帽子给你戴上……"孙哲对着一群孩子无可奈何，只能挠头皮。

孙哲的老板周总拿着文件风风火火地走进公司："从今天起，大家主攻这个项目——技术部的报告呢？"

孙哲同事把报告递给他，他只翻了翻就宣判道："这个不行……不行，一看就是糊弄人的，拿这个去申请项目可以，现在项目真上马了，得重新做。让孙哲重做一份。"周总没意识到孙哲同事一脸的为难，强调："你和他说，今天五点下班之前，报告必须放我办公桌上。"

孙哲同事不得不谨慎声明："老板，那个……孙哲今天请假去迪斯尼了。"

周总立刻咆哮："请假？谁准的假？"

孙哲同事吓得一缩脖子："没准，他自己就去了。"说完把手机递上来，屏幕上赫然陈着孙哲的短信：你和老周说一声，我去香港迪斯尼，请假四天。

周总的脸沉下来："真行，动不动就撂挑子。就这，还天天谈待遇，提要求，要是我，都不好意思！"

　　已经抵达香港的孙哲日子并不好过。一群孩子，各种肤色，密密麻麻，在酒店里疯跑，各色家长跟后头大叫。孙哲感觉头晕目眩，龇牙咧嘴。静波在旁边笑："据说这是天使的声音啊！你怎么表情这么痛苦呢？"

　　"上帝天天得多痛苦啊，这一堆小天使叽叽喳喳的……"

　　"所以上帝要把他们给送下来啊！"

　　孙哲无奈中又被毛驴拍了一掌："你看，你在天堂，享受上帝的待遇。"毛驴笑着冲大厅一吹哨子，天使们从四面八方涌过来。毛驴报幕一样分着房卡：小凯家住 307，雯雯家住 120，苏苏家住 309，小毛驴家住 245……captain 家住 113。

　　见毛驴用期望的眼光望着自己，孙哲才反应过来叫的是他，赶紧接房卡。

　　毛驴："好！我们迅速回房把东西放下，妈妈们负责出去打猎，爸爸们带着孩子们直奔迪士尼乐园。记住啊！动作要快，早一分钟集合，早一分钟开玩！"

　　孩子呼啸而去。各家已经散去房间了。偶得大叫："快走啊！等下玩不了了！他们马上就回来集合了！"边叫边拖着孙哲硬往房间里面走。

　　然后是例行公事般集合、出发、在迪士尼门口拍照……小屁孩们还做各种雷人 pose。每个家长都带着孩子站在卖帽子的小推车前面。孩子们在试戴各色帽子。

　　小毛驴："我要这个 Guffy 的。"

　　雯雯："妈妈，我要一个 Miki 的。"

　　小凯："不要！不要！我什么都不要！"

　　小凯爸爸："要一个，要一个吧！你看其他小朋友都要了！不戴帽子多晒啊！"

　　偶得选的是一个唐老鸭的帽子。孙哲一看标签，倒吸一口冷气："这破帽子要 290 港币？抢钱啊！你们一个二个都发达了还怎么的？

21

这要是在淘宝上卖 20 就够了吧?"

毛驴:"每个孩子都买,就当是纪念品。"

孙哲:"这迪士尼,一本万利啊!专门骗小孩的微笑和父母的爱。我还没混到父母的级别,这个,还打动不了我的心。"

偶得:"小姨夫,你给我买,我妈妈给你报销。"

孙哲:"这话,是你说的,还是你妈说的?"

偶得:"我妈妈说的。"

孙哲一边掏钱,一边嘟囔着直掐偶得的脖子:"幸亏我没孩子,我要是有孩子,我找谁报销啊!"给偶得戴上帽子,还反复叮嘱,"你要跟着我!时刻跟着我!你千万不要乱跑!你要是丢了,你妈会拿刀杀了我!"

话音没落,偶得早跑到半里之外了。孙哲跟后面狂追大喊:"叫你跟着我!"

从过山车上下来,孙哲天旋地转,小心脏扑通扑通狂跳,刚想趴墙边醒醒晕,一抬眼,偶得又跑到二十米开外,混入人群中了。孙哲顾不上一头一脸的汗,撒丫子猛追,边追边喊:"你别跑!张偶得!张偶得!"

远处,游行的队伍在音乐的伴随中前进,前方拦着一道绳子,大人孩子都蜂拥过去。一女孩骑在她爹头上,毛驴的儿子坐在毛驴的肩膀上,另一孩子的爹把孩子往人腿缝隙里塞,让他钻进去。

孙哲在人群周围左顾右盼,死活找不到偶得,急得大喊偶得的名字。他的声音很快淹没在音乐和欢笑中。他弓着腰一个头一个头地摸过去,孩子们个个都不是偶得。孙哲一脸崩溃,快要疯掉了,他想不明白:怎么,怎么这么多孩子呀!怎么都长得一样啊!

一个工作人员过来,孙哲像抓住救命稻草一样抓住工作人员就问:"有个孩子,五岁,不见了!他叫张偶得,麻烦你能不能广播找人一下?"

工作人员很淡定:"现在不行,现在声音太吵,广播听不见。等结束后我帮你寻找。但你不要着急，我们这里孩子只会不见一会儿，不会丢的。也许游行散了你就见到他了。游行结束后，你去问询处登记吧！"说完塞给孙哲一张地图。

这时的偶得早就挤到围栏的最内沿，自己坐在那里手舞足蹈的，旁边的阿姨还给他让了个大点的位子。偶得还问人家："我口渴了，你有水吗？给我喝一点。"

阿姨很高兴地拿出水瓶喂了他两口，问他："你爸爸妈妈呢？"

"他们在上海。我自己来的。"

阿姨乐了："你自己怎么来的呀？"

偶得说的也是实话："我坐飞机来的。"

阿姨更乐了："那，你跟我走吧！我当你的妈妈，我照顾你。"

偶得竟然一口答应："好啊！你就当我的妈妈吧！你还有饼干吗？我饿了！"

"鸭脖子行吗？"

"让我看一看？"

孙哲在外围都要哭了。直到游行结束，大人小孩全散。偶得拉着阿姨的手也要走，被孙哲一把揪住："小兔崽子！你往哪儿跑！你吓死我了！"

阿姨笑了："这是你的孩子吗？他说他没有爸爸妈妈呀，我正要带他走呢！很可爱的！"

孙哲崩溃了："他还可爱？他太可怕了！"

阿姨笑问偶得："他是你爸爸吗？"

偶得一脸不在乎地答："他是我保镖。"

接下来的行程，孙哲的手上拴着一根绳，偶得的手上拴着一根绳。孙哲的球鞋上没有鞋带了，他把球鞋当拖鞋般趿拉着，精疲力竭地跟着偶得跑东跑西。偶得还精力旺盛着呢，像台永动机一样一直往前跑，整个世界五彩缤纷地展开在他面前，他激动兴奋得呀！但是！再兴奋，他都有根弦——偶得跑到一定距离，就被孙哲的鞋带扯回来。

回到宾馆后，静波高兴地打开她的战利品在孙哲面前炫耀，一堆购物袋！孙哲瘫软在床上，连批评她的力气都没有。偶得缠着静波说话："小姨，你有买玩具吗？"

静波笑了："忘了你了，小家伙。你不在我的购物单上。你想要啥？"

孙哲有气无力地接口："要个狗绳。明天你记得买一个回来。那种能伸缩的。我给他套上。我实在是吃不消了。"

静波张罗："走！出去吃饭去！"

孙哲："你带他去吧！我一步都走不动了。回来记得给我带份叉烧饭就行了。"

静波一巴掌拍在孙哲屁股上："至于嘛你！还一周一次篮球呢！还天天健身呢！体力都不如个孩子！"

门口突然传来一堆狂砸门的声音。孩子们在门外喊："偶得！偶得！你要不要去楼下看鱼！"偶得冲过去把门打开，孩子们一阵尖叫抱在一起。

毛驴在门口叮嘱："看鱼十五分钟，然后出发吃晚饭！"偶得和孩子们尖叫着冲出去。

孙哲绝望了："我离他们差太远了！应该把全世界的孩子都抓去发电，这样还需要太阳能，新能源吗？"

艳阳下，满头大汗的孙哲又惊慌失措地在找偶得。偶得一会儿藏在一个建筑物后面，一会儿又一闪不见了。孙哲正在人群中极目远眺，就听到远处的喊声——"孩子掉水里了！"孙哲发疯一样奔过去，水里是偶得的红衣服，偶得完全不见了。孙哲一个猛子扎进水里，到处摸啊摸，已经没气儿了，要窒息了，偶得无影无踪。

孙哲惊得从梦里醒来，坐在床上大喘气，环顾四周，才发现是梦境。心里说不出是悲是喜。

旁边的床上，偶得四仰八叉睡得像个天使。

孩子吧，白天都是魔鬼。为什么一天要有白天黑夜呢？要是一天二十四小时都黑着，让这群魔鬼变成睡美人，世界该多美妙啊！等他们睡到十八岁，懂事了，听话了再分白天黑夜……孙哲冲着熟睡的偶得，无限遐想。

他看看身边的静波，又看看床上的孩子，不放心，到门口去把门反锁上，试一下看门能不能拉开；还是不放心，想一想，走到偶得床边，挨偶得躺下，抓住偶得的手。

孙哲安静地睡着，刚要睡踏实，想想又不放心，把鞋带又抄起来，一头绑偶得手腕上，一头绑自己手上，这才沉沉睡去。

突然，孙哲一个激灵跳起来，摸着自己的屁股喊静波："快起来！快起来！发洪水了！"

灯亮了，静波和孙哲，对着满床的湿地图一筹莫展。偶得还睡得香呢！

孙哲："这孩子怎么还尿床啊！我得先去换条裤子，你给偶得也换一条。"

静波："哎哎！都是尿，我不摸。"

孙哲："童子尿，治病的，换完洗手。"

静波："我有洁癖，我的手要吃饭的。"

孙哲叹气，正要亲自上阵，门铃响了。看到门外的毛驴，孙哲和静波像看到救星一样。

毛驴有点小得意："冯莹算得多准啊，分秒不差，她让我来给偶得换裤子。知道你俩干不了。"

静波旁观着："这尿裤子，扔了吧！"

毛驴张大嘴巴："静波，你得挣多少钱才能养活一个孩子啊！尿怕什么，就是屎，洗干净了不也一样穿吗！我拿回去洗！"说着麻利地用床单卷起尿裤子带走了。

看着床上那个随便怎么折腾都不醒的偶得，孙哲叹气："唉！没孩子，也许是上天对我们人品的犒赏。"

静波咬牙切齿："坚决不要小孩！"

回国时，冯莹在机场出口笑靥如花地迎接他们。静波把偶得推给冯莹："尿孩子我还给你，安全送到你手的啊！再过两天，我们俩都要神经衰弱了。"

回家的车上，冯莹不失时机地说："你们俩是要锻炼锻炼了。跟孩子亲近亲近，感受一下生活的美好。"

静波一脸噩梦："没孩子的时候，我俩觉得生活挺美好的。你孩子尿床你知道吗？你怎么晚上也不给他戴块尿布？"

冯莹毫不在意地说："男孩子，尽量少戴尿布，对小 JJ 不好。只要夜里提醒他，他不会尿床的。"

静波困惑了："你家孩子发育也太晚了！谁家孩子五岁了还尿床啊！"

冯莹笃定地回答："正常！遗传他爸！我婆婆说，嘉平上初中了还尿呢！你放心，你要是有孩子，你家家族史里什么犄角旮旯儿的毛病，他都能给你翻出来亮一亮。他外公脚臭，这孩子天生汗脚，臭得那叫一个香！"

偶得在旁边很认真地注解："我妈妈最喜欢闻我的臭脚丫了！我一脱袜子她就过来闻！妈妈，你闻闻！"偶得说完就把脚丫子举过后排座伸过来。

冯莹特别配合地一歪头："嗯！真香！"

静波和孙哲一脸崩溃。

俩人回到家躺床上，静波一本正经地问孙哲："你家有什么家族史，遗传病？你老实交代！"

孙哲仔细想了想："没什么。我好像就是晕车。一直晕到初中。"

静波稍稍宽心，又警觉道："尿床吗？"

"不尿。"

"脚臭吗?"

"不严重——哎!你别光问我啊!你家有什么不可告人的遗传病?色盲?狐臭?"

静波一巴掌拍在孙哲脸蛋上:"讨厌!我要有狐臭你能要我?"

孙哲:"那不一定。女孩子也许不是显性遗传呢?也许隔代传呢?也许你没认识我以前割除了呢?"

静波想了想说:"我家好像有……哎!你说我俩讨论这个有意义吗?又不打算要孩子!无论什么遗传病,到我俩这儿,就截止了。"

孙哲面冲着静波,很温柔地笑了笑:"也好也不好。你想想,你家那一对漂亮的双眼皮,我这一双长腿,还有你那么优雅的审美情趣,我这么智慧的大脑,到咱这儿就断了基因链了。说不定咱俩能奋斗出一个毕加索或者小乔布斯呢!咱就放弃这权利了?"

静波:"你光想好的!要是搭成你的单眼皮小眼睛加我的脑子,哭都来不及。健康的话,我也忍了,万一生出一唐氏综合征儿,咱俩这一辈子就搭进去了。"

休整了一下,孙哲还是要回父母家吃晚饭,静波懒得去了。

孙哲妈听了孙哲的不生理论,一放筷子:"唐氏综合征?那不可能!你妈妈我是街道主任,天天管计划生育,我还能不知道?你们要是熬到静波三十五以后生,概率才大!哎,上次医生开的药,你到底吃了还是没吃啊?"

孙哲闷头吃饭,还是扛不住说了实话:"没吃。我们没打算要。"

孙哲妈:"什么不打算要,你就是生不出。"

孙哲烦了:"哎呀!我俩是真的不想要。你是不是要得忧郁症了?只要跟我说话,已经没别的话题了,老是围这一个话题转!"

孙哲妈上纲上线:"你对不起老孙家。你让我以后没法跟祖宗交代。为什么孙家香火都延续好几十代了,到你这儿就断了呢?"

孙哲不吃那一套:"拉倒吧!一到这时候就拿祖宗压我,我是无神论者。"

孙哲妈搬出另一套理论："好，你不信鬼神，你总得有点儿社会责任感吧，家庭责任感吧！你们要是真不打算要孩子，那我跟你爹，这套房子，以后就留给外孙了。你别怪我们偏心，钱都是留给后代的，你没后代，我就留给你姐。说来说去，啥叫孝顺？听话就是最大的孝顺。你姐这方面都没叫我操过心。倒是便宜了他们老郭家。闺女送给他们，孩子跟他们姓，我丫头给他们养老送终，最后连我家房产都归他家。我是不甘心的。"

说着说着伤了心，孙哲爸开口了："你话不能好好说吗？小哲啊，你妈前两天在跟我说，你姐姐，家里负担重，工作也没你们俩好，不比你大几岁，人又瘦又老，都是给生活累着了。我和你妈，手心手背都是肉，看看觉得她可怜。想跟你商量，我们这一辈子也没什么财产，唯一值钱的，就这套房子，你结婚的时候，我们也尽自己的能力帮你们付了首付。你姐姐，当时真没给她什么值钱的东西，一些电器，都不值钱了。不比房子，还升值。所以……"

孙哲忙打断："您别跟我说这事。您二老的财产，你们自己做主。我从来都不惦记。给姐姐就给姐姐，我无所谓。她过得好，我也高兴。这话题，以后也别提了，就这么定了！"说完，习惯性地把吃完的空碗往孙哲妈面前一搁。

孙哲妈立刻很有眼力见儿地接过，麻利地盛上饭，又试探着问："我们就这么定了？那，那静波要是不同意呢？"

孙哲大大咧咧地说："静波不是那种人，她要是为财产，她就不跟我了。她，主要是看上我这个人。"

谁承想孙哲回家刚把自己作为一家之主的决定传达给静波，静波就炸锅了："谁跟你定了呀！凭什么呀！合着你们家从头到尾就把我当外人啊！你们几个合计一下，趁我出差在外，就把我财产给分了呀！"

孙哲："哎?!完全出乎我意料之外哎！我还说你跟我不为我家财

产，就为我这个人呢！"

静波："你家有什么财产啊！你那人，就更没什么可图的了。我那是年少无知，被你给骗了。"

孙哲："哎！静波，你这话说得就没意思了啊！爸妈的财产是爸妈的，跟咱们无关。他们爱给谁给谁，捐出去咱也不能有意见。我怎么从来不参与你家的事呢？我们俩又不是日子过不下去了，想着老头老太那点钱。凭我们自己的本事，日子也能过得好呀！"

静波："我有本事是我的。该我得的我也不能拱手让出去啊！我不是在跟你姐姐争这套房产啊！我这是在争个理！我是你老婆吧？我俩婚后财产要平分吧？咱家我挣的比你多，到离婚的时候也不能不分给你吧？你爹妈的遗产，给你就有我的二分之一。再说我们也不宽裕啊，每月车贷房贷哪里不用钱啊。这么大的事，他们总要亲口跟我说，征得我的同意吧？人要讲个道理！他们怎么能替我放弃这个权利呢？哦！人情让他们去做？这里面怎么也有我的四分之一人情吧？当我空气啊？道理就应该是：你爹妈的房子，俩孩子一人一半，我要是不要放弃了，那是我的情分，我的大度。这句话得我说：姐姐有孩子，家里条件不好，这房子，我们不要了，让给姐姐。哪能轮到你们家内部瓜分瓜分就把我的利益给分掉了呢？切！我不同意！"

孙哲："你这人吧，天生就是那种为不同意而不同意的人。只要是我做的决定，你就没顺当点头过。那好，现在，我代表我们全家征询你的意见，你到底愿意不愿意把房子给姐姐？要不愿意，你自己和他们说去，我不拦也不管。"

静波："我跟你姐姐之间，没任何分歧啊！我针对的不是你姐姐，我针对的是你爹娘这种做法。哪能老这样啊！有点钱，就偷偷摸摸塞给你姐姐，我们搬家里点儿好吃好喝的，都留给你姐姐。我发的交通卡、油卡，孝敬他们的，他们也拿去给你姐姐！我平时都睁一眼闭一眼了。看样子我太好说话了！现在连分房子这种大事，都当我空气了！你！你去跟你妈说！这事，跟我们有孩子没孩子，没半毛钱关系。什么没孩子就不能拿房子？生孩子谁不会啊！是女的一撅屁股就一个！"

孙哲无言地看了静波一眼。静波看孙哲的表情，知道自己戳着孙哲了，她倒是想撅，孙哲得有啊！可是静波心软了嘴上还要扛着："你要不行我借种！"

孙哲闷闷不乐地拍门走人："你去借吧，我不拦着。"

三 别拿"80后"说事儿

冯莹在煎牛肉，肩膀上夹着电话和静波聊天："你别说是女的一撅屁股就一个。我们这天天撅，撅好几年了都没听到个响。生孩子哪像你想得那么容易啊！而且，你知不知道你说话很伤人？人家孙哲有问题，人家也不想啊！男人这方面非常要面子的，你不要为一时意气用事搞成一辈子创伤，你赶紧跟人家道歉去。"

静波："干吗我给他道歉？他该向我道歉。我让他让成习惯了，什么事都替我做主许出去。再说了，我要的不是房子，要的是个理字。我没说房子不给他姐，但得是谁给。他家怎么能背着我，不声不响就把事儿给办了呢？"

冯莹把菜一样一样都端上桌，肩上还夹着电话："那你是打算为这事跟他离婚了咯？"

静波惊到了："啊？那怎么可能？"

冯莹内心翻一白眼儿："不离婚，你闹啥呢？夫妻之间，肉都烂在一个锅里，什么理不理的？道歉又不少块肉。而且啊，夫妻时间久了，能拴住俩人的，除了孩子，就是个情分。你让他一个情，到关键时刻，他就感你一个恩；你搅他一个局，到关键时刻，他就记你一个恨。最终是聚是散，可不就是看当年累积下来的是恩是怨么？不说了，嘉平回来了，我听见楼下他停车的声音了，我挂了。"

静波握着手机，想了想，开始拨孙哲的电话。

电话打不通，孙哲关机了。

孙哲正在一个 club 里跟陈 QQ 聊天。俩人端酒杯不时碰一下走一个。孙哲跟陈 QQ 告他妹的状，诸如婚前婚后两张脸，好胜逞强脾气大，以前看着挺小鸟依人的，现在嘴巴嘚啵嘚能把人噎死。"你是怎么教育你妹的？还是你们兄妹俩合起伙来坑我？之前就把一碎花瓶包在一锦缎盒里，等开了盖了，一摸割手？"

　　陈 QQ 大笑："结婚是你自己选的啊！你结婚是因为你不读书啊！你当年要是像我这样早早通读哲学史，到现在都没这种烦恼。你呀，你和冯莹那老公张嘉平，以我的法眼看，你们也就一介凡夫俗子，你们就配过这种俗人的生活。你们能做到像蝴蝶那样万花丛中走，片叶不沾身吗？你们呀，都是狗熊，掰第一颗玉米棒子就嘿嘿带回家了。"

　　孙哲："这就是没有经验啊！而且，我们都是正常人，不能像你这样吊儿郎当，都不结婚，满大街都飘着大龄女青年，社会不闹鬼啊？你一点责任感都没有。"

　　陈 QQ 总结陈词："结婚这事吧，跟责任扯不上什么关系，人类最初的社会形态是没有婚姻的，最终的社会形态估计也不会有婚姻。你太悲催了，就中间这么一段，就被你赶上了。走，咱不在这儿待着，去打会儿球，今晚这儿乌烟瘴气的，来的女的都是有主的。"

　　孙哲："打什么球啊！这有辱 IT 男的职业。你什么时候见过张江男（聚集在上海张江高科技园区的理工男）打球？打牌去吧！"

　　"你等啊，我召集队伍。"陈 QQ 说着掏出一张信用卡丢到吧台上，被孙哲一把按住："我来！你抢什么活儿啊！"

　　孙哲就是传说中的"一卡通"——用卡达人。打开孙哲的手机，里面装的那些软件能雷死你，什么"我查查""一淘""上海生活在线""慢慢买""信用卡优惠大全""美团网"……他随身携带一个巨大无比的装满各色优惠卡的卡包，上至剪头，下至洗脚，外有看电影，内有买窗帘，另有各航空公司的积分卡，归类精细，并且贴上标签，当他从包里掏出那个插满五颜六色卡的卡包时，你绝对不用担心他摸不到他要的那张，他会非常精准地找出适合的优惠措施并刷上积分。

认识孙哲的人绝对不和他抢买单刷卡的机会，但绝对都不相信他会请客。他会精准到分位地告诉你 AA 的价格。既不占你便宜，也不让你吃亏。他就赚个积分。

陈 QQ 看到孙哲那巨多层的卡包，了然道："哦对！你来，你来。你要那积分对吧？我回头把钱给你。"

孙哲问酒保："中行有折扣吗？中信有吗？民生呢？"

酒保一直摇头，突然来一句："American Express 卡送啤酒一杯。"

孙哲迅速从包里翻出运通卡递给酒保。

陈 QQ 在一边致力于四处打电话约人："外！战友，升级不？斗地主也行啊！算了，没劲，不找你了。"

孙哲拿了啤酒，也开始翻电话簿："过来打牌！好长时间没见了！我，陈 QQ，在找毛驴……你没劲！从此把你开除出队伍！"

一番呼叫后，陈 QQ 和孙哲俩人相视苦笑。

陈 QQ："他家孩子要考试了，他在帮着复习，不能出来。"

孙哲："他孩子病了，他在医院陪打吊针呢！"

陈 QQ 愤愤："这些叛徒，人民公敌。"

孙哲倒乐了："我怎么觉得你才是人民公敌呢？我比你都强一点。"

陈 QQ 提议到别地儿去找乐去，孙哲却不肯："别呀！他还差我一杯啤酒呢！赠送的。"说完手往陈 QQ 面前一摊。

陈 QQ 白他一眼："多少？"

"278。"

陈 QQ 数出现金，有零有整地放到他手上。

第二天一大早上班，孙哲还没来得及掏出他哄骗同事的老婆饼，同事就压低声音通知他："老周要见你，你要倒霉了。"

孙哲是真倒霉了。半个小时以后，当他从周总办公室出来时，他已经是社会上传说中的待业青年了。

回到家，孙哲把一半失业金交给静波："夫妻共同财产，一人一半。这是我的失业金。"

静波困惑道:"你被炒了?"

孙哲:"不是他把我炒了,是我把他炒了。我和他之间,八字星座属相信仰,没一样合的。从他坐上这个位置起,他就等待这一天了。"

静波要发怒,想起昨天冯莹劝自己的话,强压了半天,闷头在屋子里转了好久,努力把调频控制在苦口婆心的波段:"孙哲,我如果说你,你就又说我给你上课,像你妈一样。我不想当你妈,可这些道理,应该是你妈在你小时候跟你说,不是现在我跟你说。你都已经过了而立之年了。而立的意思就是要自己独立过日子了。你见过哪个男人,到你这年纪,下家工作没找好就先辞了上家?"

孙哲不以为意:"很多啊!还有很多男人在家宅着不工作呢!什么都不干,就打游戏。宅男嘛!我比他们强吧?旅美李大导演没成名前他老婆养了他七年呢!你怎么知道我不会成功?"

静波又忍,又忍,终于忍无可忍:"你凭什么成功?凭打游戏成为全球游戏冠军吗?人家李安失业七年在家,人家没一天放弃努力啊!"

孙哲"切"一声:"他再努力,在你眼里也是不务正业啊,他学习的业务不就是看电影吗?"

静波调整了一下呼吸:"孙哲啊,你这是给你妈惯坏了。这世界上,哪有那么多事情顺你的意思,你想怎样便怎样?我这是有工作,所以你不担心。你不想想,我要是不工作,要是家里又有个孩子,咱日子怎么过?"

孙哲一脸无所谓:"你不会不工作的。你闲不住。再说,咱不是没孩子嘛。"

静波终于忍不住,啪地一拍桌子:"我那是闲不住吗?你要是月入十万八万,天天管我吃香喝辣,我不会闲在家里养花种草看书弹琴啊!我是看你靠不住!连你老婆都看你靠不住,你老板怎么能靠得上你啊?! 像你这样不经上司批准就自己去度假的员工, 搁哪家公司都没人待见!"

孙哲也提高了嗓门:"我是被他们逼的。我这人, 就讲究个公平, 给我多少钱, 我就干多少钱的活儿, 担当多少钱的责任。就发我一个月的奖金, 还要让我拼死拼活, 我又不傻。你发给我八毛钱, 我连八毛一的活都不会给你干。"

静波的境界明显和周总相当:"在想别人怎么对你之前, 先想想你怎么对别人的。机会, 和尊严, 都不是别人给你的, 都是自己挣的!"

孙哲:"我不是机会主义者, 我也没那么强的欲望, 我和你, 有本质的区别。不是每个人都那么'aggressive'(争强好胜), 你不能要求每个人都跟你一样以升职为乐趣。在你眼里, 升职和通关一样, 不到头就不过瘾; 在我心里, 老婆是大过天的, 只要把你给伺候好了, 不就一份工作嘛, 有什么了不起。我想找工作, 分分钟的事。"

静波冷笑:"你还怨我升得快, 你说我'aggressive', 不就是掩盖你的不作为吗? 到你这儿我才明白所有自诩陶渊明的都是懒汉给自己贴金呢! 什么'采菊东篱下, 悠然见南山', 不就是给人辞退了回家务农吗? 人家好歹还能回去务农, 你知道现在农村户口值多少钱吗? 你想去都去不了!"

孙哲摇了摇头:"静波, 你到底想要什么样的生活? 如果我真的像你一样在工作上奋进, 俩人天天不照面, 没有家庭生活, 这是你要的吗? 你要是真想要这样的男人, 你不会找我!"

静波无语。的确, 静波情窦初开之时, 喜欢孙哲的原因, 就是会玩儿, 孙哲教她学会打够级斗地主, 孙哲教她认全麻将血战到底, 孙哲带她第一次去卡拉 OK, 孙哲带她第一次去打保龄球……但这世界吧, 就是这样不公平, 中国人发明了火药, 用它当烟花, 英国人用它造枪炮。孙哲所有的娱乐功能, 一旦传给了静波, 就变成了静波的生产力, 她能直接有效地变成挣钱的工具, 陪客户打麻将, 打牌输钱给上级主管领导，陪业务单位唱卡拉 OK，还能当老板孩子的保龄球教练。同样都是人，都有一样的技能，怎么结果竟然如此千差万别？

静波摊上事儿了，静波摊上大事儿了。孙哲刚失业，她也面临着再就业的风险了——如果她不把控好的话。幸好，她是静波。

公司早会一结束，老板就拉静波进自己的办公室："小陈，我先透露给你个好消息，企划总监 Harry 提出个创业园区的新构想，半年内创业园区的分公司就会落成，公司企划这一块儿你做了六年了，几个头儿一致认为你完全可以独当一面……"

静波笑靥如花："我有今天，还不是您一手带出来的！"

"不过……"老板面有难色。

静波脸色有些变，笑里藏刀地说："您以后能先说'不过'，再说好消息吗？"

静波的老板讪笑着："不过……在创业园区建成以前，你们这个部门的经理，你要跟她搞好关系，这次我们打算提范颜惠当经理。"

静波干脆利落地把手里的文件夹交给老板："我辞职了，不用跟她搞好关系了。"

老板一副不出所料的表情："我就知道你这反应。你们'80 后'是不是一点委屈……"

静波抢白道："别拿'80 后'说事儿，您也知道我委屈，她天天丢烂摊子叫我收拾，我手都不知为她扎了多少回了，不能总因为她爸爸管我们这一片儿，我就得替您伺候她吧？老板，我算跟您口头辞职过了，所有的文件资料我都放这里，您证明，我一片纸都没带走，拜拜！"

老板急得直挥文件夹："哎！哎！你个小姑娘！你怎么这样啊！我话还没说完！"静波早背上包潇洒出公司了。

刚出公司，老板的电话就一个接一个打来。静波故意掐断了三回，直到第四次才接起手机："老板，您一次一次找我有什么事？你很讨厌你知不知道？我在面试哎！你影响我找工作！"

老板："你这孩子！怎么听不进好赖话呢？拳头收回去，是为了更重地出击！你换个角度想一想，范公主她就是不干活，公司是不是要供着她？还有，你半年后去创意园，你方方面面的事，不得求着她？你跟她关系弄僵了，对你未来有好处吗？除非你不愿意做这个行业了。"

静波想了半天："我的委屈要受到应有的补偿。"

"加薪 10%！行了吧？"

静波眼珠子滴溜溜狡黠地乱转："从这个月开始加。"

"行！"

静波眼珠子又滴溜溜乱转了一会儿："今年去欧洲的业务会，要有我的名字。"

老板："本来就打算让你去的。"

静波眉开眼笑："啊！真的啊！那这条略过，我要求你送我两张 Super Junior 演唱会的票！"

老板愣了下："这是什么东西？"

静波："你别管什么东西，你替我付钱就行了，不然不能修复我心口上破碎的好大的那个洞！我在滴血，滴滴答答……"

"你在敲诈。"老板嘴上这么说，却也不问价格，至少听起来很豪爽地说，"就这么着吧！票根拿过来报销！"

静波有一个观点，不知全国人民是否支持，就是——以后吧，官二代不要上班了，全国人民养着都比他们出来惹是生非还得群众跟后头擦屁股强。

这范颜惠的爹，是直管静波公司的顶头上司，他家大小姐是让老板跟请菩萨一样，好说歹说，夸上天捧下地跟其他好几家公司竞争才得到的稀缺资源。请菩萨容易，养菩萨难。现在要讲执政清廉了，各个项目都公开招标，她爹似乎对公司也没什么长足的贡献，但你又不能因为人家没用你就送菩萨。养着没事儿，送走了就真有事儿了。就这天天迟到早退神龙见首不见尾办啥啥砸长得难看的主，现在是静波的领导了。

静波早就认清楚这现实了。她其实更感谢自己的爹是个没权没势的教书匠才能造就她今天一身硬功夫，即使爹不在了，本事还在。她一边替范大小姐擦屁股，一边忧愁地想，你爹以后要是退了，你可怎么活啊！你爹要是死了，你是不是得去陪葬啊？但范大小姐的存在，对静波，绝对是利好而非利差。要是没有范大小姐总是闯祸，怎么显出静波在公司无可替代的擦屁股将军的地位呢？"你存在，在我稳定的职场里……"静波哼着歌，拿着意外得来的10%还能翘半天班。

自己的事成功搞定，静波突然想到，他哥可摊上大事儿了！立刻拨陈QQ的电话："浑蛋哥哥，你又闯祸了你知不知道？"

陈QQ正在办公室里开会，冷不丁地接到静波电话，压低嗓子说："怎么说话呢？我在开会，等会儿给你回过去。"

"不行！现在就要说。"静波直切正题，"刚才有个姑娘到我这儿来，跟我说她怀孕了。孩子是你的。"

陈QQ笑了："这都什么人呀！不来找我找你？甭理她。"

静波帮他回忆："她是我这儿的一个广告模特，上次动漫展你认识她的。她没你手机号。她叫丁一丫，你记得吗？"

陈QQ努力想了一下，摇头："想不起来了。你等等。"出了会议室门，陈QQ压低声音，"我在开会。不方便谈这事儿，你给她点儿钱，打发走就完了。说实话，我都不知道这孩子是不是我的，凭什么呀，她说是我的我就得认？"

"人家说了，不行就生出来验。"

陈QQ潇洒得很："得得得，就几千块钱的事儿，就当做好人好事。我的就我的，你替我善个后。"

"哥，你也老大不小了，你看你干的这些事儿！天天糟蹋人家闺女，也不怕遭天谴。"静波对亲哥都不惜下毒口了。

陈QQ一脸无所谓的样子："我是遭过天谴了，现在在让老天还我债。就这样!"

静波风风火火地冲进冯莹家："给我介绍个妇产科医生。"

冯莹不知道是惊喜还是惊吓了："怎么了? 怀孕了?"

静波果断道："对! 赶紧去做掉，要抓紧。"

冯莹确定这是惊吓："你疯了啊? 刚说你们不孕不育，这有了是大喜事，干吗做掉?"

静波这才有空解释："不是我，是我哥。他在外头闯祸了，人家都找到我这里来了。我帮他擦屁股。"

冯莹迟疑了一下："进我屋，我跟你说。"

厕所里偶得在喊："妈妈，擦屁股!"

冯莹也扯嗓子喊："自己擦!"

偶得喊："我不要! 我怕㞎㞎碰到我手上!"

冯莹下一句早就等着了："妈妈也怕! 你要是不自己擦，我明天去学校告诉你们老师。都幼儿园大班了还不自己擦屁股。"

偶得嘟囔着："好吧好吧……"

静波扑哧笑了，这男人和男孩，怎么都需要别人擦屁股啊!

冯莹转而正色道："说你的事儿，QQ又闯祸了?"

"把人家肚子给搞大了，我问他，他连对方是谁都不太记得了。"

"这个QQ! 那他打算怎么办?"

"还能怎么办? 给人家点钱，替人消灾，这不来找你了吗?"

"不好。我不干这事儿，这是毁我修行的事儿。好好一条命。我不建议打掉。"

"得，我去找别人，不毁你。"静波抽身就要走，急急火火。

冯莹一把拉住静波："我这边只是微不足道的，我在说你们那边——你想过没有，让她生下来?"

静波急了："那还毁我修行呢！人家一大姑娘，二十刚出头，带着一孩子，以后怎么过啊？"

冯莹点拨道："你想过让姨妈姨夫养吗？或者你自己抱过来？"见静波一愣，冯莹解释说："你妈只要给我妈打电话，都没别的事，就是哀叹家里俩孩子没一个懂事的。那天都哭了，说死了都不好意思见上人，没把俩孩子照顾好，都孤单着。本来你妈妈还把希望寄托在你这儿，从你说不孕不育起，人都蔫儿了。要我的意思，这孩子，留着。说起来就算咱家自私，给小姨一个精神安慰。另一说呢，QQ 年纪也不小了，到现在也看不出有稳定的迹象，他老了怎么办？你信他这样的，每天睡的人都不同，到老了突然天降仙女照顾他？要是他有个后，要是生个闺女，要是你或者你妈替他把孩子养大，至少老了病床前有个人端汤倒尿啊！你说呢？"

静波还在恍惚中："他说他老了去养老院。"

冯莹："他这样的，养老院也嫌啊！再说了，要是 QQ 真不认这孩子，你留着，要么我留着。了一桩心思。你就算对你婆家也有交代了。"

静波被冯莹说得有些动了心思。

走道里，冯莹妈在门口一直偷听着，见静波走了，转身就给静波妈把电话挂过去了："妹妹，我告诉你一件事！……你要抱孙子了！"

静波妈瞬间凌乱："啊？是孙子还是外孙？外孙吧？"

冯莹妈比静波妈还兴奋："孙子，我听得千真万确！你家大宝的！不过听静波的口气，大宝不想要，要让人家做掉。"

静波妈果然急了："他怎么能这样不负责任呢！他一点儿都不像我的儿子！"

冯莹妈宽慰妹妹："小妹啊，你不能怪他啊！他以前是多好的孩子呀……"

静波妈叹口气，心情复杂："是啊！可我现在该拿他怎么办呢？他已经不会听我们的话了。我们曾经教给他的道理，告诉他的责任，被社会狠狠扇了一耳光。我自己都觉得好无力啊！我都觉得好对不起那个姑娘啊！要叫她背负别人的错。"

冯莹妈帮妹妹下决心："对人家好一点，孩子咱们认，钞票咱们出，责任，咱们替大宝负，社会欠他的，咱们替他还。"

静波妈顿觉有了依靠："姐，这事儿，就拜托给冯莹了。这丫头心特别正，人又厚道，我觉得她会办好的。如果有需要，我们父母出面，替儿子给人家赔罪。"

四　善解人衣的硕果

一丫和她父母，静波和冯莹坐在一张茶桌前。

一丫的父亲看起来老实巴交，可怜巴巴的。他先张的口："呃，不知怎么称呼您，就叫您大姐吧！"

静波吓一跳："不敢当不敢当，叔叔。我们今天来，就是来赔罪的，替我哥哥。"

一丫爸恭敬地给静波斟一杯茶，又给冯莹斟一杯："大姐啊，我们今天来，真是给你们添麻烦了。"

静波面对着茶杯，抻手也不是，放手也不是："叔叔，真是那个什么，不好意思啊，我们绝对没有逃避责任的意思，是我们这边的责任。"冯莹拉了拉她，不让她说下去。

一丫爸放下茶壶直言："一丫肚子里，怀孩子了。"

静波和冯莹都不作声，静等下文。一丫爸也等她们的下文，形势诡异。一丫爸终于沉不住气了："你们怎么看？"

静波紧张地在桌下双手握拳："我们，我们尊重二老的意思，但我们想……"

一丫爸抢先问："你们想把孩子打掉是吧？"

静波和冯莹赶紧摆手："不是不是，我们绝对不是要逃避……"

一丫爸："所以，今天我和一丫的妈妈，过来给二位姐姐赔个不是。这孩子，真是为难你们了。一丫跟我说过，大姐家是读书人，知识分子，想来是知书达理的。我们一丫呢，没读过什么书，也没见过什么世面，跟人打交道的机会少，考虑问题不是很周到，让你们为难了。"

静波听一丫的爹话说得如此客气，已经丈二和尚摸不着头脑了，她本来以为一丫的父亲是来兴师问罪的，没想到他这么表态，不晓得葫芦里卖什么药。

一丫爸喝口茶，像是稳了稳神："我们在家商量过……"冯莹狠狠拉静波的手，在台面下，意思是正题到了，听一丫爸说下去，"如果不是特别为难你们的话，我们家，想要了这个孩子。"

冯莹和静波眼睛瞪得一个老大！冯莹嘴角都要笑开了。一丫爸忙着解释："你们听我说，我们没有敲诈你们的意思，绝对没有。一丫这个孩子，年纪小，不是很懂事，孩子是意外得的，但既然有了，也是一条命，哪能说不要就不要呢？我们家，呃，一丫的奶奶是吃素信佛的，说起来就是造孽了。我们想跟大姐们商量，既然有了，能不能，就留下吧！"

静波和冯莹在桌底下一握手，很激动，面上还是不动声色。冯莹张口："那，叔叔，您也看见了，来的是我们两个，我们也做不了主，只能起个传话作用。您现在提议留下这个孩子，有什么要求吗？有一点我至少能明确答复您，这孩子的爸爸呢，人不是很安定，心也野，工作也忙，您要让他现在安定结婚，估计没什么可能。"

"那，他结婚了吗？"一丫爸的问题又不点不明所以。静波看了冯莹一眼说："他虽然没结婚，但可能一时半会儿也不打算结婚。这个，我们作为姐妹的，真是不能替他做主。"

一丫爸神情明显轻松了："那就好。比我们的最坏打算要好多了。我们没有一定要结婚的意思。但我们一丫，真的是黄花大闺女，之前连恋爱都没谈过的。现在既然决定要生这个孩子，好歹要给左邻右舍一个说法，不然突然肚子大起来了，人家要喊孩子野种的，对孩子不太好吧？"

冯莹："那您有什么想法？"

一丫爸真的是个实在人："不多，就办一桌。跟亲戚朋友有个交代，让他们当一丫结婚了。这样至少孩子落地不受歧视。你放心！我们绝对不缠你们，小孩我们自己养，不劳你费心。不给你们添麻烦。"

静波不忍心了："您……就这点儿要求？没别的了？"

"我们绝对不是黄牛党，先把你们套进来再慢慢宰。我好歹也是多少年受党教育的老工人，这点觉悟还是有的。我们一家是正宗本地人，不是外地人，不会瞎来的，不会说话不算话的。你如果还有疑虑，我们可以签字画押，到法庭上官司都打不赢，行不？就一桌。"一丫爸的周身已经散发着凛然正气的光芒了。

静波试探着问："那……孩子的抚养费？"

这个问题一丫爸显然也考虑好了："大姐，我们家虽然不富裕，但就一丫这么一个宝贝闺女，也就这么一个宝贝外孙，多好的生活谈不上，但绝对不会委屈孩子的。正常吃穿我们还是供得起的。但你们也不能要求我们给多好的条件。我们会尽最大的努力的。你要是不相信，不放心，欢迎你们随时来监督。"

冯莹马上表示："叔叔，您别这么说。既然你们一家已经决定留下这个孩子了，我们是没有任何权力反对的。您也要相信，我们不是什么不讲理的坏人家。"

静波已经被感动了："这样吧，叔叔，这个孩子，既是你们家的宝，以后也会是我们家的宝，我这个做姑姑的，肯定不会因为 TA 不是婚生子就另眼看的。您放心好了，我们也不会亏待这孩子的。只是，以后这一段，一丫受累了。"

一丫妈这时才说话："大家都是女人，大家都走过这一遭，迟早都要生的，早生肯定比迟生要便当。只要你们肯把面子给我们，我们绝对拎得清的。"

静波："这个事呢，我暂时可以替你们点个头，但具体怎么操作，回去还要知会一下父母，哥哥那边也要做思想工作。请你们要耐心等待几天。"

一丫妈宽了心："多谢他姑姑了。给亲家母添麻烦了。"

静波面色立刻有些警觉。一丫爸很会察言观色，低声呵斥一丫妈："哪里是什么亲家母？就是小孩奶奶——我们没有高攀的意思。"

一出茶室门，冯莹就跟静波说："你去说服孙哲，我去说服我们老张，要以强大的社会压力，一定让陈QQ就范。不然太对不起人家父母了，我不能想。这要是我闺女，我这么苦歪歪地求人家，我得崩溃了。"静波用力点头："就这么定了。"片刻，又叹口气，"责任重大啊！怎么才能叫我哥肯为一丫披上婚纱呢？"

冯莹想了一下，恶狠狠地说："光靠我们俩的力量是不够的，要发动人民战争，把他淹死在群众的唾沫中。咱们各领任务。我要豪夺张嘉平。"

静波："那好吧，我负责巧取孙哲。"

晚饭后，孙哲从外间跑进卧室，边跑边喊："骰子来了！骰子来了！"

孙哲和静波，俩人都是没干过家务活就长大了的主——估计现在"80后"知道衣服要正洗反晒的，知道芒果是切片翻花的，几乎就没有。孙哲和静波，从小在家里，都是爹妈把水果切好插上牙签送到面前求着吃的，以至于静波刚进公司，老板递过一筐水果，让静波片了给客户吃的时候，静波诧异地问："水果买来时不是片好的啊？"那是她长这么大，第一次在生活中见到不是图片上的猕猴桃。所以做家务，对孙哲和静波来说，简直跟唐僧去西天取经一样充满了艰险和妖怪。每到这时基本就是人仰马翻，大珠小珠砸地板。为解决这种为干家务吵架的局面，他俩以看天意的方式决定家务的归属。

静波："我先扔……洗碗……太好了，没碗。"

孙哲一扔："擦地！上天啊！您太好色了啊！每次都把重体力劳动活儿丢给我！又是我擦地！"

静波幸灾乐祸："擦个地怎么了。你这成天在家也就吃了睡，睡了打游戏。"

孙哲："我放松一下心情，调整状态。"

静波："还没调整完啊？人家失恋 33 天，你快失业 33 天了。我说你什么时候能找到新工作？"

孙哲："不是找不到，是我在慢慢挑。"

静波："挑着了没啊？"

孙哲："失业的人和失恋的人一样脆弱啊，别欺负我。不对，是你和这个骰子一起欺负我，是不是灌了铅啊，让我来验验！"说完伸手要抢静波手里的骰子。

静波大叫："不许对骰子不敬！"然后小心翼翼地把骰子捧在手里合掌一拜，"谢谢老天爷厚爱，这么给力的骰子一定要供好。"说完从柜子里翻出一个首饰盒，把结婚戒指拿出来，把骰子放进去。

孙哲："你过分！过河拆桥！那个钻戒是我买给你的！"

静波嘿嘿地贼笑："它已经完成历史使命了。我把豪宅让给更尊贵的骰子居住。"

孙哲垂头丧气地拿着抹布站在水台边。静波没安好心地一把抱住他："呃，我愿意替你擦地，如果你肯……"

"肯！肯！只要不干活，什么我都肯！"

"耳朵过来。"

一番耳语顿时让孙哲垂头丧气："我还是擦地吧！"说完跪地下开始从卫生间擦起。

静波不死心，来到扑哧扑哧使劲擦地的孙哲身边，居高临下地循循善诱："为什么不行？"

孙哲头也不抬地回绝："做媒和做娘，是女人的两大嗜好。我不是女人，这两样，我都不擅长。"

静波动之以情："你是他哥们儿！你不给他施加压力，他怎么肯就范？"

46

孙哲坚持不作为:"他是人群中的异数,残存的奇葩,你们就饶了他吧!稍微顾及一下当事人的感受,别把手伸太长了。"

静波推心置腹:"就是太顾及他的感受了,大家到现在都放任他。凭什么呀!我妈天天在我耳朵边叨叨叨要我结婚,要我生孩子,就当他无物,他想怎么生活就怎么生活?你也不想想,要是有了这孩子,咱俩压力小多了。"

孙哲:"咱俩的问题是咱俩的,你哥的问题是你哥的。不能混为一谈。"

静波:"你丈母娘也是这个意见。"

孙哲:"你们家的事,我不掺和,不要叫我。"

静波撒娇地唤:"老公……"

孙哲:"跟你说了,不要叫我。"孙哲开始愈加勤恳地擦地,静波被抹布推到卫生间外面,又在外头继续撒娇:"老公……"

孙哲:"跟你说了,不要叫我。"

静波:"电脑自动更新了,把我安全控件给弄没了,我上不了网银了!"

孙哲立刻跳起:"我来,我来。"

静波挡电脑前:"你不是让我不要叫你吗?"

孙哲:"这个可以有。"

静波:"你不答应我,我不让你修!"

孙哲一把抢过电脑:"不要混为一谈。不要剥夺我的快乐!"

孙哲刚抢过电脑,静波又握着手机做自言自语状:"我手机老死机,是不是顺便也给我整理一下?"

孙哲又接过手机:"那,我哪有时间擦地啊?"

静波:"不急,明天擦。我没有洁癖。你别把自己累坏了。"

孙哲:"哦!老婆,你真好!你真体贴!"

静波得意地笑。

第二天倒休，冯莹和静波约在 SPA 馆，躺在干蒸房里露着背聊天。冯莹问静波那边的情况怎么样，静波摇头叹气："他不肯出马。"

冯莹也想不通："奇怪了，我这边也不肯。这有什么大不了的呀，他俩这么作难？"

静波有点捉急："这事得速战速决啊！肚子等不得啊！"

冯莹放出狠话："我要拿出我看家本领了。"

静波好奇："什么本领？"

"我要发飙了！"

"那我怎么办啊？"

"你发骚呗！"

正说着，电话响起来。静波悠闲地接起电话，突然脸色就变了："什么?! 脸怎么了？啊？断了吗？怎么能这样呢！别着急，我马上赶回来！"

冯莹："出什么事了？"

静波边穿浴袍边说："孙哲姐姐，给家暴了！说眉骨都翻出去了，肋骨也断了。我得赶紧回去看看！"

冯莹也麻利地穿浴袍："等等！我跟你一起去！"

俩人一进孙哲家的门就被吓着了。孙哲姐头上缠着纱布，里面还有血渗出来，人躺在沙发上流泪。孙哲妈已经血压高上去了，满脸通红，不断念叨着："静波啊！这可怎么好啊！这可怎么办啊！"孙哲爸爸心疼俩女人，除了绕圈走，什么都做不了。

冯莹一看架势不对，立刻提醒："阿姨，你今天吃降压药了吗？有速效救心丸吗？先含几颗。"冯莹忙着去端水送药。静波坐在沙发旁问孙哲姐究竟是怎么回事。

孙哲姐哭成泪人："我今天到医院去伺候我老公公，都到医院了，发现忘记带他的医保卡，只好又回去拿，谁知一开门，看见孩子爸爸和一个女人在床上。我当时没控制住，上去抱住那个女的不让她穿衣服，他爸爸就打我，踹我，把那个女的放跑了……"

48

冯莹追问："家里就他们俩？"

孙哲姐："还有我婆婆。当时是我婆婆把那个女的拉出去穿衣服的。"

静波怒火冲天："没王法了吗！杨礼怎么能这样呢！你这找的都是什么人家呀！你天天替他照顾爹妈，他竟然还寻花问柳！这人的心怎么这么恶毒？我今天要是不教训他，他真当咱们家没人了！"说完冲进厨房，抄起大菜刀就下楼了。

孙哲爸急了："哎哎！静波！你别乱来！冯莹！你快快！快拉着她！她带着菜刀呢！别让她吃亏了！哎呀，这个孙哲，怎么还没来啊！"

冯莹当时正在一边给孙哲妈妈揉胸，没看见静波抄刀，一听孙哲爸这么说就急了，转身刚要出门，那厢孙哲妈妈跟着起急，刚站起来就一个后仰，直接倒地上了。冯莹回头一看吓得又收住脚。孙哲爸已经顾不上绕圈走了，定在那里喊："你快快！快打110！"冯莹立刻拨110，拨一半想起来又问一句："是120急救吧？"孙哲爸的声音已经像咆哮了："110！叫他们赶紧去杨礼家堵静波，这孩子手里拿着刀呢，别出人命！"

冯莹已经头晕目眩，110、120都不知拨哪个好。孙哲这时终于进门了。冯莹声音都发抖了："你快去追静波！她去你姐家了，手里拿着菜刀！她要去砍人！"孙哲一看家里的乱象，又想到老婆，一跺脚，赶紧追出去。

静波杀气腾腾地直奔到杨礼家门口，抬起穿着铆钉鞋的脚就踹门。边踹边喊："杨礼！你开门！今天我要不砍死你，我就不姓陈！你开门！"脚踹得生疼，就干脆上刀剁门了。力道很大，刀嵌门里费半天劲才拔出来。

门开了，静波正要举刀去砍，发现是杨礼的妈。静波一把推开杨礼妈："你儿子呢？！叫他滚出来！你不要拦着我，谁拦我砍谁！"杨礼妈一把抱住静波，回头向里间喊杨礼，"你千万不要出来！她手里拿着刀呢！"又哀求静波，"他舅妈，他舅妈，你消消气，这刀不能乱拿的！我这刚骂过他了！你先把刀放下，别伤了人！你伤他，他伤你的，都是大事儿！他舅妈，他舅妈！"

静波一使蛮力推开杨礼妈，扬着刀大声说："我大姑姐天天伺候你们全家，你就这样对她！你们要是这么欺负人，那就别怪我不客气了！上梁不正下梁歪，就是有你这样为老不尊的，才有你儿子这样死不要脸的！他人呢！你叫他出来！杨礼！杨礼！你有胆子嫖，没胆子认啊！你给我滚出来！"

杨礼妈趔趄了一下，跌倒在地，吓得死死拖住静波的脚，带着哭腔喊："杨礼啊！你千万别出来！她疯了啊！"又仰头哀求静波，"他舅妈，他舅妈！我孩子就是再不对，也罪不当死啊！你赔上自己也不值得。"

杨礼从门里出来，看见妈趴在地上，正要出手打静波，静波的刀迎面就冲着他罩门而去，眼看就要夺命，杨礼吓得一偏头一缩手，虎口给砍裂了不说，耳朵也被削掉半截，血流如注。刀就那么竖直着插进门框。

杨礼突然就尿了，声音带着哭腔："你还真砍啊！你你你！我……哎呀！我耳朵没了！我耳朵没了！"

静波并非悍妇，此刻却出奇淡定地从地上捡起那半拉耳朵放杨礼眼前给他看："这是你耳朵。"然后猛地揪起他另一只耳朵大声说，"我刀法可不怎么好，下次就指不定砍哪儿了！杨礼，就你这贼眉鼠眼地包天，要长相没长相，要身板没身板，要钱没钱的，你还敢偷人！你还敢打人！今天我替我大姑姐教训教训你！你再敢动她一手指头试试！"说完扬起穿铆钉鞋的脚丫，朝露脚趾的杨礼脚上狠狠跺去。

杨礼抱着脚丫哀号不断。杨礼妈披头散发站起来要跟静波拼命。静波一把推开她，从口袋里掏出票夹，豪爽地抽出几张一百元儿扔在老太脸上："带你儿子看病去！再不缝上，那半拉耳朵就死了！他以后出门就只能顶着半只耳了！"说完，雄赳赳气昂昂地出门了。

就像是特地为她的发飙留出空间一样，静波到门口正碰上气喘吁吁赶到的孙哲。他一把拉住静波，满脸惊恐："你怎么样了？没出事吧！哎呀！你这满身的血！"静波沉着霸气："我没事，走！"

孙哲不放心，说要进去看看，静波眉头一扬："看什么看！叫你走就走！"孙哲听到房间里鬼哭狼嚎的声音，果断地决定："不行！我得去看看！别出人命。"

去过医院，缝了针，趁杨家母子号哭的间歇，孙哲和静波才开车回家。直到这时，一直沉默的孙哲才不无后怕地教育起静波："你怎么能这样！你一个女孩子家的，平日里看着文文静静的，怎么今天砍砍杀杀呢？你以为你黑社会老大啊！他那虎口，都缝了8针！你这几个位置，多危险啊！要是砍不好砍到了头上，你让我们家后半辈子还有他们家怎么过？"

静波轻飘飘地说："我是为你家牺牲的，你后半辈子就给我送牢饭好了。切，最看不上你这样的，给他叫个120都对得起他了，你还送他去医院，白让我威武了！"

孙哲："就这，还不知人家等下告不告你呢！"

静波的火立刻上来："你让他告！你让他告！我这还想告他呢！你知不知道你姐姐头给他撞开花了？你知不知道你姐姐肋骨给他踢断了？我这叫以牙还牙以眼还眼！我明天就加入个什么西正教默罕默德教，他要是敢告我，警察要是敢抓我，我就说这符合我们的教义！抓我涉及民族信仰问题！我对他都够仁慈了，他的医药费还是我付的，你姐的医药费是自己掏的！"

孙哲："你不要嘴硬！我警告你，以后不许这样莽撞！你跟他这个流氓拼命，你划算吗？你杀死他，他杀死你，都是你不合算！更何况，人家打完了还是一家人，你这夹里面算什么？"

静波眉毛一挑："孙哲，你脑子坏了吧！他都这样对你姐了，你还说他们一家人？这还不离婚？"

孙哲："离婚不离婚的，哪能由你我说了算呢？得我姐决定吧！她没决定前，那就是她丈夫啊！"

静波："你们一家人，都是耍嘴皮子出身，跟你妈一样，街道主任！只能搞思想政治工作，一点判断力都没有。他家暴你姐哎！这种事有第一次就有第二次，你还把你姐往火坑里推？她是不是你亲姐啊！我要是你，肯定是死活都得让他俩离婚了！"

孙哲："家庭问题不是你想得那么容易解决的。你要给人留个回旋的后门。至少我看出来了，以后你要是家暴我，我肯定会原谅你的。"

静波："像你家这种脑子搭牢的人，我连家暴都懒得动手。哼！"

下车进门，就只看见冯莹在家里陪着姐姐。孙哲问冯莹自己爸妈去哪了，冯莹说是去医院了，留她在这里看着姐姐。

孙哲姐艰难欠身看了看他们身后，问："我儿子呢？你们带回来了吗？"

静波一下就傻掉了："啊呀！坏了！完全没这根弦！这可怎么办？"孙哲马上摸车钥匙："姐，别急，我去学校门口接亮亮。"

孙哲姐更急了："这个点儿，他肯定放学了啊！他这要是一回家，他家怎么可能把他给我啊！我儿子可怎么办啊！不行，我得去把儿子弄回来。"一起身，疼得立刻直挺着躺下。

冯莹忙安抚她："你别动啊！你现在哪能动呢！你让孙哲和静波去。"

"姐！你放心！有我在，没办不成的事。"静波说完立刻转身就进了厨房。厨房里已经没大菜刀了，只剩水果刀，静波掂量一下觉得太袖珍，环顾四周，发现一把大剪刀，立刻揣怀里，刚迈出厨房就被孙哲一把抱住："你干吗？！放下！还嫌不够乱啊！我路上跟你说的话都白说了！你在家里待着！"

正说着，孙哲姐手机响了，里面传出亮亮的哭声："妈妈，家

52

里地上都是血,我好害怕!"孙哲姐听到儿子哭倒松了口气,镇定地说:"亮亮别怕,妈妈刚才摔了一跤,没事儿,我让舅舅去接你。你在家里等着,把门反锁上,谁敲都别开门,听到舅舅声音再开啊!听见吗?"

静波一把夺过电话:"亮亮啊!你爸爸你奶奶敲门你都不要开啊!只有舅舅来你才能开听见吗?"电话里亮亮哭声更大了。孙哲也劈手夺过电话:"舅舅十五分钟就到!你等我啊!千万别开门!"说完把手机往静波手里一塞就开门下楼。

剩三个女人稍安静下来,冯莹责怪静波:"你怎么能这样说呢?家里大人闹矛盾,你吓着孩子!"

静波:"他迟早都要知道的。何必给孩子一个虚伪的世界呢!你回头怎么跟他说?他妈的伤是自己摔的?他爹的耳朵是自己掉的?"

冯莹和孙哲姐同时惊呼:"什么?!耳朵!"

五 婚礼就是一场妥协

孙哲接了亮亮来就脚不沾地地跑去医院陪护母亲了，家里一时无事，静波要打车回家，冯莹坚持要开车送她。一上车，冯莹就直切正题："我趁孙哲去医院陪护的空当教训教训你。他在我不好说话。你个丫头，说起来是书香门第出身，平时看起来也嗲溜溜的，怎么说拿刀就拿刀呢？你以为这是绿林好汉以暴治暴的社会？文明进程这么久，在你眼里，现在跟梁山好汉时代没任何区别？人家犯了事，自有法律制裁，你还想替天行道？"

静波："姐，你自己是搞教育的，你是教师，教人规矩与真善美，是你的责任，你要继续保持下去，包括对社会的美好憧憬。但我，从毕业起，就是混社会的，我看得太多了！对贪婪小人，你就得喂之以钱财，你难道派济公给他传道？对不平等，你就得自己去争取去拼。那个杨礼，我要不去收拾他，你以为警察会来管？这种出轨家暴事件，留给孙哲姐姐什么样的心理伤害？留给孩子什么样的阴影？他杨礼又能得到什么样的惩罚？姐我告诉你，女人要都像孙哲姐那样只能哭哭啼啼，家暴就会无穷无尽。要是女人都像我这样，家暴就不可能发生。"

冯莹咋舌："你不家暴别人就不错了。"手机响起来，冯莹挂上耳机："哎！吴老师！您好您好！哦！我今天有事，没去接他，有什么问题吗？……好。好。我等下带他过去拿。我知道，让他亲自去，您教育教育他，这毛病是很讨厌，老是丢三落四……"

车停在静波家门口，静波下了车跟冯莹挥手再见，冯莹根本顾不上，还跟偶得的老师电话呢！静波进了单元门，经历这跌宕起伏的一天，静波竟扑哧笑了。因为她此刻想的是：这是有孩子的快乐还是烦恼？

晚上孙哲回来，继续控诉静波砍人耳朵的暴力行径。静波冷静下来后，已经不像之前对冯莹那样振振有词："我当时一股热血涌上来……怎么样，他们家没说要怎么样吧？"

孙哲："他们家理亏，不好意思和你计较。现在知道怕了啊。你这算人身伤害。"

静波心里有数："我是一妇女，他是一大老爷们儿，谁说得清啊。我也能说是正当防卫。"

"你……唉，还是女人好混啊。真有什么事装装柔弱就能蒙混过关。所以说这个社会男人压力大。"孙哲这一感慨让静波听出了苗头："哟？有感而发吧，面试不顺利？"

孙哲直说了——前一天的面试，和他一起的竞争对手就是个女的，听说拿到 offer 了。"你说好好的女孩，学什么电脑编程，和男人抢饭吃。"

静波的犀利劲儿瞬间重回："你是嫉妒人家技术比你强吧？"

孙哲两手一摊："是呀，我怎么和女人比啊。女人多好混啊，卖萌装嗲扮娇嫩，犯什么错，眼泪一掉老板心就软了。"

家庭内部矛盾已经上升为主要矛盾，静波烦躁了："你怎么就不找找自己的问题呢？人家录取女的就是因为女的会掉眼泪？我和你说，职场上最看重的是能力！"

"是，我没能力，我活力低。我不能说我能了。"孙哲垂头丧气。静波的心立刻软下来，爱抚地摸摸他的头发："不行，宝贝，你得快点找到工作，再这么失业下去，你要变成你姐一样的怨妇了。"

怨妇就跟孙哲姐一个德行，惨的时候哭天抢地，更惨的时候哭完了还死撑着受活罪——"我不离婚。"

听到这四个字从一个被丈夫打到眉骨外翻肋骨断掉的女人嘴里说出来，还如此坚定，静波眼珠都要掉下来了！更吓人的是，全家竟然没一个人吱声。

静波正要表态，被孙哲一把拉住，用眼色示意她不要乱说话。这时孙哲妈开口了："你不离婚，那往后怎么办你想过吗？你就跟他一直分居，住我这儿？带着孩子一起住我这儿？还是你们回去？他万一再打你怎么办？"

孙哲姐幽幽道："不离婚怎么过，我还没想好。但离婚以后怎么难过，我想明白了。我已经四十多了，亮亮我不会放手的，一个四十多的长得又不好看的女人还拖着个孩子，我能有什么未来啊！我连保证儿子基本生活的能力都没有。不离，至少我还有房子住，孩子还能花他的钱。离了，我上哪儿去？"

静波耐心解释："姐，婚后财产，一人一半，他哪怕不给你房子，也得给你个首付的钱。你不用担心。"

孙哲姐叹口气："新婚姻法公布了，婚前财产不参与分配的。我都了解过了。他的房子，是他单位福利半卖半送的，他爹妈也出了钱，不会落我手上。再说了，离婚，一个月法院也就判一千五的生活费吧！一千五，都不够儿子补习费的。我不会离的。"

静波："姐，我觉得，你考虑的问题，都跟婚姻无关。最关键的问题是，你还愿意和他一起生活吗？如果不愿意，你说的所有的问题，都是经济问题。这都好办。爸爸妈妈的家，就是你的家，你和亮亮，想住多久就住多久，没人跟你抢。亮亮是我的外甥，我们自己也没孩子，只要你决定了和那个人离婚，这么一大家人，还怕孩子过不好？关键是，你还愿意和那个人一起生活吗？"

孙哲姐："除了经济原因，还有血缘关系。我没有选择。我不能让孩子没有父亲。如果他再婚，有了新孩子，就苦了亮亮了。至少不离婚，亮亮就跟他生活在一起。他们有感情。"

　　静波还想辩解，孙哲爸插话："这个，不着急，不是一时半会儿就要做决定的事。我想吧，这个事情出得不小，小文和杨礼都付出了惨痛的代价。大家都冷静冷静，过了这一段再商量以后吧！但我首先要谢谢静波的表态。这些话，我们在座的谁说都不如静波说有分量。静波，你和孙哲先回去，也别说自己没孩子的话，只要你们想要，总能找到解决办法。"

　　静波和孙哲出门走了。孙哲妈看着儿子和儿媳的背影不由得叹气："我以前，觉得静波这孩子，不会照顾人，不像个过日子的人，天天得让我们老的伺候，还担心他们。这段时间看来，静波真是个不错的媳妇儿，她不会干家务那真不是什么大毛病。她能替小文去砍人，那是心里就把这里当家；她能主动说不要房子养活亮亮，说明这孩子善良，靠得住。要我看，孙哲找老婆，真找对了！我以后，就要把静波当我亲闺女看。日久才见人心啊！"

　　孙哲爸的叹气显然更深远："我啊，倒更担心了。你想，她当你是自己人，就能为你拼命，可哪天要不是自己人了，她也敢豁出命去跟你拼啊！"

　　孙哲妈一腔热血在激荡："那就一辈子把这样的好姑娘当自己人！"

　　孙哲爸忧虑了："你我同意不行啊！婚姻的路，得他们小夫妻自己走。你能保证这一辈子，孙哲就不出一点岔子和她到头？这万一我家小哲要有啥对不起她的地方，她这眼里不揉沙子的人……你，不怕？"

　　孙哲妈血压腾地又上来了，歹着手到处摸："我，我，我救心丸放哪儿了？"

　　静波无限忧伤地坐在孙哲的车上，孙哲无言地摸摸她的头，不知如何安慰她。静波拉起他的手，放在脸上摩挲。"干吗呢？那么入戏？"孙哲看着此刻最是温柔的静波问。

　　静波叹口气："我在想，也许我们不能有孩子，是上天厚爱我。

不会让我在有一天被你伤透的时候，因为孩子而不舍得离去。"孙哲不作声。

一路上两人都沉默着，直到车停进车位，静波正要开车门，被孙哲一把拉住，脱口而出："我和你想的不一样。我第一次觉得，有了孩子，你就永远不会离开我。"

静波看了孙哲一眼："你利用我的感情。"

"不，我爱你，不想和你分开。我找不到比你更好的人了。"

"切，为什么？就因为把房子给你姐？"

"因为你善良。你在意别人的感受。"

"你上次还说我不在乎人家的感受，我让你劝我哥去结婚，你死活不肯，说我都不注意他的感受。"

孙哲摩挲着静波的手："好吧！交换。你为我做这么多，我可以为你做一样事。"

静波反问："我哥这么惨？就这样被你出卖？"

孙哲笑了："兄弟如衣服，老婆是手足。为了手足，不要衣服。再说了，他平白无故从天而降一个孩子，太便宜他了，怎么也要让他付出点儿代价！不就办场假婚礼吗？"

陈 QQ 被一帮死党包围了。他恨不能抱头鼠窜："以前没见你们这么操心我啊！"

经历过冯莹发飙后的张嘉平第一个履行义务："过了这个村就没这个店儿了。白得的孩子你还不要？我家现在简直像种牛养殖场一样。你知道我和冯莹为再要个孩子，费多大劲吗？"

孙哲紧跟着加码："你小子运气够好了，得一亲生孩子还不要负责任，只要给个名义婚礼就行了。这种好事儿怎么总是落你头上？人家负责养，人家负责带，还管你叫爹。现在，得个孩子，真不是这么容易的，好多人想生都生不出来啊！"

陈 QQ 油盐不进："拉倒吧！都不知道这孩子是不是我的！"

张嘉平一拍大腿:"那更好了!你知道我现在过的是什么日子吗?现在,要是有个姑娘跑到我面前,哭着喊着非说肚子里的孩子是我的,我欢天喜地就抱回家送给冯莹了。省我多少事儿啊!又不要你喝中药,又不要你练钢管舞,又不要你戴防毒面具,也不用掐着点儿吃肉,你的日子一切照旧,孩子就送你家了,这只有圣母玛利亚才干这活儿啊!"

陈QQ嘲笑张嘉平:"切,你不行!你不行不代表所有人都不行。"说完回头看看孙哲,"把耳朵堵上,病人不宜。"

孙哲倒没计较,还极有牺牲精神地接着劝:"这满世界,都是不行的人,才能彰显你的卓尔不群。你严防死守,步步为营,小心谨慎,最后都行,你多牛叉啊,这就是你牛叉的证据啊!"

陈QQ顿感此言不虚:"也是啊!男人界要不是剩我这朵奇葩,脸都叫你们给丢光了。"

张嘉平很懂顺竿爬的火候:"这个,你留着做个备份。万一以后想要没有了,好歹身边有粮心里不慌,也不至于顶个不孕不育的帽子老抬不起头。"

孙哲赶紧指指自己。

陈QQ犹疑了:"你们是不是都商量好了联合起来让我结婚的呀!这是一辈子的大事,原则问题,怎么能因为一个孩子而妥协呢?"

张嘉平:"谁跟你说结婚是一辈子的事?多少人当年爱得寻死觅活的,还不是说分就分了?这事吧,别看得太严肃,要抱着轻松的心情,就好像……就好像,合则聚不合则散,你这样想,婚姻也就不恐怖了。但孩子这个事吧,我觉得倒真是原则的事。人生,就是四个字:求之,不得。你别说你不想要,没准备好,等你一切ready了,不一定有。"

陈QQ沉吟:"求之,不得?"

张嘉平:"求之,不得。天遂人愿那是要到庙里求的。大多数情况下,都是求之,不得。"

毛驴这时才轮得上插句话："陈QQ，你可想清楚了，这姑娘，今年才二十二，如花似玉的年纪，你要是连个像样的婚礼都不给人家，你孩子落地就是私生子，肯定跟人家姓，人家肯定不会为这个孩子守寡终身的，到时候带着孩子改嫁了，你找都找不回来，还不知后爹怎么虐待呢！"

孙哲马上敲边鼓："你等等，我上网搜一下这样的案例。哎哟哟，太吓人了，太恐怖了，残忍！"张嘉平凑上来："我瞅瞅，多残忍。这个，这个是不给饭吃还罚站的？"孙哲："这个是开水烫脱皮的。""这个呢？""这个是后爹虐待，孩子受不了了，千里走单骑找亲爹，路上给拐卖了。"俩人一唱一和，毛驴也啧啧感叹："腿都给打残废了，这孩子以后怎么办啊？"

陈QQ不寒而栗："你们……你们……后爹也不都是坏人，亲爹也不都是好人，你们不要吓我！"

孙哲："后爹也有好人，但不一定落到你孩子头上。亲爹也有你这样的坏人，但你再坏，也会善待孩子的。咱家的希望，都在你身上了。你要是留个后，你和我，都轻松了。一桌酒席，一天工夫而已，人家就给你生个孩子，跟你姓，是你家的人，人家到时候想带也带不走。"

张嘉平："就一桌，能要你命？都没说拍婚纱照的事呢。真正要命的是那个。"

孙哲："不合适。人家要一桌，你就给一桌？办都办了，还在乎多一桌少一桌吗？里子你都不给人家了，面子给点儿让人舒服点儿不好吗？以后人家对你孩子也好点儿。"

毛驴："就是！大办一下亏不了你，红包收得回。我们都当你正式结婚的送。"

陈QQ这下清醒了："什么送！那是我收！我不过是把过去发出去的利息收回来！我这么多年送出去多少红包啊，当了多少回伴郎啊！对了，谁给我当伴郎呀？你们一个二个都当爹了。"

60

张嘉平和孙哲交换一下眼神儿，在心里互击了一下掌。

陈 QQ 先生和丁一丫小姐大婚那天，路上排了一长列豪车，领头的婚车上喜庆的鲜花随风摆动。酒店门口展着大幅海报，任哪个旁人都看不出这是逢场作戏。到场的个个儿都人五人六的，礼服笔挺，新郎陈 QQ 为这场假婚礼还特地置办了一件礼服。一丫爸妈也打扮得簇新。

酒店大堂里，豪奢的筵席开始走菜。几十桌的宾客在热闹地寒暄。音乐声中，陈 QQ 和丁一丫正装出场，跟在后头的伴郎是张偶得，还有毛驴的孩子。背投上循环播放两人的婚纱照。

静波窃笑着跟邻座的冯莹讲："说是只有一桌酒席，结果，一样没省，跟真的一样！"冯莹看这阵势也正想问——证领了吗？静波把声音又压低一度："那是我哥的底线，他坚决不干。"

冯莹下巴一点背投："你看照片上，QQ 不也一脸幸福吗？"

静波："嗨，他就是不幸福，人家做照片的也能给他 P 幸福了。现在的技术！"说完环视一圈，杯子一蹾，"太不像话了，娶了媳妇忘了媒人。竟然不叫我们俩坐主桌，要没咱俩，这事儿能成？"

冯莹感慨："谁能想到她家爷爷奶奶外公外婆都还健在啊！跟咱真不是一代人了！——坏了！我们办事儿前忘记跟人家敲定了，孩子出来是跟你们家姓陈吗？"

旁边孙哲跟张嘉平也在交头接耳。孙哲看人家姑娘一家，长辈都这么高兴，邻居都这么羡慕，结果不过是个假象，深深觉得太残忍，都不忍心看。张嘉平不以为然："偷偷摸摸生个孩子不是更残忍？现在毕竟离婚不丢人了。"

在大家的交头接耳中，司仪大喊："祝愿新郎新娘白头到老，百年好合！"

六 宅，心仁厚

　　静波正敷着面膜泡着脚丫手捧电脑做展板，孙哲在旁边摆弄iPhone。静波说："老公，我怎么感觉我阴冷阴冷的，手脚冰凉，估计是阴虚了。我要找个中医调养一下。"孙哲邪笑："你要不要我给你采补一下？"静波头都没抬："别大补，给我泡杯参茶就行了。"

　　孙哲继续摆弄手机："你等着啊！我在给你装个防盗软件，万一手机被偷，三次密码输入不正确，手机会把小偷的脸给照下来直接发到你邮箱里，三分钟之后手机内部所有信息，包括短信、通讯录、E-mail 全部自动销毁。"

　　静波："哎呀老公！神一样的老公啊！你太周到了！这样我就不怕偷情被曝光了！"孙哲："偷情？你里面有偷情记录？等我把它给调出来。"静波用手指比画拿猎枪，崩了孙哲一下。孙哲从屏幕上看到静波的动作，很配合地抖三抖，引得静波哈哈大笑。

　　手机响了，静波拿过孙哲递来的手机："李团长，对，我在等您明天的演示资料。什么？电脑摔了？东西全不见了？您存了吗？您放心，应该不会丢的……"她看了下自己电脑上的时间，"这样吧，我请人过去给您看看，看能不能修复，先把里面重要的东西给导出来吧！哎！哎！不客气。"挂了电话，静波重重地拍了一下孙哲："待业青年，你表现的时候到了！今天晚上，一宿的时间，一定要把他电脑里我要的东西给弄出来，明天早上的展会，他要演示的。这要是瞎了，我就可以终结职业生涯了。"

孙哲立刻兴奋起来，跳起来去他的百宝箱，翻箱倒柜找一应工具，还自语道："我带个大的硬盘去。"

孙哲开车时，一旁的静波给老板打电话："这种贴心员工有木有？加班不给加班费就算了，竟然还要免费动用老公——我带我老公去给广东代表团的团长修电脑。对了，我刚特地从办公室把你以前买的那本马屁书给拿来了，我跟他套套近乎……哈哈哈哈，马屁是我的责任。升职的时候惦记着我就行了。"之后的路程，静波就一直用耳朵和肩膀夹着电话，嘴巴里叼着蓝色黑色绿色的彩笔，一边口齿不清地和老板通话，一边用笔在书上乱画。

俩人进了宾馆，只见乱七八糟的资料堆了一房间，那个敞开的电脑就半埋在资料堆里。

李团长两手一摊，一筹莫展："我真没想到会出这样的状况。全靠你了，我在本地两眼一墨黑的。明天能按时参展吗？"

静波一笑，指着孙哲说："微软最好的工程师，搞不定你找他。我花大价钱请来的！别着急，你让他去忙，咱俩一边喝茶。"说着竟然从包里掏出小罐装的铁观音。李团长就不客气了："我真需要这个提神了。今晚怕是不眠夜。"

静波又从包里掏出一本书往桌上一拍："不白给您的，得有报偿——能赏个签名吗？"李团长眼睛一亮："你怎么会有这本书？我当初就是印着好玩写的，送送熟人，没卖掉多少本。"李团长摩挲完封面又翻了翻："真好……你还标注了记号。"

静波："我认真看的，当初是为了找一本工作实例的教科书，后来发现很多话不仅仅工作中用得上，生活里也受惠。我都保存好久了，终于等到见到您的这一天。给俺签个名儿呗，导师。"

李团长很受用："这本书没出几年啊，前年出的，你也就保存了一年半嘛！小鬼，嘴巴倒是很会说话。"

静波很认真地回答："第一您不比我大几岁，不能喊我小鬼；第二，对于现在的快餐阅读来说，绝大部分书翻两页就可以扔了，能够存在书橱里还有自己长期位置的书——您知道上海房价多贵么！书架这么一个位置租金一个月都几十吧？"李团长已经眉开眼笑。

这边，静波和李团长俩人聊得热火朝天，那边孙哲旁若无人地忙着修电脑。李团长突然站起身，温情地看着静波："想出去看看月亮吗？我很久都没有晚上在夜色中走了。"

静波心里咯噔一下，坏了，表演太投入了……但静波练就了面不改色心不跳的绝活儿，眼角都没瞄孙哲一眼，表情非常愉悦地答："好啊！这个宾馆里有个很漂亮的天鹅湖。"李团长完全无视孙哲的存在，伸出一只手。这下静波心里真打鼓了，偷偷看了孙哲一眼，孙哲已经进入忘我世界。静波也伸出一只手，上面还留着刚才在车里蹭上的彩笔印子。

两只手，像情侣一样拉着，走出了宾馆。

静波和李团长无言地走在月色里，小暧昧的气氛悄悄弥漫着。李团长终有惺惺相惜千里逢知己的感觉，他入神地看着静波："我想知道，你这古灵精怪的小丫头，为什么会有这么强的读心术？"

静波沉默了半天，非常可爱地看着李团长："呃，我想知道，你这风流倜傥才华横溢的老家伙怎么这么年轻就坐在这个位置上？我第一次看书的时候，以为你是个退休老头子。没想到你这么年轻。"

李团长笑了："我大学的时候就已经是梯队的了。当年的学生会主席。我高中就入党了。"

党员？梯队？静波意味深长地笑了，低头看看他牵自己的手。李团长自己都不好意思了，赶紧松开手。静波又开始拍马屁："我在没认识你以前，对党员印象都是老坏的，贪污受贿的裸官包庇的都是你们。认识你才发现，党选拔干部还是很有眼光的，你很真诚，也很务实，做事情又很有责任心。"

李团长："你这就是马屁了，我再自恋都听得出。但你有一句话是对的，绝大多数的党员当初被选拔的时候，一定是具有精英潜质的。被曝光的是那些败类，绝大多数的，都……"静波开始做调皮状:"绝大多数的,都在等着被曝光吧?"李团长哈哈大笑。

手机振动,静波看了下手机,猛一握拳:"Yes!李团长,搞定!"李团长赞道:"到底是微软工程师啊!不容易!"

静波说:"咱赶紧回去看看!"俩人一路疾行。

静波神气活现地带着文件夹飞奔到家时,孙哲正戴着耳机听着音乐捣鼓电脑。静波喊了几次老公,孙哲头也不抬。静波冲过去,拿文件夹砸孙哲的头,他才摘下耳机,看静波把文件夹很炫耀地拍在自己面前:"成果!谢你一下!"孙哲摸不着头绪,静波说:"深圳市中心地带五十块广告牌投放。"

孙哲只轻描淡写地说了句"不错"。

静波好不扫兴:"你不问哪里来的?"

"那个李团长给你的吧?"

"你怎么知道?"

"我什么不知道?那天晚上他不是拉着你小手儿出去的吗?"

"啊?你怎么知道?"

"电脑屏幕有反光的好不好?我有耳朵的好不好?你俩当我面说话,你真以为我空气啊?那马屁拍的……我冷。"孙哲说完还夸张地哆嗦一下。

静波咯咯笑了,拍了孙哲一巴掌:"人在江湖走,马屁就得有。你还真能忍,到今天才说出来,憋出内伤了吧?哎!我声明啊!我和他是清白的。他给我是心甘情愿,完全不是男盗女娼。"

孙哲头都不回地看着他的电脑屏幕:"我知道。"

静波不乐意了:"嗨!那么自信?!你还真以为我没人要了是吧?你信不信我……"孙哲回头,摘下耳机,很平静地看着静波:"静波,我们是结婚,不是卖身。我们之间所有的承诺,都基于相爱的基础上。如果不爱了,为张纸捆在一起有意思吗?你要是心里有我,你自然有根弦;你要是没有我,我念紧箍咒都没用。我相信你。"

静波："那……我也许不是因为不爱你，而是因为要得到这几张广告牌……"孙哲依旧平静地说："你心里自有取舍。如果你觉得广告牌比我重要，我也接受。你是独立的人，你不是我的所有格。"

静波突然就柔情蜜意了，娇嗲地说："老公……我手冷……"孙哲握住静波的手，揉了揉。"我脚也冷……"

"运动运动，跺跺脚。过两天带你去看医生。"

静波恨恨道："你个死人，今天怎么不问我要不要采补？"孙哲已重新回到电脑桌前，捣鼓电脑。静波过去撩他的头发。"别用美人计，扰乱军心。我现在是双倍经验时间。"孙哲全神贯注地打魔兽，静波一气之下把电脑给关了。

孙哲噌地坐直了："你干什么啊？"

静波："就知道玩你的魔兽，工作的事呢？你还打不打算找工作？"

孙哲嬉皮笑脸："老婆，你说我靠卖装备发财致富怎么样？"本来跟静波开玩笑，发现她是真生气，他遂改口："我在找呢，没合适的。现在就业就是拼爹。"

"那就找爹帮忙。"

"找我爸？你杀了我吧。我不要听他唠叨。"

"我说找我爸，他学生多，托托关系。"

"不要，麻烦！"

"你宅在家里就不麻烦？"

"我宅，心仁厚。"

"你对我仁厚点行不行？家里的房贷车贷很吃紧哎。"

"我没宅多久啊，没到断粮的时候呢。"

"到断粮还来得及吗？不行，我都很久没有烧饼了。"

"什么烧饼啊？"

"shopping 啊！"

"你去啊，你烧饼又不用我的钱，你挣得比我多。"

"可我惦记你的钱啊。现在没得惦记了，我烧饼没有底气。就这么说定了，回趟我家，我去和爸说，让他帮忙给你找。哎，你到底答不答应？"

"你把电脑给我打开，我就答应。"

静波叹口气，给孙哲打开电脑，看着他立刻全情投入魔兽战场。

静波爸有学生在 IT 公司做高管，静波拉着孙哲回家说起工作的事，静波爸的谆谆教诲风范自动开启："孙哲啊，爸爸跟你探讨一下，你这次为什么辞职呢？"

"呃……一般每次跳槽，通常会加薪20%。"

静波爸摇着头："唉！现在这个社会现象啊，我不是很认同。大家都比较短视，都挖人家的墙脚，为什么不珍惜自己现有的员工呢？好好待他们，按照他们的价值公平地付人家酬劳，对企业发展不是更有利吗？你在一个单位做得久，才会更了解这个单位的需求啊！"

静波快刀斩乱麻般插话："哎呀爸！您这都是理想世界，别说挖人才了，现在挖丈夫的到处都是，谁从零起步开始培养谁傻。现在不是提倡市场竞争吗？"

静波爸在厘清概念："这呀，叫无序竞争……"

静波妈随时受不了："行了，人家就叫你帮找个工作，你嘚嘚嘚嘚地说那么远，叫人着急。你直说，这个忙能不能帮到？"

孙哲忙调停："爸，妈，我其实不急，前几年，我们这个专业的都有好几家猎头公司盯着，这两年行情虽说差一点，但计算机专业是靠技术吃饭，不会找不到工作。我想休息一段时间的，是静波急。"

静波爸又问女儿："静波急什么呢？"

静波必须急呀："他爸要是官二代富二代我就不急了。我也想当贤妻，不叫人嫌弃。可家里房贷车贷催人紧啊！"

静波爸了然："我知道了，都会为五斗米折腰啊！"

静波妈比静波还急："你倒是表个态，行还是不行？"

静波爸："孙哲把履历发给我，我转给人家，我哪能决定行还是不行呢?"

静波暗自 Yes,跟孙哲对了个掌。

其实静波和孙哲俩人没有养娃的压力,背着房贷车贷对他们偶尔高端消费一下还是不会有致命影响的,比如在高档按摩院里享受按摩。

"啊啊啊!轻点轻点!我的颈椎!要命了!"静波鬼哭狼嚎一阵,转头对孙哲说:"我真搞不懂你姐姐了!她男人这样对她,她还打死不离,她生活在远古吗?她到底担心什么呢?说来说去就是钱的问题。"孙哲觉得没这么简单,他把头拧过来看着静波:"我说一句你不要生气。我觉得,她内心里大约会怨你,如果杨礼提出离婚的话。"

静波果然生气了:"怨我?怨我什么?是我让杨礼有外遇的吗?是我让杨礼打她的吗?"

孙哲了解自己的姐姐:"她说来说去,说的都是对经济的担心,但内心深处,是对单过的恐慌。她围着那个家转了十多年了,她的生活里,除了儿子老公婆婆公公,还有谁呢?你让她突然离开那么繁忙的一大家子,她怎么有底呢?"

静波明白了,有人天生是受虐狂:"这个男人根本不值得她这样付出。我完全不能明白一个女人的世界只有一个家庭是什么样的。"

孙哲:"一个女人的世界只有一个家庭是正常状况。像我们俩这样晚上出来按摩的夫妻才不正常。我们如果早点要孩子,这个点儿,你跟冯莹一样,正一手拿着棍子,一手打着拍子监督孩子弹琴。"

静波打断孙哲:"我不可能过这样的生活。我即使有了孩子,我也会和现在一样,做一个有事业有追求的妈咪,我觉得这才是我要给孩子活出的榜样。我绝对不会像肖飞那样,端着碗追着孩子喂还要当马给她骑,也不会像索尼那样抱着孩子颠到天亮,更不会像冯莹那样去学校做义工讨好老师,先看着偶得功课做完才去备自己的课。我很欣赏美国妈咪的做法,孩子要睡自然会睡,不睡他爱哭就哭,不吃就

68

饿着，饿了自然会吃，做功课是他自己的事，他没有责任感，对不起，我不会奉陪的。他有他的人生，我有我的!"

按摩师突然笑了。静波不明所以："你笑什么?"按摩师笑着说："我给你记下——陈小姐，今天你说的话。等过几年，你有孩子了，我拿出来嘲笑你。"静波信誓旦旦地说："我肯定是这样，不用你嘲笑。"又转头对孙哲说，"我不仅鼓励自己这样，我还教育冯莹呢! 明天我们公司举办一个拉客户的春季时装秀，我让冯莹跟我一起参加。当妈的也要有夜生活，当妈的也要有社交圈。凭什么就见你们在一起喝酒聊天看足球啊，何况国足还那么烂。"

孙哲哼了一声："我们看欧洲杯的好不好?"

时装秀彩排时，静波在秀台后听音乐华丽丽地响起，然后，一个貌似熟悉的身影穿着夸张造型的衣服从她身边匆忙走过。静波吃惊地大喊："一丫!!! 你怎么在这儿?"

一丫并不惊讶，匆忙说："姐，我走秀啊!"

"你不是怀孕着?"

"趁肚子不大显我得赶紧挣钱啊! 不然谁养活我孩子?"

正说着，野模经纪在旁边拍着一丫的屁股大喊："快走快走! 别空台!"一丫三步并作两步往前赶，差点儿被简陋的后台给绊倒，一个大趔趄。静波冲过去抱住一丫，冲经纪吼叫："让后面的走! 她今晚不走!"

一丫急了："别闹了! 我还要生活!"说着一把推开静波的手，踩着猫步踏入舞台。

静波拿出包，抽出钱包，把里面所有的钱都拿出来，放到经纪手中说，"等下，一丫下台，就是刚才的 9 号，你把这钱给她，以后，别给她揽活儿了。她找你，你别接，听到没有? 她怀孕了，要是摔一跤出什么事，你担得起吗?"

野模经纪打量着静波："小妹，我是做生意的。做生意要讲商业道德的。她拿了我五十场秀的订金，你给我这点儿哪够呢？"说完也没客气，就把钱装自己随身皮包里了，"她就算不能穿高跟鞋，还可以做孕妇装的秀嘛！她还可以做内衣秀嘛！她还可以做丝袜秀嘛！怀孕是多大的事儿呢！怀孕就不要工作了吗？人家小 S 还有黛米摩尔怀孕了不都还挣钱的吗？人没名气，养得倒娇气！这钱不够啊！你要讲商业道德……"

话音未落，舞台上一模特重重摔了一跤。一丫被模特脱落的鞋子绊了一下，摇晃三下，竟然目无旁视地从跌倒的模特身边跨过去昂首挺胸地走过。静波一脸的崩溃，经纪人也傻了。静波强悍道："你再让她走台试试！你信不信我找人做了你?！你还道德?！你哪配谈道德？要说道德，你的道德底线要用挖掘机从地底下开始挖！"

经纪人快疯了，这时静波的手机响，为这对峙的气氛解了围，铃声是静波妈妈的声音——女儿，接电话，女儿，接电话。静波手忙脚乱地从包里掏出电话，是妈妈的招牌声音，很是平静："静波，我想跟你商量个事……我，我想把一丫，就是你哥哥那个，那个怀孕的……接到家里住，她年纪太小，不懂得爱惜自己，我想跟你……"静波不等妈妈说完就果断地回答："好。就这么定了！你明天就把她接回家，看好她。"回答完，静波立刻掐断手机。

七 怀孕拉动三产

静波拿着牙刷一边刷牙一边走到孙哲身边喋喋不休："我这个月，给气得，例假都不来了！"孙哲问气什么，静波抱怨："前几天是你姐姐的事，让我感到又心疼又心酸，我还出力不讨好。今天晚上又看见那个一丫，就是我哥办假婚礼的姑娘，挺着大肚子走 T 台。再有就是你，天天不工作在我眼前头晃啊晃啊晃！"

孙哲："啊？她肚子都挺出来了啊？"

静波牙也不刷了："已经显怀了！她那么瘦一人儿，脸画得像妖精，头发还染得跟鹦鹉似的，得多伤肚子里的孩子啊！我让她经纪人不要叫她走秀了……"孙哲着急："你千万不要把我姐姐家的事和你哥哥的事都当成你自己的事去操心。你首先，要过好自己的日子。工作这么忙，都没把你的空填满？这个礼拜，晚上你都没怎么着家，有三个晚上是在办公室过的。"

一提这个静波更气："不是办走秀吗？唉，伤得我奶子疼。你怎么不觉得我不回家是为逃避你呢？家里都被你占着了。"孙哲"扑哧"笑了。静波问："你笑什么？我真胸疼。例假老不来，估计居无定时把生物钟给搞坏了。胸涨得难受，替我揉揉。"

孙哲还是忍不住笑说："妹子啊，我一直以为你没这方面的困扰，你哪有胸可涨啊！"

静波委屈地低头看看自己："你是不是嫌我胸小？"孙哲温柔地一把抱住静波："你别逗了亲爱的，你要知道每天晚上抱着你猜 AB 面

71

儿是件多么愉快的事啊！"

静波和孙哲转眼又要过纪念日了。纪念日是必须忙里偷闲隆重纪念一下的。这晚，静波穿得非常优雅，和孙哲一起坐在高级餐厅里，桌面上烛光闪烁，情调格外温馨。

孙哲举起红酒杯："干杯！庆祝咱俩认识一千五百天。这一向辛苦你了，忙得俩人都见不着面。"静波娇哆地举杯："感谢老公这么多日子以来对我的照顾和对我疯狂工作不着家的隐忍。"正要喝，被孙哲喊住："等一下！等我拍张照！"说完掏出手机对着桌面的头盘和红酒拍了张照片。

静波又举杯，示意孙哲喝酒。孙哲又叫停说等一下，要上传照片。静波放空时，就见走道对面的小屁孩儿拿着叉子在盘子里挑意大利面，嘴巴一噗，面条喷了半张桌子。小孩妈妈忙着拿餐巾给孩子擦嘴收拾台面。小孩抓起一把面条就抹在他妈头顶上，口里还喊着"面面，面面……"妈妈狼狈不堪，一边拿餐巾擦头，一边却爱心无限地夸孩子："哎呀！宝宝真能干，能抓这么多面面了啊，不过这个叫spaghatti. Say, spaghetti…"

静波本来还哆溜溜装淑女，突然就变脸了，对孙哲说："咱俩换个位子，影响我吃饭的胃口。本来胃口就不好。小屁孩儿把面条抓得那个恶心！"没想到孙哲换过去后看到那小屁孩儿，扑哧笑了，还冲他贱贱地招手，逗引一番，对静波说："我觉得挺可爱啊！胖嘟嘟的……"

静波转移话题："领导让我带队单干了，绕开那个讨厌的公主。我打算放开手脚，大展宏图，我要是这样拼两到三年，公司副总怎么也得该有我一席吧？俺们领导很赏识俺的……"

正说着，小孩妈妈拉着小孩的手去上厕所，小孩颠着脚丫走得摇摇晃晃。经过他们时，孙哲竟然摸了摸孩子的头，对孩子妈一笑："真可爱！"小孩妈妈特高兴地道谢。

静波眼角都不看孩子一眼地继续说："公司每个部门都是独立核

算的，我打算一出去就把上次拿到的五十块广告牌用上，基本上头几年这个部门就能活下来了，然后我想把上次谈的高端旅游市场的客户给拿下来，那都是……"

这时服务员端上主菜。孙哲忙着找角度拍最好看的菜的款式，跟灯光较劲。好不容易拍好，目光又被那个小男孩吸引。他嘴里嚷嚷着"下来，下来……"不愿意再坐宝宝凳。小孩妈妈跟着孩子满餐厅转。孩子走到一个人的位子上，就伸手要吃的，周围所有人都在逗他，也乐于把自己的吃的分给孩子一点。孙哲忍不住偷拍小孩的照片，看着照片偷笑。

静波一个人还在叨叨："我们公司的盈利模式还是有问题。最近我看的一篇报道，说很多知名企业的广告平面媒体投放量越来越少了，都直接转向网络视频或者点击，这样不出几年就会有危机……"

孙哲一边听静波说，一边冲小男孩很贱地打招呼，模仿那个小孩的样子，手一抓一抓的。小孩一个趔趄摔倒了，孙哲表情一紧，忍不住"哎哟"一声。

小孩放声大哭起来，静波给吓得，一脸嫌恶："吃顿饭，好不容易有个机会坐下来俩人说说话，你不打游戏我不看文案，生生给个孩子搅和黄了。我说话你到底是听还是没听啊！连个回声都没有！"

孙哲也很败兴："你呀，一谈钱你就满脸放光，除了钱，其他事都不能吸引你。你不觉得这顿饭，有烛光，有佳肴，有孩子的吵闹很温馨吗？"

静波气得啪地拍下刀叉，站起来喊："温馨你个头！服务员！这到底是餐厅还是幼儿园啊！难得吃顿饭都吃不安静！以后能在外头写上'小孩与狗不得入内'吗？"

周围人都诧异地看着静波，有的很不满，但也有赞同的。孙哲脸都红了，一把拉静波坐下，跟服务员说："买单买单……不好意思……她今天心情不好。"

静波仍大声说："我心情好得很，都被这小屁孩给破坏了！我是来享受的，不是来忍受的，怎么……"孙哲匆匆放下现金，拽着静波就出了餐厅。

刚出餐厅的门，静波就回过神来："你怎么不刷卡呀！你这种卡狂一族，怎么能忍受漏积分呢？"

孙哲当然心疼积分，但真是不好意思等了："你想想，你一大姑娘家，跟人家小孩子计较，你都不顾及我脸面。"

静波不同意："我怎么是计较呢？我这是争取我应有的权利！这社会对孩子也太宽容了！谁都得让着他们……一个二个的小魔头！"

孙哲叹口气："静波啊，其实，是我太宽容你了。所以你还跟孩子一样的心境。到我们这年纪，不是要宽容孩子，而是需要宽容社会了，包括孩子。你自己想想你刚才的行为，给人留下什么印象？你脾气这么大，是不是生理期要到了？"

静波委屈道："别提了，都紊乱了。现在我都闹不清什么时候了，还没动静呢，憋得我难受。"

孙哲摸摸她的头，说："我原谅你。下次不许。"静波不好意思地靠在孙哲身上。孙哲突然醒悟过来："等一下！"静波一下子立直了："钱包忘里头了？"孙哲笑："忘记点评了！"静波白他一眼，恶狠狠地说："就写：不推荐，餐厅环境差，小孩太闹，不适合情侣聚餐和商务宴请，适合家庭聚会。"

孙哲边输入，边嘲笑静波："你就是那个太闹的小孩吧？"

第二天一大早，听说孙哲出去面试不在家，静波妈就来打扫卫生了。进门换上围裙扎上头巾，先转到主卧卫生间打扫一番后出来，突然看见静波靠在床上，把电脑支在肚子上，面色蜡黄。静波妈吓一跳："哎！你怎么在家啊！我以为你上班儿去了。"静波满脸疲惫地说："病了。在家休养，请假了。"静波妈担忧地问是什么病，怎么不去医院看看。静波恨恨地敲键盘："这不还出不了门儿吗？帮人擦屁股。要是有一天我爬到她头上，第一件事就把她开了！这种子女就叫坑爹！要脸蛋没脸蛋，要身材没身材，要才华没才华，要德行没德行，她要是不大龄剩女，就没天理了！"

静波妈叹口气："什么毛病？哪儿不舒服？我看看，发烧没？"说着翻出来一支温度计，用酒精棉球擦干净塞静波嘴里。静波说话含糊地推开："不发烧，胃疼。估计昨天晚上吃饭被那倒霉孩子给气着了！吃顿饭能闹腾死，这样的孩子，家长带出来吃饭根本就是危害公共安全。"

静波妈："你呀！你胃不舒服的很大原因是气郁积于胸，气血不畅。什么小事都能把你气着。哪来的那么心浮气躁啊！"

静波含了会儿温度计，拿出来来回看："怎么看啊这个？人家都用耳窝的，就你非要我用这种老式的。"

静波妈拿来看了看："没烧。这世界，没人和你作对，和你作对的是你自己。人，就是能力有高低，小孩就是一天一天长大，你要接受这个现状，调整心态去适应他们。因为世界不会为你而改变。性情放得柔和点，不要动不动就急躁，急躁不解决任何问题。走，我陪你看病去。"

静波不去，说在家里翻翻，上次剩的"达喜"吃两片就好。静波妈知道静波是工作狂，轻伤不会下火线，便坚持说药不可以乱服，一定要去看病，对症下药："快起来。饱一顿饥一顿，你胃怎么能好得了？快穿衣服！"静波还挣扎着说去不了，一堆事情没干完，静波妈就直接把电脑从她肚子上收走了："电脑有辐射的，不要放肚皮上。说了怎么不听呢？身体是1，剩下的事业财富爱情是零，没这个1，你挂一串零有什么用呢？起来！"

医生详细问了一遍症状，就建议先做个胃镜，排查一下胃溃疡。静波央求道："医生，我没胃溃疡，每次过两天就好了。能不能不做胃镜啊！你帮我开点药。"

"我都不知道你哪里病了怎么开药？药不能乱开的，等下你出事了要找我的。最近小年轻胃病很多的，前两天有个小姑娘减肥减肥，工作忙工作忙，连着两天又不吃又不睡，来医院的路上就死了。才二十三岁！多可惜啊！有病要好好查。"

医生的话已经让静波妈神色大变了，又听医生说胃镜检查排期这个礼拜都排满了，只能下周一再来，就急了："啊？生病能挺到下周一？"

医生也没辙："我也希望你们都不生病，我就不用这么忙了，我还说你们呢，我自己早饭午饭都没有吃，忙到现在。我的胃也疼的。"

静波从医院出来，就直接回爹妈家休息了。刚在床上坐了一会儿，就冲进厕所呕吐起来。静波妈端着粥跟出来，很是发愁。登堂入室的一丫好奇地探头一看："我觉得跟我怀孕差不多嘛！"静波妈听到一丫的话，愣了一下神儿，跟着静波进了卫生间，问："你多久没来例假了？"

静波干呕了一阵，直起腰："我例假今年一直不准的，被工作压力都搞紊乱了。"

静波妈追问："上一次什么时候？"

静波想了一下："两个月前？两个多月？记不清了。"

静波妈爱怜地拍了静波屁股一巴掌："怎么这样过日子的呀？这些是人生很重要的事，你们这些孩子怎么一点常识都没有？工作压力再大，俩月没有也要去看病了呀！"

一丫递过一个验孕棒："查一下吧？"静波坚定地说不可能，静波妈催促："查一下吧！又不费什么事儿。"

静波："早上说是胃溃疡，下午又说是怀孕，别验完以后告诉我变性了，你们生怕我打击不够是吧？"

静波带着验孕棒回家，天色已经渐暗，静波不开灯等孙哲回来。

孙哲进门打开灯，看到暮色中的静波，惊讶地问："怎么回来了啊？今天很早啊？还是不舒服吗？去看医生了吗？"

静波没有回答，只问孙哲面试情况怎么样。孙哲说："应该还不错吧！我这样的，一表人才，值得信赖……"

静波冷冷地说："第一印象害死人，要不人家怎么说日久见人心呢！"

孙哲抱着静波："你到底去看医生了吗？"静波一字一顿地说："医生说我有可能是胃溃疡，我妈说我可能是内分泌失调，一丫说，我怀孕了。"说完举了一下验孕棒。

孙哲的嘴巴突然就笑咧开了："怀孕了？谁的孩子呀？"

静波顺手把靠垫砸过去。孙哲大叫："你别砸我呀！医生不是说我不孕吗？"

静波："我也说不可能了。"

孙哲爬起来："可能不可能的，尿一泡又费你多大事？你验了没啊？"

静波扯着被角："没敢验。等你回来呢！这么重要的时刻，我一个人，顶不住。"

孙哲大义凛然地扛事儿："尿去！这种好事要是轮到我头上，我就又相信中彩票这种事了！"

静波说尿不出。孙哲提了一桶农夫山泉放静波面前："喝！"

一桶水下去后，静波从厕所出来，端着一次性的纸杯，孙哲把验孕棒放杯子里。

一条杠，两条杠，非常清晰。

孙哲赶紧翻说明书看了一下，对照对照："哎呀！两条杠，中队长啊！这……是我的吗？"

静波一巴掌打他头上："那我生下来送人了啊！"

孙哲欢欣雀跃："别呀！是孩子我就要，甭管谁的！"静波一瞪眼又要上巴掌。孙哲一缩脖子，摸着静波的肚子："是你的我就要！"

静波还有点不敢相信："这……这……这太意外了吧？？？我都没个准备……"

孙哲："我也没啊！我还在努力承认自我缺陷中呢！"

77

静波突然就哭丧脸了："我昨天还陪客户打壁球了……我前天还去吃垃圾食品了……我上礼拜还骑自行车翻大坡了……我刚才还吃吗丁啉了……会不会对孩子不好啊？"

孙哲："别胡说八道！"然后嘿嘿笑着说，"我要给那个送子观音送一面锦旗，真是看了他就怀，不吃药不打针也能怀！太神奇了！"

静波还愁眉不展："我都没提前三个月补叶酸……孩子会不会兔唇啊……"

孙哲积极乐观："不怕，有嫣然基金！"

静波气得一口咬孙哲肩膀头上："我第一回发自肺腑地想去庙里烧个高香，求菩萨保佑。"

孙哲："我陪你一起去，菩萨已经保佑了！"

第二天上班，静波在老板办公室里，刚张口，老板夸张的表情差点儿没吓着她。"啊！你也怀孕了啊！！！"静波嘀咕上了："老板？怎么个意思啊？我头胎啊！我符合国家政策啊！我晚婚晚育啊！我也是跟原配丈夫啊！您怎么着就觉得我不能怀孕呢？"

老板不好意思了："不是不是，今天一天我真不知算是收到喜讯呢还是接到噩耗！早上小范跟我说她怀孕了。"

静波眼睛瞪得那叫一滚圆："我怀孕叫喜事，她怀孕那叫悲哀啊！她凭什么怀孕啊！她一未婚难看女大龄！"听老板说小范今天一大早去领证了，静波一脸悲催："你的意思，她今天早上又不上班了？那她今天早上的汇报谁去讲？"

老板一脸理所当然："当然你去！"

"凭什么啊！我写报告！我还去演讲！成绩都算她的。可怜我丫鬟身子丫鬟命，没有亲爹在衙门。你知不知道，今天早上我老公已经请好假陪我去第一次产检？这本来是我们一家三口第一次聚会！"

老板哪壶不开提哪壶："哦？你家孙哲又再就业了啊？早知道正赶上你怀孕，索性休息一段以照顾你为己任，休个长产假好了。他反正哪个工作都干不长!"

静波翻眼看看老板:"他就是因为我怀孕才急着上班的。房贷你付啊?车钱你出啊?我孩子你养啊?"

老板马上赔不是:"你看你看,我就是有老板心态,我检讨。我替他老板心疼啊!这刚上班就请假的,多耽误工夫啊!呃,我提议,他可以先上半天班,等你演讲结束,你们再去产检,让孩子亲身体会一下父母一粥一饭,来之不易。父母真是伟大啊!恭喜你!静波!"

"来点实惠的恭喜行吗?"静波撇着嘴说。老板问她想要什么实惠的尽管点。静波眼睛转一下说:"我预留着,需要的时候问你要。"转身要离开办公室,走到门口突然被老板叫住了:"哎!静波,我能问你个事儿吗?""什么事?"老板支支吾吾:"就是,就是,我想问一下,你打算产假休多久?"

"不会吧?!老板?我才刚怀孕哎!这个问题太久远了吧?"

老板坦言:"很多问题要提前规划的嘛!我们明年年尾有个西雅图广告设计理念大赛,我想让你参展!"

静波表情夸张:"公司没人了啊?大哥,我都不知道我顺产还是剖腹产,我都不知道我单胎还是多胎,我怎么知道我产假休多久?"

老板:"静波啊!公司肯定有人,可我信得过的,有才华的,能胜任的,不多。这种国际大赛,既是你个人的机会,也是我们公司的机遇。你也知道,最近各大公司都开始走苹果的道路,开始重视产品文化设计,而这一板块,国内企业还没有这种概念。你看,我这个人吧,就是有老板心态,我……我看到有钱挣不着,我这个百爪挠心哟!我们不能看着这份肥水总在外人田里流啊!你知道这部分钱我赚不着我有多心痛吗?我打算这部分走出去,就交给你了。这段时间,你怀孕,对你、对公司都是好事。你趁不能走动,就给我好好研究,吃透这一块,首先看看能不能把中国海外上市的公司给拿下!再把谷歌啊,非死不可啊,亚马逊啊,都给包圆!"

静波自己开始掐手指头算:"11月是大月还是小月?""小月。"

"算你狠！我连45天产假都休不满。这中间还一天休息都不能有。"

老板又画大饼："你只要拿了奖，我这个位置让你坐！"

静波："我拿了奖就一个要求：能把公主给开了吗？让我爽一下。"

老板孬了："你可以把我给开了，留下她吧！你需要她。真心的，我为你考虑。"

静波和孙哲平生头一回产检就吃了张罚单。

妇产医院有如菜市场，在闹市中心，熙熙攘攘人来人往，车水马龙喇叭欢唱。隔医院二里地外，你就能看见大门口高挂的"满"字。静波和孙哲就在小街道转啊转。到处都是沿街停放的车辆，只剩窄窄的通道。静波急了："你快点啊！马上人家就关门了！"

孙哲拿出手机："你别催，你别催，我这也是头一回知道妇产医院生意这么好，连停车都排不上队，让我找一下附近有什么停车场。'丁丁生活'……"孙哲车速稍慢一点，后面的车就嘀嘀地响喇叭。

静波果断开门下车："你慢慢找，我进去排队。"走进医院，看见密密麻麻的人头，静波忍不住惊叹："不是说中国计划生育都三十年了吗?!"她在里面站到已经左脚换右脚，右脚换左脚，腿脚酸软无力了，孙哲才满头大汗地冲进来。静波问车停好了没有，孙哲说在路边儿随便找一个空停了。静波说："回头人家警察给你贴罚单!"孙哲嘿嘿一笑说："应该不会，我是看警察刚贴完一轮罚单走人，想等他再转回来，怎么也得俩钟头吧！咱抓紧办事!"静波说内急要上厕所，孙哲马上说："那边。我帮你拿着包。"

厕所一排位子清一色的红插销。静波着急地把头低下去看厕所下面的脚："有人吗？怎么都满啊！医院生意太好了吧？车位满就算了，连厕所都客满啊!"

一个厕所门半开了，蹲坑里飘出人声："急吧?"静波使劲点头："急!"蹲坑那人很雷锋地说："我让你?"静波忙不迭说谢谢。只见厕所里头伸出一只手指："一个蹲坑一百块。"

80

静波把门拉开，发现里面一个妇女穿着裤子蹲在坑上，一下子怒了："上厕所还有黄牛党啊！你下来！"

里面的人蹲着不疾不徐地说："我这样一直蹲着也很耗体力的，一百块是劳务费好吧？你有这个劲跟我吵架，说明你还是不急。"静波又要上去揍人了，却听孙哲在外头喊："静波，我找到厕所啦！你快出来！"静波跺脚出门。

孙哲晃晃手里的手机："'窝粑粑'上说，对面有个市直机关招待所，里面有厕所，快去！不花钱！"静波顾不得形象狂奔。招待所里，还真有个厕所！更重要的是，没人！孙哲得意地笑："怎么样？科技让生活更美好！快去！又省一百！"

静波进去时还不忘损孙哲："你就剩这点功用了！"

孙哲不乐意了："哎，那你肚子里的孩子哪儿来的？难道不是我的功用？"

静波舒爽地出来后，孙哲体贴地问："干净吗？"静波答："一般。"

"有厕纸吗？"

"没有。"

"自动冲水吗？"

"手动。"

"有洗手池吗？"

"没自来水，没洗手液，没烘干。"

孙哲一边低头输入手机，一边答："那我就点评3分吧！"

静波服了："啊？这你也点评啊？！"

孙哲笑："我为人人，人人为我，养成习惯，随手点评嘛！你进去给我照张照片，我发布一下。"静波一脚踹过去。

做完检查，两人从妇婴保健院出来时，天光都快黑了。静波刚出医院门就恨恨地说："我决定了！我不要在这儿生孩子了！我要去私人医院，和睦家。这里才来一次，已经让我觉得生孩子完全没有美感了！我不要叉着腿露着屁股让一堆实习医生摸啊看啊！老娘这一辈子

81

只生一个孩子，什么血本我都豁出去了。"

孙哲哭笑不得："妹子啊，你知道和睦家生个孩子得多少钱吗？你让我回家翻翻存折啊！"

两人走到车前，车窗上赫然贴着张黄色罚单。孙哲无奈地摇头："怪不得人家说第三产业呢！家里多一口人，真是开辟了一整条产业啊！包括罚款业。"

静波三观颠覆："啊？我以为三产是指小三拉动产能。"

到家后，静波翻箱倒柜，孙哲在电脑前淡定地说："别翻了，我都告诉你了，账都在电脑里。"

静波恨恨地不信："怎么可能！老娘我工作这么多年，存款只有一万三?!"

孙哲依然淡定地更正道："不是你，是我们俩加一块儿一万三。"说完后脑勺就挨了一大巴掌。

静波咆哮："查账!!! 你说，你管家这么多年，钱都给你花哪儿去了!!!"

孙哲打开一张华丽丽的 EXCEL 表格："一目了然。你是想问你工作七年的总收入，还是想问你去年一年的单收入，还是想问奖金工资构成包括灰色逃税部分呢？"

静波看了一眼总的数字，继续咆哮："翻页！我看我们花哪儿了!"

孙哲又华丽丽地打开一张百分比构图表，里面颜色各异："你是想看物质消费还是想看精神消费？是想看礼仪交际费用，还是想看数码世界畅游？我这里连你每个月上网漫游费都有，你要是需要我还能把你的短信记录给调出来，让你查是不是你发的。"

静波眼睛圆睁："好啊！你还监视我的交往!"

孙哲两手一摊："云社会，谁都不能免监，没有一只脚印不被记录在案，除非你不长脚。"

静波沮丧地说："别说到和睦家生孩子了，就是普通公立，我这存款都勉强。这可怎么办呀？"

孙哲的对策已经想好了："开源节流开源节流。现在你都怀孕了，更不能开源了，我看只有节流一条路。我们省点儿，以后去医院别开车了，罚单受不了，打车都比开车省。"

静波眼珠滴溜溜乱转："哼哼！我偏不！我就是要开源！"说完直接抄起手机，"外，老板，你可记得你今天许给我的恭喜了？我说我保留讨要物质恭喜的权利。我现在想到了，你送我个生育大礼包吧！我想到和睦家生孩子。你别嫌贵，我包你物有所值。你想啊，公主这段时间，百分之二百是不会来上班了，她的活儿，谁干呢？设计参赛的事，我答应你了，产后一个月我就去公司报到，你就当给我的加班费！再说了，我今天一个产检就整一天，太耽误干活的时间了！就这么说定了啊！我爱你老板！我要让你当我孩子的干爹！……那……干爹，你是不是还要送个红包给孩子呀？……"

静波挂断电话，得意扬扬地看着孙哲，一脸神气活现。孙哲很是担忧加心疼："我去跟我妈申请点儿生产基金吧！你别累着。人家怀孕休息，你怀孕还干俩人份儿！"

静波大义凛然："我只不过是把事实折现了。别问你妈要了，以后这是个无底洞，得从我们自身挖潜。"

孙哲还是不放心："这么苦，我舍不得。产后一个月你就上班，你能行吗？"

静波："行不行的到时候再说。难受什么呀！我宁可勤劳地奢侈，也不愿意懒惰地贫穷。一咬牙，十个月就过去了。"

孙哲在静波的肚子上心疼地摸摸："我出去找找，看看有没有什么活儿能补贴家用。"

静波把自己的手轻轻按在孙哲手上："我们俩，竟然，也要当，苦逼的爹妈了。"他们相视笑了。

八　这害死人也爱死人的人情社会

静波妈碎碎念："静波啊！你怀孕了，家里离不开人照顾，我在想，要不要让你公婆搬过去住。"静波想都没想就拒绝了："不要！我天天都不在家的。"静波妈不放心："早饭要吃吧？晚饭也要回家吃。不要天天凑合，要对得起孩子。"

冯莹也劝："静波，这点你要听小姨的。有孩子的时候你才发现家有一老真是一宝。很多零碎的事，没人拾掇真不行。"孙哲拍板："就这么定了，我回去跟我妈说。"

静波说家里地方不够住，静波妈就开始想当年："挤一挤。忍耐是有孩子的人的必经之路。你小时候，我和你爸忙，把你放在宁波你奶奶家，你奶奶把饭碗放地上，鸡吃一口，你吃一口。你没得鸡瘟，真是老天疼你……"

静波没听完就恶心得冲到卫生间开始吐了。静波爸跟着进去，一边给女儿端漱口水，一边苦口婆心："孩子啊，你已经长大了，你要明白，你的意志不可能主宰全部，单位不行，社会不行，家里也不行。逞强，你就累；服软，你就轻松。这个时候，不是逞强的时候，你现在，操不了那么多心了。要学会放下。"

孙哲在外面插话："就是，都吐成这样了，她还跟单位领导说……"静波跳出来一把拉住孙哲的袖子："好！就这么定了！"

周六一大早，静波睡得正香，被外屋的一片嘈杂声吵醒。

84

客厅的电视机大声地播着狗血电视剧,吵成一片。孙哲妈在家快乐地充满朝气地颠来颠去。她努力让自己适应这个小家。第一步就是把自己和孙哲爸那两条毛糙得像丝瓜瓤一样的洗脸毛巾洗澡毛巾挂在浴室的暖气片上,与静波一尘不染、整齐码放在壁架上的 YSL 浴巾相映成趣。

孙哲妈又掏出两把劈了毛的牙刷,插进静波和孙哲的情侣杯里。孙哲看一眼都知道静波得不高兴,悄声建议:"妈,再去买个杯子。一人一个比较卫生。"孙哲爸在外面听见了,说:"不用买,我现给你剪两个。"说完就抄起装满水的塑料瓶,把里头的水倒进烧水壶,找出剪刀,把一次性的塑料瓶剪去半截,还剪个豁口。瞬时俩塑料瓶就站在高雅的卫生间里,然后插上俩劈毛的牙刷,和中华牙膏。老两口对着自己的发明创造,那叫一个满意!孙哲爸自得地说:"哎!早说了,不需要浪费那个钱嘛!用钱的地方多着呢。"孙哲父母说话声音大,就算压低声音,还比着吵架的阵势说家常话。

孙哲妈把放在淋浴房托架上的透明皂拿来,顺手搓刚才静波吐上面的毛巾,看看没什么地方放肥皂,就相中了静波的熏香炉,她很满意地把透明皂放在熏香炉上,转身去阳台晒毛巾。

静波又嗷着要吐,她冲到厕所,被眼前这幅景象惊呆鸟……孙哲妈看她起床,不无关心地说:"静波啊!你怎么不多睡一会儿呢!小哲说你天快亮才睡的。这样不行啊,这样对宝宝不好。"

静波有气无力:"我被你们吵得睡不着。你们动静轻一点儿。"

孙哲爸用军队司号的声音回答:"我们都捏着嗓子说话呢!"搞得孙哲和静波哭笑不得。

周末没有休息好,周一静波下班回家已经精疲力竭了,走进客厅,眼前一片炫目。

桌上的花瓶给放地板上了,桌子上放着一个一个小塑料袋装的蔬菜和肉,还多了个很难看的塑料托盘,里面放着公公婆婆的各色降压药、心脏病药、维生素片;沙发上堆着花布被子;茶几上放着茶叶罐儿、乐扣杯，还有一个茶渍斑斑的杯子，一个择菜盆儿；飘窗上，放着老头老太的行李包，敞着口，还有一件背心儿和一把剪刀。

孙哲妈见静波进门，手里拿着剪刀过来迎接："回来了啊？我这正拾掇呢！家里要好多抹布的，你这日子过得光好看不实用，我把你爸的背心给剪了擦厨房的地。"

静波突然发现窗台上蓝色的猫咪窝不见了："哎！我猫咪的窝呢？"孙哲妈："我把猫咪送给我们家邻居大爷了。怀孕的人，不能养猫，容易把弓形虫病传给孩子。"静波愤怒了："不行！把猫给我抱回来！"

孙哲爸拿出军人的做派大手一挥："不行！你这时候怎么能养猫呢？满屋子飘的都是毛！你那猫，还哪儿都上，今天还蹦灶台上叼鱼！不能养！我已经送出去了！"

静波冷冷地看着孙哲爸："这猫要是不回来，我也不会回来，什么时候猫回来了，你让孙哲打电话给我。"说完拎起包，掉头又出门了，把门摔得山响。

静波在办公室伏案加班，人已经困顿得不行了，正犹豫着要不要下去吃路边的地沟油炒饭，冯莹打来电话，问她反应大不大，还告诉她前三个月要小心。一丫要生了，她想去给她买点小毛毛的衣服，顺便给静波也买点儿。又问她想不想出去散心。静波无奈地说："我加班。"冯莹差点儿没惊掉下巴："不会吧？怀孕你还加班？"

静波有些不好意思："我跟孙哲爸妈翻脸了。"冯莹大笑："第一天？第一天就翻脸？你耐性也太差了吧？我心说你能撑一个月。"静波忧伤加气恼地说："他们背着我把猫送人了！"

孙哲下班一进门，就用一副早知如此的样子跟爹妈说："我跟你们说了吧？不行。猫是她命根子。她从大学养到现在了，你把我送走了都得给她把猫留下。你把猫送走了，她能咬死我。"

孙哲爸哭笑不得："你这在家，一男人家的，什么地位啊？"孙哲妈的话横着就出来了："这哪能由着她呀！孩子金贵还是猫金贵？万一孩子有什么她担得起吗？"

孙哲："妈，您到我这儿来是帮忙来的。您要意识到这一点。这个家，是静波的。您哪能上人家家把主人给得罪了呢?"

孙哲爸啪一巴掌扇在孙哲头上："这房子，首付咱们家还出了一大半呢!什么时候她成主人了!再说了，我们讲的是个理字!是科学!我要是害她，你说我也就算了。我这是爱护她心疼我孙子!你别天天没原则地护你老婆!这事儿，没商量!"

孙哲坚持老婆最大："爸妈，你们要是这样，我不能留你们在我这儿了。咱家四项基本原则第一条就给违反了。静波永远是对的，我无条件服从。静波在怀孕着，她心情不好对孩子更不好。现在，就得顺着她。"

孙哲爸怒了，把手里拿的喷水壶塞到孙哲手上："把猫还给她!我们回家!"孙哲想了想，到沙发上开始叠被子，往行李箱里塞。孙哲爸气得手直抖，没地方撒气，只能对着孙哲妈说："你看看，你看看，养儿子有什么用啊!心里除了老婆，哪有我们父母啊!我们这还是来给他帮忙的呢!"

孙哲淡定地说："我不用你们帮了。感谢你们。猫送谁家了?我去接回来。"说着已经提着行李箱站在他妈面前了。

孙哲爸指着儿子："好!好!我们断绝关系!"说完就背着手往门外走。孙哲妈一把挡他面前："断什么关系?怎么断关系?我不断。我还想看孙子呢!哪儿都不许去，你，去把猫接回来!"

孙哲爸恨老伴糊涂："你这要是一让步，以后咱们就是寄人篱下了!给人家带着孩子还不落好!就不能让步!"

孙哲妈："为了我儿子我孙子，我愿意寄人篱下。小哲，你去接静波回家，你替我给她道个歉，我们好心办了坏事。你爸去接猫。我做饭。但说好，猫在家，她不能抱，这真是为她着想。"

孙哲得令喜笑颜开："哎!谢谢妈!"说完套上衣服就接老婆去了。

静波一进门，猫咪喵地就蹿过来在她脚边环绕。静波高兴得呀，蹲下要抱，看到孙哲直摇手指，说好了，不准抱。静波只能摸了摸陈咪咪。

孙哲妈解着围裙喊："洗手！吃饭！"孙哲爸还在沙发上生闷气："不吃！""没叫你。你爱饿就饿着。"

…………

夜里。客厅里拉开的沙发上，蜷缩着孙哲的父母。孙哲爸嘀咕着："我想回家。我又不是没地方去，在这儿受气。"孙哲妈戴着老花镜对着昏暗的灯光看药瓶："明天你去买一盏大瓦的灯，这哪看得见啊！"

"我明天回家！"

"没人给你做饭吃。"

"我！我出去买着吃！"

"没人按顿给你喂药，血压高崩死你。"

"死就死！"

"那不行！我还没同意呢！"

"我寻死还得你同意？"

"你是我的人，你死不死的，可不得向我汇报吗？以前就说好的，在家里我是领导，你都退休了你还耍什么大牌呀！"

"自己有家不待，跑人家家来挤沙发。这房子还有我的股份，过来干活第一天就让你儿子往外轰。我没脸！"

孙哲妈像劝孩子一样劝老伴："为了孩子，咱不要脸了。孩子需要咱，咱就在这儿待着；孩子不需要咱，咱就走人。不要把自己的意志凌驾于孩子之上。过来，就是帮忙的，就当自己是不要钱的保姆，一切听孩子的。"

孙哲爸不明白："你咋修炼的？觉悟这么高？"

孙哲妈神气得很："开玩笑！都四十年党龄的老党员了，搞了一辈子政工工作，这点儿觉悟还没有吗？以前，我们服务于社会，现在，我们服务于家庭。我们就是螺丝钉，哪儿需要我们，我们就往哪里戳。"

孙哲爸哼一声:"看出来了,都戳沙发里了。"

孙哲妈拿着药瓶出神:"静波这孩子啊,糙,像小子不像丫头。人呢,真不是个坏人,就是到哪儿都风风火火的,这俩孩子吧,都没单独过过日子,说来也快三十的人了,既不生火也不做饭,今天蹭娘家,明天蹭婆家。以前没孩子,怎么糊弄都是一天,可现在不行了啊,这肚子里装了个小的,大的没谱,小的不能没照顾啊!咱,就当,替社会看护个小苗苗?"

孙哲爸也感慨:"现在的小孩,可不都这样吗,过日子跟过家家似的。他俩,已经算好的了。我战友的小孩,刚喝完喜酒没三个月,这都离婚了。人家能安定下来生孩子,已经算我们孙家烧高香了。"

"啊?离了?为什么呀?"孙哲妈倒不觉得三个月意外,就是想八卦一下为什么。孙哲爸说:"谁洗衣服谁洗碗,都是鸡毛蒜皮,我都听不下去。"孙哲妈忽然想到了重点:"我们刚送的礼钱,打水漂了啊?"孙哲爸笑了:"不错了!离婚没办酒席再收你一次。"孙哲妈恍然大悟:"噢!要是这样结了离,离了结,还是一门致富的营生了!"孙哲爸想了想也解气了:"要是这样比,静波,还真算是个好孩子呢!孙哲前一段时间不上班,她也没什么意见。"

孙哲妈又站到自己儿子一边:"嗨!她就不该有意见!人家报纸上说一著名导演在家待业七年,老婆一点意见都没有,后来人家不拿奥斯卡大奖了吗?人哪,不要目光短浅!"

孙哲爸有些嘲笑孙哲妈:"你觉得,你儿子以后能拿什么奖?"孙哲妈想了一下,突然就不好意思了:"他呀,除了爱老婆奖,他还真不像能拿啥奖的。"

第二天上班,静波捂着肚子趴桌子上迷糊,进来个小姑娘把文件放静波桌子上说:"老板说这个你看一下,没什么问题就发过去了。"静波无精打采地回了一句:"放那儿吧!"小姑娘却一点眼色没有地不依不饶："老板说马上就要发的。"静波有气无力地打开文件夹，脑海里出现各种幻象，头顶上吊下一根绳子把自己的眼皮给拉开，有一把锥子撑在眼皮中间，实在是困得不行了，尼玛怀孕怎么跟白蛇要冬眠一样啊？

小姑娘站在桌边不走，嘴巴还一张一合地催静波。静波手在抽屉里摸摸，摸出个冰袋，敷在眼皮上，忍不住咝地倒吸凉气，立刻惊醒了。

门口，范公主敲敲门："怎么还犯冬困呢？怀孕的人真伤不起啊！孕期反应太重，我得回去睡一会儿了。有事你替我照看一下啊！"静波无力地冲她挥挥手。范公主翩然出门了。

静波对小姑娘说："给我倒杯浓咖啡。"小姑娘这会子回神了："怀孕了不能喝咖啡吧？不健康。"

静波坚定地说："我首先得活着，才能谈健康。"

夜深人静。静波像只夜老鼠一样在屋里东遛西逛，又是找资料，又是蹙着眉上网查询。孙哲还在电脑前奋力敲字，回头看看精神抖擞眸子放光像吸了鸦片一样的静波："你还不赶紧睡，到白天就犯困。"

静波有点神不守舍了："我早上好像给一张不该发出去的报告签字了。"

孙哲不无担忧地说："怀孕期间不宜做任何重要决定。"

静波又想起一茬事儿："我得写张条，白天不记事。明天要记得把万利拖欠我们的广告费要回来。"

孙哲感慨："一到夜里你就跟猫头鹰似的眼珠子滴溜乱转。这应该是你养胎的时候。"

静波转头问："哎，你说，你想要儿子还是女儿？"孙哲一点磕巴都没打就蹦出"儿子"二字。静波不爽了："我没想到你也重男轻女。不应该啊，你这城里的孩子。"

孙哲说："跟重男轻女没关系，养女儿责任太重。长得好看要担心，长得难看要担心；早恋要担心，晚恋你更要担心；嫁的男人条件好，你要担心，嫁的男人条件差你还要担心。养女儿就是担心一辈子，不如男孩来得痛快。结婚以后剩下的担心就丢给他老婆了。"

静波"切"一声："养孩子，哪有不担心的呀！担心到从娘刚知道有 TA 起，就吐了——你为什么不睡？"

"跟人家一起接了个活儿。帮人代写论文。"

"啊？这么没品？"

"暴利啊！一篇四万，一人两万，半个月时间——如果不跟老婆聊天的话。"

静波问："你前两天不是帮人做苹果小游戏吗？"

"广撒网，多捕鱼。那个不赚钱。天天给苹果写游戏的人多了，有几个变成愤怒的小鸟啊！对了，毛驴问你愿意帮他的杂志做插画吗，一幅四百。"

静波摇头："你在广度上奋进，我在深度上挖潜。这种小钱花死都不够我一次诊费的。我看我能不能设计个贝聿铭那难看的金字塔在卢浮宫上，我就一辈子能混吃喝了。"说完到书架上抱了一本普利策设计大奖的书开始研读。

终于熬到周六，静波坐在床上边喝酸奶边看书，陈咪咪趴在沙发上假寐，很是惬意。孙哲妈一早出去买菜，拎着菜篮子进门时，看见猫在沙发上，随手拎了鞋拔子光脚丫就奔过去打："你个死猫！又上沙发，你自己的窝子呢！你这到处掉毛的！滚过去！"

猫吓得四处乱窜，直溜溜地就蹿进静波屋里，踏着静波的肚子上了旁边的书桌电脑，又跳下去钻床底下了。静波吓得"哎呀"一声，就见孙哲妈拎着鞋拔子进来了，四处搜寻着："躲哪儿了？躲哪儿了？"

静波不高兴了："妈，您这是干什么？把猫吓成这样，它刚才踩着我肚子过去的！"孙哲妈大惊："这猫真是要死了！天天吃那么肥，还踩你肚子，别把我家毛毛给踩坏了！"她趴地上找了一会儿，看见猫在床底下，就大声喊："出来！出来！"又用鞋拔子敲地，"再不出来我拿长竹竿来捅你！"

静波忍不了了："妈！您能不能不要这么恶毒地对待陈咪咪啊！陈咪咪见到您，都吓得魂飞魄散。您要当它是亲人，是我们家一员！"

孙哲妈气呼呼地说："我不跟畜生当亲戚。我怎么称呼它？大姐？外甥女儿？小孙女儿？它什么辈分啊！"静波："她是我女儿，您当孙女儿待吧！您以后会拿鞋拔子追我们家孩子打吗？"

孙哲妈："嗯……"那个"嗯"字曲里八拐的变调像歌曲《忐忑》一样，"还你女儿呢！我伺候一家老小，地位都不如一只猫！"

静波笑了，孙哲妈也气乐了："你以后，可别叫猫上你床了。哪有规矩啊！关键是脏。"

静波："我从小带大的，不脏，以前都是我吃一口她吃一口。我吃虾肉，她吃虾头。"

孙哲妈："现在呢？"

静波："现在是我吃虾头，她吃虾肉。"

孙哲妈睁大双眼："我那老贵的基围虾，你天天一吃就偷偷摸摸进房，搞了半天都进它肚子了啊！"气儿刚消一半的她又开始敲地板，"你给我出来！你个小馋猫！你还跟我孙子抢食儿！我不弄死你我！"看静波一眼，再骂，"我等你妈上班以后再收拾你！你现在猫仗人势吧你！"

静波咯咯地笑，正笑着，手机响了。静波带着笑音接电话，表情陡然紧张："出什么事了？……张嘉平？不可能！没天理了！这到底是怎样的世界啊！姐！你在哪儿，我去找……""找"字还没说完，又嗷嗷地往卫生间冲去吐了。

孙哲拎着东西进卧室，看见静波在吐，赶紧冲过去又拍又抱又递水。静波手里还拿着电话没挂，嘴里就嚷："张嘉平外面有人了！被姐抓个正着！"孙哲一惊！静波冲着电话说："姐，你等着，我去找

92

你！"穿着拖鞋就往外跑。孙哲迅速跟上要送她去。静波不同意，说姐姐现在肯定不想见外人。孙哲考虑得很周到："我送到地方找个角落蹲着不跟着你们。等下再送你们回去。"

孙哲刚把车停下，静波推开车门就下。孙哲在后面劝："冷静点儿，冯莹是当事人冷静不下来，你得冷静。"静波摆摆手，急急地走了。

静波和冯莹约在了一个咖啡馆里。一坐下静波就叹气："唉，什么 Surprise（惊喜），生活哪里需要这么多 surprise？你还留学的呢，英文都没学好，惊喜是这个词，惊骇也是这个词。没喜上把自己给吓着了。没事啊，别搞什么 surprise，生活就需要 organize（规划）。一点意外都不要出，一点反常规都不要碰。夫妻之间，一定要不越雷池一步。"说完，递给冯莹一张纸巾，"擦擦，别哭了，我吐的都没你哭的多，这一堆纸的。"

冯莹眼睛都哭肿了："我真的没想到。我去的时候，还特地扎了把花送他。"

静波："看，Surprise 自己了吧？冲动是魔鬼。凡是自己脑子热乎的时候，不要做决定。这是我在商场学的经验。"

冯莹："我一分钟都等不下去。我要离婚。"

静波："你得吃点儿东西，这两天，一下憔悴成这样！连肥都不用减了。抽脂都没你现在速度快。点个猪扒饭？"

冯莹摇头："吃不下。"静波劝："吃不下也得吃，论持久战。你也不想想，你这身子骨，照这种速度自残下去，能撑几天啊？你怎么说也中年了，身体最重要，万一垮了，想想偶得，还有家产，就都归贼了。"

冯莹刚平静一会儿，一想到儿子偶得，又难过得流泪。静波接着劝："哭什么呀！你哭，能改变事实吗？你要迎面出击。但，首先，你得吃东西，你要一想到养身体是为了退敌，就充满斗志！你等着，我给张嘉平打个电话。"冯莹马上紧张地阻止："不要！"

静波："我问问他怎么打算的。他要是悔过心重，咱们念他初犯，给他个戴罪立功改过自新的机会。毕竟，他是偶得亲爹，他对偶得没话说。你别剥夺了偶得的幸福。你给偶得一票选举权，民主从家庭生活开始。"

"如果是你，你会怎么做？"冯莹问。

"啊？你不要问我这么残酷的问题嘛！我这肚子里刚有……"

冯莹叹口气，无比忧伤地说："谁的肚子里不都有过吗？谁在肚子里装着的时候会想到未来孩子单亲呢？"

像是劝冯莹时把话都说尽了，从咖啡馆出来，静波颓然地坐在车里，眼神迷离地沉默着。孙哲用眼角看看她，鼓励地摸摸她的手。静波沉吟片刻："孙哲啊，我拿人生最好的岁月付你，你要是负了我，天地不容啊！我们孤儿寡母，可怎么活啊？"静波鼻子一酸，竟然掉下泪来。孙哲安慰地拍拍她："人家的事儿，别当成自己的预演。"静波看看自己尚未凸起的小肚子："冯莹说，谁在肚子里装着孩子的时候会想到未来孩子单亲呢。"

孙哲想了一下说："我在这里起誓，我拿孩子的命起誓：这一辈子，在我们这个家，只有你负我，不能我负你，如果负你，天打雷劈！"静波吓坏了，捂着他的嘴："你还是负吧！哪怕就是跟人家走了，总还是孩子爹。好好活着吧！"

夜里，静波正睡着，突然翻身起床喊了一声："糟了！"就奔着去了厕所。孙哲蒙眬中打开台灯，口齿不清地嘱咐："慢点儿，别摔着。"沙发上的静波妈跟着也起来了。只听静波在厕所里大喊："孙哲！见红了！"

孙哲一个激灵就醒了："蹲着别动！我来了！"冲到卫生间门口，看见静波内裤上一块红，着急地问："怎么会这样？今天你吃什么了？"

静波哭了："你干什么了？"孙哲傻了："跟我？跟我有什么关

系?"静波恨恨地说:"你肯定已经背叛我了!你下午刚拿我们孩子的命起誓!"孙哲汗都下来了:"我没有!我没有!!我发誓!!!"

孙哲妈披着小褂站在卧室门口喊:"别发来发去的了,今天被猫踩了一下,别踩着了!赶紧去医院吧!"

静波夹着腿连气都不敢出,被孙哲搀扶着碎步走进和睦家急诊室。医生让她脱裤子看看,看后说:"这不要紧的。不少人都有这种现象,有些人怀到七个月还流血呢!肚子不疼吧?肚子不疼就回家观察一下。我给你打一针保胎。"静波突然就觉得肚子疼了,抱着肚子蹲在地上。

孙哲慌了:"医生,这个马虎不得,她肚子疼。我们这个孩子得来不容易,麻烦您上心。"医生一看静波疼得蹲地上了,赶紧让她躺检查台上再看一下。静波上了检查台,医生边检查边问:"疼得厉害吗?头胎吗?"静波脸色都白了,只顾着点头。

医生也觉得有点棘手:"哎呀,我先给你打一针,但我们 B 超要过四个小时才来。怎么办呢?"

孙哲非常果决地说:"医生,我们住这里等。我办住院手续。"

当静波住进很豪华的病房里,四处环顾的时候,忍不住咂舌:"天哪!这一晚上得多少钱啊?老板会不会把我给杀了?"孙哲坐床边上安慰她:"你不要想这个问题。多少钱都住,老板不报我报。"

静波叹口气:"早知道还有这种意外,我还不如在公立医院生算了。"

孙哲问:"肚子还疼吗?"静波感觉了一下:"还有点,一阵一阵的。"孙哲马上叫来护士。护士一听"一阵一阵的",便说:"情况不好了,宫缩了,你坚持到天亮,早饭后立刻去做 B 超。"

静波忧虑极了,难过地对着肚子说话:"宝宝啊宝宝,你要么不要来敲爸爸妈妈的门,既然来了,就要变成常住人口,怎么能逛一圈就走呢?"

孙哲也摸着静波的肚子:"他不会的。他肯定会好,不过是吓我们一下让我们重视他。"

早饭时，静波非常安静地吃了一整份，吃到最后眼眶红红。孙哲摸摸她的头："今天表现真不错，吃这么多都不吐，乖妈妈。"静波眼泪都要掉下来："我没有早孕反应了，孩子不长了。"

护士和医生推着手推车来到病房。护士问："你是新妈妈对吧？我们去B超了。医生催得很急，你这个比较紧急。"

静波躺在B超床上，医生拿出一根小棒棒，告诉她要做的是阴超。静波立刻捂住下身："不行，我怀孕了，你别给我弄掉下来。"

医生冷着脸说："你要是掉下来，肯定不是我弄的。这么小的胚胎，有就有，没就没，不可惜的。大部分都是基因染色体问题自然淘汰的。张腿！"静波乖乖听令。医生对着屏幕看了半天："哟，你这个，怕是不好了。没心跳的，都十周了吧？算了，你是等它自己流掉还是让我们帮你清宫？"

静波突然就眼泪暴发，哭得号啕："我的宝宝，我的宝宝……"孙哲在门口站着，听到静波的哭声不管不顾闯进来。静波看到他，哭得更伤心了："宝宝没有了！没有心跳了！"孙哲眼眶一下就红了，傻愣住。静波伸手要抱孙哲，孙哲都没反应。

医生这时盯着屏幕喊："哎！等一下！有了有了！有心跳了！很弱！快看！"孙哲速探头去看屏幕，看见一闪一闪的小亮光。静波顿时破泣为笑，和孙哲紧紧地手拉手，相拥这瞬间的幸福。

静波以前对贱爹贱妈有鄙视的平方，跟八辈子没见过孩子似的"宝长宝短"，一会儿怕冻一会儿怕饿，现在这些招人烦的孩子都是这些招人烦的家长带出来的，一点规矩也没有，静波早就立意要么不做妈，要做就做辣妈，跟外国妈一样，生下来就丢储藏室里一个人睡，出门不抱自己走，要买什么就俩字："没有"。可经过这一轮失而复得，静波的思想骤然一百八十度转弯。

"我以后也要追着喂宝宝，我以后一听宝宝哭就也去抱，我也要带着宝宝睡觉，一直睡到宝宝不愿意为止。我才不要西方式教育，我就东方式宠爱，能多宠就多宠，因为能有这种荣耀，是很难得的。差一点，我就失去这个机会了。"

孙哲怜爱地摸摸静波的脸："才发的誓，跟人家按摩院的姑娘打赌说自己要做辣妈，现在又和全国广大妇女一致了。"静波一笑："从众是美德。"得，又一个惯得没边儿的小太阳将要横空出世。

妇科医生在频繁见静波一阵子以后终于摘下了紧箍咒："孩子很好啊，你摆脱常来看我的阶段啦！达福斯通可以停了，下一次见你要四周以后了。"

婆婆喜笑颜开，崩溃的是静波："天哪！四周！这是多么漫长的等待啊！我心里怎么听着这么没底呢？"

医生笑了："你比很多高龄产妇都要好了。比方说唐氏综合征，这种染色体变异的病，在年轻妈妈身上发生的概率是几千分之一，而如果孕妇年龄在四十岁以上的时候，就高达四十分之一了。三十五岁以上的产妇就要求羊水穿刺了。十六周的时候要来验血查基因啊！"

静波诚惶诚恐地拉着孙哲妈的手往外走。孙哲妈："矫情！我们那时候怀孩子，啥都不查，生出的孩子哪个不好了？你别给她吓唬住了。该吃吃，该喝喝。"静波："妈！这不是矫情，这是科学！万一有什么，好提前做预防措施。"

孙哲妈："什么叫预防措施？不要了？要照你们这么说，我看贝多芬这样的孩子大概在娘胎里就给打掉了，不合乎标准件要求啊！我听说他是个聋子呢！"

静波问："要是贝多芬也就算了，要是天生耳聋，还不是贝多芬呢？"

孙哲妈坦然而坚定地说："上天给什么，我们收什么。哪那么多好事儿？占尖儿的都去，吃亏的都躲？我觉得这种检查，意义不大。你只要认账，是自己孩子，就没有不好的。"静波听完，突然一改往日的距离感，感动得抱了一下婆婆："妈，谢谢您。"孙哲妈一下就尴尴尬和羞涩了。孙哲妈："谢啥谢啥？都一家人的。"

静波说："妈，我曾经和孙哲讨论过，如果孩子有缺陷，我们要还是不要。他说，孩子是礼物，礼物没得挑，怎样都好。没想到妈您也是这么觉得的。"

孙哲妈有点不好意思："这吧，咱说归说，最终是要听医生的。科学，相信科学。"静波无奈又好奇地问："妈，您是双子座的吧？怎么墙头草两面倒啊！刚说了检查意义不大，又说都听医生的。您让我以后怎么夸您啊？"

静波和婆婆之间交往并不深，属于三碗汤的距离。意思是一个月去次把，平日里互不叨扰，见面不是逢年就是过节，带上礼品就够了，她很满意这种现代婆媳关系，几近西化。等她怀孕以后她才理解为什么这么多家庭三代同堂，有个能干的婆婆，自带工资，嘴不唠叨觉悟高，对媳妇来说是多么地珍贵啊，赛过价值连城的翡翠。静波有时候开玩笑就喊婆婆"老坑玉"。静波每天早上醒来就享用婆婆榨好的果汁和熬好的五谷杂粮粥，配着精致的小菜，晚上回来是热汤热饭，今天婆婆递个热水袋，明天婆婆钩双防摔袜，静波想自己大约前世修行得很好才摊上这样体贴的老太，以至于头脑经常发热的静波，前两年还做孙哲的思想工作说"过几年婆婆公公年纪大了就送养老院，咱勤去探望"，到现在孩子还没落地，静波就心软了，在婆婆自己说等他们老了主动搬到养老院的时候，静波脱口而出："您这是打我脸。您能干能动的时候在我这儿帮忙，等您老了把您推出去？我以后会不会下地狱下油锅啊？您呀，老了，哪儿都不许去，就跟我们一起住，我伺候您！"还好脑子也没那么不清醒，又补一句，"我要是上班忙，就请个保姆，让阿姨照顾您的生活，我负责照顾您的情感。"把孙哲妈给乐得呀……干活更带劲了，好像在付未来养老保险一样心甘情愿。

静波有时候想，中国社会，这人情吧，害死人的也是它，弄一堆贪官污吏；但爱死人的，也是它，弄得彼此之间鱼水相依谁也离不开谁。

九　心有千千邪

这天公司里来了一个客户，是要称作"宋总"的肥老女人。静波走到饮水机边的时候一脸抓狂，龇牙咧嘴忍不住要杀人，转身的一瞬又笑盈盈的，把水送到宋总手里，态度温和，笑容谄媚："宋总，我现在这个方案已经是按贵公司市场部的最新指示重新调整过了，不是说我推脱，这版宣传案，已经几十易其稿，每次贵公司提的要求都风马牛不相及南辕北辙，宋总您好歹也怜惜一下我们这些做活的下人。您也是女人，我这忍着孕吐，顶着烈日，下工地都不下五趟了。"

宋总惊讶："哎呀！怀孕了啊！我说这次来看你，怎么看着比以前丰满些！"

静波嫣然一笑："哪里丰满，都快吐成人干儿了。前期很危险，差点儿流产，为设计你们这个方案，我真是快把两条命都搭上了。"

宋总很有觅得知音的感觉："哎呀！你和我还真是像呢！我当初怀我们家双胞胎的时候……""啊！您双胞胎啊！"静波也惊讶了。宋总顿时情绪高涨："是咯！不过我那时候没你们现在这么好命，写字楼待待，空调吹吹，工地才下个三五次。我那时候天天待在工地上，孩子是生在工地上的啊！"

静波当时就震惊了："啊！孩子生在工地上？"

"是咯！工人给剪的脐带呢！"

"啊？这都没有破伤风？"

"我们贱命呀！像野菜籽，丢在地里就能活的，不比你们……"

静波已经要翻白眼了，实在是拼不过，赶紧制止："好了好了，宋总，我跟您比，还有太多的地方要学习。那这样，您把您的思路再跟我沟通一下，我看能不能满足您的需求。"

　　宋总收得也快："对对，言归正传，我是这样想啊！你们这个蒙娜丽莎的设计很洋气，但看起来不够喜庆，不够财气，我是要求财的呀！能不能……换个财神？"

　　静波已经要厥倒了。静波老板在一旁一拍大腿："宋总！您真是太有创意了！东方与西方的完美结合，经典与传统的天人合一啊！"

　　静波的脸……那个难看。她试着小心翼翼地问了一句："啊！这个这个，财神怎么才能和蒙娜丽莎搭配在一个画面里呢？"

　　宋总深思熟虑地阐述理念："我是这样想的，这个蒙娜丽莎的脸，有点苦歪歪的，笑得像丧偶，不如把这张脸换成财神，你觉得怎么样？"

　　静波沉吟着："把蒙娜丽莎的脸换成财神？呃……"看见老板在冲自己使眼色，她不得不贴一张屁股脸："宋总，您真的是好有创意好有魄力哦！我试一下吧！"

　　宋总非常满意地一拍静波的手："你！就是我最认可的设计师！你每次拿出的方案都能让我们满意！我决定，这次的厂标出来，我要在厂标上面刻上你的名字！我还要赞助出版一本广告史，你的名字将会载入史册！"

　　静波吓得连连摆手："不要了不要了，我的名字不会刻进广告史的，我最不喜欢在我的作品上署名，您千万不要跟您的朋友提这个是我设计的……"

　　宋总困惑了："为什么？每个人都把名字写在作品上的啊！你看张大千，张艺谋，张飞。"静波眼珠一转："低调，低调……"静波老板连忙打圆场："对！我们要高调做事，低调做人！"

　　静波老板送走宋总，推门进来，见静波倒在沙发上一脸死相，堆起满脸笑意说："那个宋春绿，静波，我相信你，你搞得定。"静波气得佯装要用碳素笔砸老板，老板配合地用手一挡："你这个欢迎仪式蛮特别的，不就是财神吗，这个能难倒你？"

静波把电脑屏幕一转，屏幕上的一列文件夹名分别是"工程图""工程图改""工程图完成版""完成版改1"……"最终版""最终版改1""最终版改2"……看到"绝不修改版第5稿转初稿第2稿"的时候，老板都笑了。静波气若游丝："'甲方虐我千百遍，我待甲方如初恋'啊。"

老板禁不住夸赞："静波啊，这个宋总，你一定要给她伺候好了。她那公司，哪里是上善富康有限公司，她那个公司是上善富康有钱公司！我送给你的生育大礼包，看样子物超所值啊！你果真是花了心思的！"

静波一脸真诚地说："老板，我认真一句，礼包，你拿回去，我现在需要保重凤体。我已经跟孩子爹说好了，下次产检到一妇婴。"

静波老板着急了："别呀！我都说了送你了。"

静波掰开揉碎和老板算这笔账："你送我，我也消费不起。打车费一天要一百二十块，一顿盒饭要八十块。就算我包餐，我老公也吃不起。平常人家，过平常日子。我也不知这个孕程会有多艰险。我得省点儿钱留给未来花。"

老板："静波啊，送礼呢，要的是适合收礼人的时宜。你说的，有道理。但我呢，跟你说一句我这些年的感悟——钱不是省出来的，钱是挣出来的。对有前途的人来说，这个世界上，最贵的，是时间。"

静波："老板，能说钱是挣出来的人，已经挣到了。我还在路上，当省要省的。你别占用我宝贵的时间了，我这还得改蒙娜丽莎财神。麻烦你请宋总吃顿饭，求她不要把设计者名字刻在碑上。"

晚上回到家，静波无限忧伤地面对着浴室的镜子叹气。

孙哲帮她脱衣服，静波又叹口气："我的鼻子，现在变得像酒糟蒜头鼻一样。"孙哲也看着镜子里的静波："你好像皮肤的颜色也变深沉了。"静波第三叹："我体形好难看啊！肚子都凸出来了。"孙哲打趣道："不过第一次看到你胸部如此性感。"

静波又叹气："多看两眼，过一阵子就没了。这是我这一段唯一可以引以为傲的地方，平生第一次试穿 C 罩杯。"孙哲一边安慰她一切总是有得有失的，一边拿手试喷头的温度，把水温调到合适了给静波冲澡。

静波脉脉含情地看着孙哲："我们上次洗鸳鸯浴的时候，我们还年轻……"说完，手在孙哲的耳朵上轻柔地揉捏了一阵子。孙哲避之不及："非礼勿视，非礼勿听，防御驾驶，安全第一。你好好的，别手脚乱动。"静波有些发骚地说："你不想？"

孙哲小说声："我不敢。这小东西，吓死人的，一个不留神就心不跳给你看，我哪敢非分？我现在没有任何欲求，就希望这孩子能平平安安地落地，让我一块大石头放下。"

静波哼一声："落地就为安了？我告诉你，那才是万里长征第一步。"

"总要先迈出第一步吧？人哪，不能有孩子。不到有孩子的那一天，你都意识不到马路上还有减速带，我以前都是撞过去的，现在我都恨不能爬过去，怕颠着它。首先，我们要保留住胜利果实，其他的以后再说。以后再说。"孙哲说着，把静波缠绕在他脖子上的手给归位到她身体两边。

静波无限忧伤："我觉得，我现在，就是你的生育工具，你已经不把我当女人看了。"

孙哲："你先把工具当好，等你站好这班岗，我再弥补亏欠你的。再忍几个月。"

静波撒娇："我知道，你嫌我难看。我现在，真的好难看啊！我都不想照镜子了。"

孙哲逗她："瞎说，我连鬼都不怕，我还怕你难看？"

静波生气了："你！你怎么说话的你？人家都安慰老婆，说怀孕

102

的女人是世界上最美的！就你！连哄我你都不肯了！"孙哲把水冲在静波脸上，就着流下的水珠，吻着静波的嘴唇说："玛丽莲梦露说的，If you can't handle me at my worst, then you sure as hell don't deserve me at my best. 你该高兴，你最差的状态，我都能坦然接受；你最美的样子，也只有我值得拥有。这句话，听着怎么样？"

静波笑了，翩翩然伸手："伺候本宫穿衣。"

沐浴更衣进卧室，孙哲在电脑和一张他妈手写的纸之间来回穿梭。静波的眼睛随着孙哲的长腿来回扫描，只看孙哲的下半身。孙哲无意中看了静波一眼："你在干吗？"静波痴痴笑，捂着嘴别过脸害羞："我心有邪。"孙哲汗："人家是心有千千结，你是心有千千邪。我在忙正事，你不要捣乱。"

静波娇滴滴地问："在忙什么正事？"孙哲："我妈开了一张到孩子落地之前需要购买的单子，我一看，东西实在是太多了，奶瓶、蒸奶器、童车、摇床、安全座椅和喂饭的座椅，网购都得花不少钱呢！"静波笑："养孩子就是为了拉动 GDP 的。"孙哲的经济账算得清："凭什么让他们赚钱啊！我这正跟朋友同学同事广泛征集，让他们把用过的二手的家伙按表给我寄过来，也甭买新的耗费钱了。"

静波眼睛一瞪："凭什么呀！人家孩子都用新的，就我家孩子用旧的？不行，让他们送新的。好多还是我当年送给他们的呢！哪有还回来的道理？"

孙哲："这有什么可攀比的呀！新的旧的还不都一样用？这样环保，省得浪费，世界人口已经太多了，资源浪费也大，都快承载不下了，能省则省。"

静波一拍桌子："再承载不下也不多咱家一个娃！我从小就穿我哥哥的旧衣服，玩儿他都毁一半的旧枪，你知道我长辫子配一迷彩夹克有多自卑吗？我才不要我家孩子跟我小时候一样！我拼死拼活工作这么多年，为的什么呀？可不就为我家孩子过上幸福日子吗？你敢要旧的回来，我跟你急啊！我吃糠咽菜都可以，我孩子不能比人家差！"

孙哲走到沙发前，揽住静波的头，拍一拍，哄一哄："你看你，都当妈的人了，还说急就急。不是你说的嘛，咱家以后有了孩子，谁都不许大声，大声的父母不文明，有话好好说，给孩子一个好的成长环境。"静波让他先保证，不去要人家的二手东西。孙哲觉得这二手货比一手货好，打折货比上新货好，赠品比主打产品好，总之，任何东西如果物不所值，孙哲就绝不出手。他是向来不惧旁人眼光的，多陌生的人一起吃饭，剩菜他都打包，桌上的擦手巾只要收钱了，他就敢揣兜里。以前他还三邀四请让每个人都揣兜里，后来发现并不是每个人都像他这样热衷收拾垃圾，才停止了这种邀请。有时候静波都嫌丢人，但每次在静波需要的时候，他都能从兜里掏出张肯德基的餐巾纸给静波擦桌子，或从车里掏出块俏江南的毛巾擦呕吐物，让静波享受到抠门的好处。久而久之，静波也就忍了。

孙哲天生就不活在他人的眼中。什么男人的面子，家里的自尊，他都不在乎。自卑与自尊，不是看别人的目光，是看你内心坦荡不坦荡。当你自己不觉得是事儿的时候它就不是事儿。他认为静波的争强好胜来自小时候陈QQ的压迫。穿陈QQ剩下的，玩儿陈QQ不要的，她的自卑，起根儿上是静波觉得父母不爱她，爱哥哥多于爱她。

"本来就是。"静波强调这个事实。

孙哲仍试着说服老婆："可我们的孩子不存在这个问题啊。我俩就一个孩子，无论给他什么，我们都爱他一个。"静波不同意："谁跟你说的？指不定过两年政策就放宽了，我要俩娃呢？我每个都得当成初见的惊喜，对老二要比对老大好一些。"

孙哲叹了口气。每个人都把自己年少时候受的伤，自己年少时候被压抑的愿望统统投射到孩子身上。孩子不是你弥补伤害或者完成梦想的载体，孩子有自己的想法，他有他要的生活，这点，中国家长是不能明白的。中国家长把自己遭遇的所有恐慌都转嫁给孩子。孙哲摆明自己的观点："无论孩子要什么，能给尽量给，尊重他，把他当成

104

一个独立的人。"

静波目光幽怨："难怪人说孩子是爱情的杀手。一个孩子都没落地呢，你就为俩孩子跟我翻脸。你已经不再宠我了，明显重心偏移！"

孙哲立刻举手发誓："我向毛主席保证，无论有几个孩子，我都会宠你。"女人只要一不讲理偏离讨论主题，男人就赶紧放弃坚持。这是孙哲这么多年的总结。

静波娇嗔道："骗子！你根本不信毛主席。毛主席去世那年你还没出生呢。"

十　房子是结晶，孩子是负债

　　静波在孙哲的搀扶下再次走出妇产科医院的时候，强烈要求无知——知识越多越反动，每次到医院来都会知道点儿新病的名词！这种心理压力谁能受得了啊！

　　孙哲倒没那么大压力："不是跟你说上次检查的结果很好吗？没唐氏综合征。"静波纠结着："可下次来要彩超啊，查畸形。没一天好日子过。"孙哲也感慨："不怀孕前，都不知道人类能生这么多种病。什么都查完了该没问题了吧？五个月后该放心睡觉了吧？"他安慰静波，也给自己打气："下礼拜以后一切风平浪静！"

　　回到家，静波坐在客厅里吃水果，孙哲妈一边织着小毛衣，一边叹气，跟孙哲爸说："报纸上说有人在怀孕六个月上摔了一个跟头，把孩子给摔下来了。医院问是要活的还是要死的，自己选择。家人舍不得啊，在肚子里整天动呢！一条小生命呢！就选择要活的。结果，生下来是脑瘫。"

　　孙哲爸惋惜："天哪！以后连路都不能走了，得趴在地上匍匐前行才稳当啊！静波啊，你可不能再上班了，每天背着定时炸弹上班。你这样在家里扭来扭去都能把我心脏病给吓出来。"

　　静波正要接茬，手机响了，忙接起来。静波妈又忙着到处找耳机："辐射！辐射！戴上耳机！"静波只好免提："汪大哥，你好你好！"

　　电话里的汪经理说："静波啊，你怀孕到现在还好吗？一直都没关心，公司特地让我代表来问候你一声。""很好啊，不错的。"汪经理问静波是不是下午去产检了，顺不顺利，静波说其实是去拿报告，挺顺利的。汪经理这才说，今天下午孙哲没来，也没告假，所以担心静波出什么事了："我们打一下午他的电话，他都不接，领导们很关心啊！没事就好，没事就好。"

静波吃惊了："啊？他没请假吗？"

汪经理说："没啊！关键就是下午这个非常重要的会议，资料都在他手上，他没来，弄得我们很被动啊！"

静波："啊？这可是大事啊！我估计他当时可能慌了就没来得及请假，因为医生在通知我们拿报告前，让我们有个心理准备，这句话估计吓着他了，其实没什么事。"

汪经理："你们没事就好，但你还是要跟孙哲说一声，发生任何事，都要跟公司说一声，免得大家以为他失踪了。而且，工作上，也还是要努力些。"

静波："您放心，我批评他！对不起啊汪大哥，每次都让您费心。对了，汪大哥，我们单位和朵云轩合制了一批青瓷，仿的啊，但也相当漂亮！我特地给您留了个大花瓶，我们晚上散步的时候给您送过去。"

汪经理："哎呀，不用了不用了，那么贵重的东西，受不起啊！"

静波："别呀，花瓶有价情谊无价，您看我挺着大肚子给您从单位背回来您也得拿着啊，正配你们家客厅的玄关。晚上见！"

静波挂了电话就提高嗓门喊："孙哲！孙哲！"孙哲从卫生间里出来，围着浴巾："什么事，长一声短一声的。"静波杏眼一瞪："你下午没请假，偷跑出来的？"孙哲一看情形败露，就招了——知道请假领导也不批。

静波音量又控制不住了："你单位这么大的事，你连交代一句都没有就开溜，你是存心不想干了是吧？汪大哥就算是我爸爸的学生，也不能永远罩着你呀！你那么大的人了，马上就要当爹了，为什么一点长进都没有？你也不想想，要是哪天连汪大哥都保不了你，家里这一大摊的人，一大摊的费用，还有马上落地的小孩儿，日子怎么过呢?"

孙哲妈在旁边不高兴了,走过去关上大门:"轻点轻点,回头叫邻居听见像什么样子?"静波更恼怒了:"不像样的是你儿子不是我!从小老师跟你告状,长大了领导跟我告状,他什么时候能够长大?"

孙哲妈:"你当心你自己的肚子,生气对孩子不好对你自己也不好。他千不好万不好,那也不是你选的吗,又没人拉郎配。他有错,你也逃不了干系,还不是为陪你产检吗?"

静波气得一时词穷,面对婆婆张口结舌:"你!你……"顺手抄起个杯子砸地上,拽了包出门。

孙哲妈也急了,赶紧推孙哲:"你还不追出去?还愣着?回头气得栽一跟头真跟报纸上说的那样了!"

"我,我没穿衣服。"孙哲低头看着身上的浴巾,慌了神。孙哲妈拿了衣服塞给他。孙哲穿上衣服往门外走,发现静波又回来了。孙哲有些错愕:"你回来了啊?"静波一甩头发:"我当然回来了。我凭什么要走?这是我的家。要走,你走!"

孙哲妈略略宽了心,安慰说:"好了好了静波,他有什么不好,你也批评过了,下次我们督促他改正,一家人,谁都不许走。"静波看着孙哲妈,想半天,还是把话咽下了,放下包,进自己房间,把门锁上。孙哲还愣在那里。孙哲妈小声说:"我给静波送杯玉米水,等她开门了,你进去哄哄她。你呀!的确不省心。三十大几的人了,怎么跟小时候一样,以前逃学,现在逃班。"

孙哲进房间时,静波在床上完全不理他,只留给他一个后背。他只能在床前低头站着,想了想,缓声问:"静波,你想听我说吗?"看静波不作声,像是自语道,"算了,你要是不想听,我就不说了。"静波却发话了:"你说。"仍是留给他一个背影。

"我今天,其实是故意逃走的。研发部的刘雨巷每次做的预估都极其不靠谱,你好歹有点沾边儿的让我拿去演示的时候不至于站在台上嫌丢人吧?不至于人家说我蠢吧?每次都让我给他擦屁股,我烦了。"

　　静波转过身来，语气已经没那么激烈了："孙哲，逃避不是个最好的办法。你可记得我俩那一次在我家睡觉，我大学的时候，正赶上我爸爸回家，你喊一声叔叔好，就低头走了，把一切困境丢给我。还有，第一次买避孕套你让我去。你是男人，你要有担当。担当的意思就是，你要找到沟通的方法，把问题解决掉而不是拖延。刘雨巷做得不好，你跟他说过吗？你有什么想法吗？"

　　孙哲为自己辩解："我的想法，对他不会有任何影响。他这个人，你不知道……"

　　"他他他，这是你典型的防御思想，只要一出事，立刻就是别人怎么不好，所以造成了你的不好。你自己呢？你不从自己的身上找问题，找答案，你就永远停留在你现在的位置上。你想想。"静波感觉自己像是孙哲的班主任一样谆谆教诲循循善诱。虽然孙哲很不高兴。她接着说："孙哲，我认识你这么多年，我对你，从没有什么要求，我喜欢你保持你的原生态，像书生那样。可是，现在，我不得不对你有要求了。你要做爸爸了，我希望，你我都会成为孩子的榜样，孩子为我们而骄傲。我在不停地为这个目标而努力，你呢？你能和我一起努力吗？"

　　孙哲抬起头："静波，我，我不觉得……算了，你好好休息吧，我会努力的。"吵过多少架了，他第一次觉得，自己和静波离得这么近，却又那么远。他不知道自己是不是真的一直在原地踏步，不知道是不是静波肚里的宝贝打破了生活原本的平衡。

　　静波生活里有小小的微漪在不经意间漾开了。就在她挺着肚子坐在会场时，上面开大会，下面开小会。她和难得碰面的其他公司的几个女同行聊妈妈经聊得热火朝天。一阵稀疏的掌声过后，会议发言人说："下面有请新上任的副市长李川奇同志为我们说两句，大家热烈欢迎！"静波的眼睛就睁大了——她看到旁边座位上站起来一个人，那个人，就是她以前服务过的代表团李团长，就是拉着静波的小手在月色下散步的那位！

　　散会后，静波拨开人群走到副市长面前，俏皮地轻轻一拍桌子："我要知道你今天会是我的顶头上司，我当年应该在你电脑里装一个监控软件！"

　　李市长看到静波，愣了一下，温和一笑："你没装吗?"

　　静波调皮地一挤眼："你要请我吃饭！以报答我为你彻夜服务的前情。"

　　李市长突然就哈哈大笑了，环顾一下四周说："小姑娘，你这话，容易引起歧义啊！当然我非常感谢你在展览开幕前彻夜奋战为我们团修电脑的努力，虽然最后也没修太好。"周围人都哈哈大笑起来。静波的脸顿时红了。

　　李市长问她这是要回开发区吗，静波说："对啊，你怎么知道?"李市长指了指静波文件夹扉页上印的公司名称和地址，说："因为你们广告做得好啊！正好，我要去南市区开个会，同一个方向，我顺道捎着你吧！"

　　旁边的秘书小声提醒："李市长，会议两点五十分开。"李市长笑道："哎呀，我们要照顾老弱孕残幼嘛！这是社会公德的一部分哦！人家一个人占俩名额呢，又孕又幼，没事儿，小……小陈，你和我们一起走吧！"

　　静波很高兴地上了市长的车，坐在市长身边，忽闪着眼睛问："你调到我们市来了啊?"

　　李市长笑笑："挂职，挂职。称不称职全看你们支不支持哦！小陈同志最近干得不错嘛！"

　　静波哼了一声："官腔！你每次开篇前，最少要说半小时官腔，然后才开始正经说话。"

　　李市长又哈哈笑起来："哦? 真的吗? 那你说说我怎么官腔了?"

　　静波："你刚才说话的语气就好像一位慈祥的老首长，'小战士最近想不想家啊?'就这语气，缺乏人文关怀。"

李市长忍不住又笑了："好，我来点儿人文关怀。你的爱情，有结晶了啊！"

静波看看自己的肚子："我以为，爱情的结晶是房子啊！这该算爱情的负债吧？那套房子是不动产，这个肚子，是动产，我背债最少十八年，最后还不属于我哎！"

李市长已经笑得摇头了："我每次看到你，都很高兴，因为你的歪理邪说很有趣。"然后对前面的司机说，"小牛，我们开会的地方先到吧？等下麻烦你把小陈送回她单位，天气太热，别中暑了。"

司机答应着。临下车前，李市长向静波递上名片："这是我的新名片，保持联系，工作上，请多多指教！"静波干脆利落地收下名片说："知无不言！见到你很高兴！""嗨，你还真不客气！走了！"李市长一挥手，下车而去。

静波挺着肚子回家，孙哲察言观色，见老婆心情大好的样子，非常快乐地接过静波的包，搀她躺在沙发上，殷勤地问她饿不饿，想吃什么。静波撒娇地说："我都吃过了，路过小笼包店，连排队都等不及，插队吃的。这个小东西，耐心很差的，稍微饿一点也要吐，饱一点也要吐。都快生了还吐，我真是服了他了。"孙哲妈也过来为孕妇服务，听静波这么说，马上端来刚榨的西瓜汁。

静波吸着果汁问孙哲："你还记得那个李团长吗？"

孙哲一脸茫然："哪个李团长？"

静波："就是那个展览会前夜整个电脑系统崩溃的，我们去修了一夜的那个……"

孙哲恍然大悟："哦！就是拉着你手去散步的那个啊！"

静波扑哧就笑了："小气。男女记忆差别怎么这么大呢？"

孙哲忙着问他怎么了，静波神气地答："他到我们市了，挂职副市长。"

孙哲："是不是这样的人都升得特别快啊？"

静波："你还别说，要是都是他这样的人升，我党还是很有魅力

111

的。他人很诚恳，也没什么架子。"

孙哲有点酸溜溜的："那是对你吧？对旁人不一定就没架子。"

"也就你看你老婆一枝花，我都这样了，都这样了，人家还想怎么我？狭隘！"静波夸张地拍着自己的脸和大肚腩说。

孙哲一脸认真地说："是啊！你都这样了，你都这样了，他还惦记着你呢？"

静波彻底笑趴。

十一　生亦何欢，死亦何苦

静波在划着船儿采红菱，采红菱。菱角那个尖啊，戳着手了，戳着手了。

静波大叫着坐起来，才发现自己是从梦境里惊醒。突然她又喊起来："孙哲！孙哲！我破水了！"

孙哲"啊呀"一声坐起来，嘴里直念叨着"快快快！快快快！"搀扶着静波去上厕所。

静波紧张地看着下面："不行不行！太多了，这样淌很快就会没了！"孙哲妈已经冲到卧室门口，开门进来，对坐便器上的静波说："破水了啊，别这样坐着啊！躺着去！孙哲你下去启动车，我收拾个包，等下我们就下去，去医院！"

静波慌了，只会念叨这怎么办呀，这怎么办呀！孙哲妈沉着冷静："这有什么怎么办的呀！不就是早生个三周吗？你放心，孙哲八个月就落地了，那时候的医疗条件，他都没事儿！妈有经验，来，把毛巾塞进去。"

静波手脚冰凉："这这这，这水要流光了吧？"孙哲妈看一眼，很有把握地说："不能够。你知道你肚子里存多少水吗？跟司马光砸缸的那水差不多！足足撑到你上医院。"说着就手脚不停地收拾细软，"哎！我备的那条小毛头毯子呢？"

孙哲爸都急了，在客厅里喊："哎呀！你等下回来再收拾也来得及啊！先把她送到医院去啊！你真是……"

孙哲妈："皇帝不急，急太监！我这收拾的，都是急等着用的，再说小哲开车到楼下也得有一阵子啊！"

孙哲爸更急了："我怎么是太监呢？我是太上皇啊！快走吧！"

孙哲妈问："你也去？"

孙哲爸理所当然没二话："我也去！"

于是静波被孙哲父母两边架着，夹着腿挪到楼下。孙哲忙着给各位开门。静波突然就疼得蹲下了。孙哲慌得呀，耷着手不知往哪儿放，不停地说："别生这儿啊，别生这儿啊！赶快赶快！"

孙哲妈很镇定："离生，远着呢！她这是头胎，怎么也得半天一天的。你放心，掉不到地上！"静波喘着粗气让孙哲给自己妈妈打电话，孙哲妈果断决策——先去医院，到医院打都来得及！孙哲爸手在上下衣兜里乱摸找手机："我打！我打！"孙哲把车开出车位，四个人手忙脚乱好容易都上了车，谁也顾不上打电话了。

孙哲刚开出小区，静波突然喊："我！我手机忘家里了！在充电！"

孙哲妈："你忘的东西多了，去医院要带的包都没来得及打呢！别急，我们送你们到地方，我们就回去拿，那时候也不慌也不忙的，我顺便给你做个桂圆鸡蛋红糖水，让你有力气生。到时候，你妈也差不多到了，我们换班！"

"嗷——"静波已经没办法回答，只剩惨烈地叫喊。孙哲妈赶忙把她的嘴捂住："哪能这么叫啊！得存住！存住！你这么个叫法，等下生的时候就没力气了……"静波生生又咽回去，脑袋上的汗珠吧嗒吧嗒掉落。终于没忍住，"嗷——"又是一嗓子。孙哲给吓得，方向盘都差点儿没把住，脸上的汗也吧嗒吧嗒往下掉，不比静波掉得少。

静波疼得气若游丝般问："怎么还没到啊！怎么路这么长啊！"孙哲一听更慌了，眼前是个红灯都闯过去了，安慰着说："就到了，就到了！"绿灯方向上，有辆车一个紧急刹车，把孙哲吓出一身冷汗，连喊对不起。孙哲爸为儿子捏一把汗，又急又心疼地喊："你慌张个啥?!一家人的命都在你手上呢！好好开车！"

静波在车里不时嗷嗷地惨叫着，已经不知道过了多久，也不知道下车后是怎么被运输到医院的过道上的。只见过道两边都是加床。孙哲问医生："我们订的双人间啊！什么时候能搬进双人间？"

小医生看了孙哲一眼："你们订的那是三个礼拜后的双人间，你现在要我给你腾出来我哪有啊！"孙哲问："那我们，我们就一直在过道上吗？"他看着满过道的大肚婆们毫无底气地问，好在小医生很肯定地答复他："不会不会，马上就有人出院了。坚持一下。"这让孙哲松了一大口气，"嗷——"静波的哀叫又让他汗毛竖起。

小医生："哪那么夸张啊？小点声儿，别吵着人家，你旁边这位，人家刚生。"小医生指指与静波对头的产妇。静波抽着凉气说："医生，我疼啊！我疼！我快支持不住了！"

小医生见惯不惊："早呢！你这才开两指，生孩子，没不疼的，都疼，最后都支持住了，你放心！"

孙哲都看不下去了："大夫，这，这得疼多久啊！"小医生轻松道："这个没一定的！看各人情况。你这是头胎，快不了！"

孙哲妈："那那，那我和你爸，先回去一趟吧！把要带来的东西归置归置，我再炖点桂圆红枣鸡蛋汤来，别疼得到最后都没力气了。"

小医生马上提醒："要注意一下啊，你这破水了，要吃东西，这俩钟头内吃，俩钟头后，就连水也不让喝了，万一生不下来还要剖腹，要全麻的。"

孙哲妈一听急了："我们快去快回，快去快回，俩钟头之内准到！"说完拉着孙哲爸拔脚就走。静波冲他们追叫："给我妈打电话！给我妈打电话！"

孙哲赶紧掏手机，手都是抖的，号码拨好几遍都拨不出去。电话终于通了，孙哲语速超快："妈，静波破水了，已经住进医院了，开始疼了，您什么时候过来？……啊？那……那好，不急，医生说还得有一阵子呢！"挂掉电话，孙哲笑了，对静波说："你看，你嫁我是对的吧？你妈明显把你当外人了，除了我要你，你们家人都不要你了。

你妈说，她在义乌呢，最快也得下午到这儿了。"

静波一头的汗："这这，她是我亲妈吗？我爸呢？我爸出差还没回来吗？"

"还真没。要不，我给你哥打个电话？他代表你们家人到场？"

静波："嗷——他自己的孩子落地他都不到……算了……"

孙哲的屁股被静波狠狠掐了一下，疼得差点儿没跳起来。见静波疼得表情狰狞，孙哲赶紧掏出手机，现场录像。静波瞪他："你干什么啊！"孙哲录了一段，嬉笑着递过去让她自己看。

静波真希望挖个地洞钻进去："怪不得形容母亲伟大呢！能舍得把自己丑成这样！你赶紧删了！""不删，我留着做纪念。你这一生，这么难看的机会真不多。"

静波："我警告你啊，这段视频要是外流出去，我全球追杀你啊！不行了，不行了，好像又要来了！"

孙哲拉着静波的手："你矜持点儿，别扯着嗓子死命地号，以前看电视上人家生孩子号你老嘲笑人家艺术的夸张，我看你现在，叫艺术的极致了。"

静波："你来试试？你要忍住不号，忍一回我发给你一个环球小姐！电影里叛变的，都是你们男的，还不如女的扛得住呢！我今天才深有感触，当年的英烈之所以到今天都被纪念和传唱，主要是因为平常人做不到啊！你现在要我招什么我都招了，只要别叫我疼了。"

远处，李川奇从通道中走来，正往门口去，正对着静波的脸。他热情一笑，打个招呼就走过来了："不会吧！这么巧？到生的时候了吗？"

静波还不忘打趣："为欢迎新市长的到来，他决定提前三周下地祝贺！"

李川奇："三周？这……不算早产吧？"

静波："不算了。你怎么在这儿呀？视察工作？"

李川奇："呵呵，这，还真不归我管。这不周六了吗，我来探望一位老朋友，她是这里的医生。哎，你怎么躺在过道上，没有床位了吗？要不要我去跟我的朋友打声招呼？"

孙哲这时候才有机会说一句："哎呀，这怎么好意思呢！"静波却一把拉住李川奇的手："要要要！快去！"然后"嗷——"一声，静波一把掐住李川奇的屁股，李市长疼得口脸变形，说话都结巴了："我……我这就去，这就去……"

孙哲的手机响，慌乱中接起来，瞬间凌乱了："哎，我是……什么？你说什么？你确定是孙能胜苏文华吗？我妈妈叫苏文华！严重吗？这样！我，我姐姐的电话是138××××××××，你能跟我姐姐联系一下吗？我……我暂时走不开……不是，不是，我老婆在生孩子……钱……我一会儿送到，你先给我姐姐打电话！"

静波听着不妙，问是怎么回事，孙哲脸色惨白："我爸爸妈妈在来这儿的路上，他们乘坐的出租车被翻斗车轧了！"

静波一下也惊呆了："啊！严重吗？"

孙哲："电话里没说清楚，但是很不好，我让我姐姐过去看看。"

静波大义凛然："你姐姐管什么用啊！你快去！卡带上！快去！"

孙哲犹豫了："你怎么办？"

静波："我这又死不了！你先顾那头！你给冯莹打个电话，让她过来就行了！"

孙哲赶紧拨电话。这时李川奇带着他同学过来，一看对方就是医院的资深人士，小医生鞍前马后地跟着。

这个女医生打量了静波一眼，询问小医生床位什么时候出来，静波就像插曲一样又"嗷"了一嗓子。小医生说上午有个特需的产妇出院，她之前预订的双人房没位子了。

女医生："就这个吧！出来就让她进去吧！什么情况啊现在？我怎么看她宫缩很频繁了？"

小医生翻了下记录说："早上6点多破的水，现在才两个钟头多一点，应该还早。"

女医生摸了一下："不对！她这都开六指了！估计没多大会儿就生了。你再坚持一下，我看你连麻药都不用打就能自己生出来！条件很好！"

静波满头大汗地推孙哲："你快去吧！快去啊！"

女医生奇怪了："他现在去哪儿啊？他现在哪儿都甭去了，就这儿等吧！这都要进产房了！"

静波："他爸爸妈妈出事了！来的路上被翻斗车轧了，生死都不知道呢！"

小医生："哎呀！这怎么办呀？要不……要不……你家没别的亲属吗？"

孙哲："在路上了。"

李市长："我在这儿吧！我能盯到她亲属来。你赶紧去吧！"

孙哲："你……这样可以吗？"

李市长："可以。全市人民都是我的亲属嘛！我这一来就为百姓办实事，也是政绩之一嘛！"

女医生突然就笑了，和李市长很熟络的样子："今儿也没电视台来跟拍，要不我让医院宣教科来？感动全市？"

孙哲毅然决然地说了句"那麻烦您了"就转身快跑。身后的静波又一阵痛感袭来，"嗷"一声一把掐住医生的屁股。女医生一看表，说："这，这肯定是快了，快推产房！"

静波在产房里大叫："嗷——我不行了！杀了我吧！"

那位李市长的朋友医生安抚她："陈静波你行的！相信我，听我的口号，我数一二三，你就用力，然后深吸一口气，再来一次，来，一二三，用力！"

静波痛苦得涕泪横流："啊……我没力气了！"

"陈静波，你有的，你放心，我们在旁边有检测的，一切都顺利！"

"啊？这还叫顺利？！我要死掉了！"

"不要胡说八道！你离死差远了！"

"你帮帮我，你帮帮我，你给我麻醉吧！"

"你产程很快的，你超给力的！现在打麻醉都来不及了！你头胎哎！简直像中大奖一样运气好！"

"啊……医生，我申请，我申请剖腹产！我撑不住了！求求你，求求你让我剖吧！"

静波突然就累睡着了。女医生拍着她的脸喊："醒醒，醒醒！不可以睡，等生完了再睡！"静波迷迷糊糊睁开双眼："你确定我不是昏迷？"女医生说："离昏迷远着呢！你是累了。再加把力！一二三，加油！"

静波疲惫加无奈地看了助产士一眼："你加吧，我不油了。"说完又要睡。女医生又拍她的脸，突然静波爆发出强有力的尖号："啊！！！"

那边女医生紧跟着喊："看见头了，看见头了！妈妈你要用力啊！你现在不用力等下小孩缩回去要窒息的啊！最后再努力一下就好！已经看到曙光了！"

静波一听孩子要窒息，突然跟打了鸡血似的半坐起来，鼓起十二分的勇气大喝一声："嗨！"

女医生惊喜地喊："半个头了半个头了！"

静波再用力一喊："嗨！！！"

女医生鼓励她："对！很好！马上就要出来了！坚持！我说过你行的！"

冯莹带着刚生完孩子不久的一丫风风火火地跑到产房门口，拦住一个护士问："陈静波女士在待产吗？"在一边等候的李川奇一听，立刻走过来："哦！你们是陈静波的家属吧！她都进产房了，应该快了。目前为止一切都顺利。太好了，既然你们到了，那我就可以放心走了。"冯莹疑惑地问："您是……？"

李川奇说："呃，我是陈静波的……领导……和朋友，刚才在医院正碰到她先生说家里出车祸了……"冯莹抢着说："是的是的，真是谢谢您了，来都来了，别走啊，感受一下新生的喜悦！"

李川奇有点为难："我还有些事，就……"

冯莹的电话响了，她抱歉地笑一下接起来。是张嘉平打来的，声音很低，告诉她孙哲的妈妈抢救无效，去世了。

冯莹"啊"一声，恍惚了片刻，马上追问："那那，他爸呢？"听张嘉平说还在抢救中，希望不大。她惊呆在那里，突然想起来问："那那，要不要告诉静波啊？"电话那头已经嘟嘟嘟了。

李川奇非常警觉地问："出事了吗？"冯莹木然回答："小孩的奶奶车祸去世了，爷爷估计也要不行了。"

李川奇沉吟一下，帮冯莹做了决定："不要告诉静波。她自己现在还在危险中，就算一切都平安了，受这种刺激，我怕她产后抑郁。不管如何，事情已经发生了，故去的就故去了，主要还是要为活着的人考虑。"

冯莹心绪纷乱，不知该说什么，也不知该做什么。李川奇接着说："我暂时不走，在这里等一下吧！我去打听一下情况怎么样了，里面的医生，是我的朋友。"

门里，突然传来响亮的啼哭声。

产房里，小医生和护士一起高兴地喊："生了生了！男孩儿！"静波在吐完最后一口气之后，疲倦地问："小孩爸爸在外面吗？"女医生说："不在，李川奇在，就是李市长。"

静波下一秒就要沉沉睡去，临睡前口齿不清地说："让李叔叔给起个名儿吧！"

孩子被医生抱了出来，女医生笑嘻嘻地对围上来的李川奇和冯莹说："恭喜恭喜，喜得贵子！七斤二两。孩子妈说，让李市长给起个名儿。"

冯莹和一丫异口同声地把目光转向李川奇："李市长？"李川奇忙摆着手说："挂职的，挂职的。"

冯莹像是被孩子从惨痛中拽出来还了魂："真是的，太不好意思了，市长大人，太谢谢您了，让您在外头守了这么久。"

李川奇微微一笑："市长职责之一嘛！守护市民的安全。让我取名？呃，有个词，叫'否极泰来'，这个家里，最不幸与最幸运的事，几乎同时到来，希望从此往后就一帆风顺，孩子就健康成长了。孩子，要不，就叫'吉泰'吧！吉取吉利的吉，希望他大吉大利；泰，是康泰的泰。这个名字，少了点文化气息哈，但毕竟应这个时分，听着祥和稳健，你们说呢？"

一丫没敢作声。冯莹听完，一点头说："好！我觉得好！就吉泰吧！孩子一切都好吗？"

女医生点点头："还是不错的，就是有些生理性黄疸，这两天我们会在医院里给他照照光。"冯莹问严不严重，女医生说："不算严重。不过就是不能放在产妇身边了，要放在暖房里照蓝光才行。七到十天消退的话就没事了。"

冯莹有点忧虑地向医生道谢。李川奇嘱咐冯莹，孩子爷爷奶奶的事家庭内部要统一好口径，别一会儿说穿了，说完就先告辞了。

下午，静波妈从义乌赶过来，直奔医院时，静波还在产房里没被推出来。问起亲家的情况，冯莹告诉她："孙哲妈已经过世了，他爸，听说伤着脊椎了，搞不好要瘫痪。"

静波妈叹口气："怎么会出这样的事呢？本来好好的喜事一桩——那静波这边，怎么跟她说？"

冯莹："呃，我们的意见是，先不跟她说。刺激太大，我怕她不下奶了。"

静波妈想了想："不行，这么大的事，瞒不住。丧事总要办，家里的媳妇孙子不能不出席。"

冯莹："不出席，可以理解吧？那么小的孩子，去火葬场，合适吗？静波这在月子里，也不适合劳累吧？家里有孙哲和他姐姐，静波能把孩子带好就已经是对家里的贡献了。"

　　静波妈："他们家孙哲，真不像操办这么大事的人。以前家里有老太太做主，哪知道这次走的是老太太，这老太太也是个人物，以前都用不到孙哲和孙哲的姐姐，这突然就把俩人推到前台……关键俩人都不像干事儿的人。"

　　冯莹："谁都不像干事儿的人，这么大的事，别说孙哲了，我也没干过啊！学学就会了。先得通知老太太单位吧？单位有治丧委员会，估计能帮上忙。"

　　静波妈："你，写个备注的条子，然后给孙哲发过去，让他一条一条对照着办。还有丧服，得赶紧换，别硬了。"

十二 爱，有时需要冒生命的险

孙哲正在另一家医院病房，照顾瘫痪在床的爸爸。老爷子现在麻醉还没醒。两个职装女性探头进了房间，招呼孙哲到走道上聊几句。

其中一位自称是张嘉平的行政助理，叫 Julia："张总要我联络您看看有什么可以帮到您的地方，这是格致礼仪公司的总经理芳芳女士，她也是我的好朋友，她在做红白事方面是非常有经验的，您看现在有什么事是需要我们立刻做的吗？"

孙哲的眼睛红肿着，头也昏昏沉沉："我现在这里头绪比较乱，因为这是一场交通事故，肇事的车辆是一个地产公司外包的土方车，可能要打官司，所以我现在不知道这个后事怎么料理，是要等官司打完了呢还是要先火化？"

另一个叫芳芳的女士说："孙先生，这个您问对人了，我们公司之前有过处理这样 case 的经验，我这里有个非常好的民事赔偿案的律师，您只要交给他做，他和公安那边直接对接，把现场和后续的资料留存，我们的红白事按自己的节奏进行就行了，不需要等那么久。因为你想，一个案件通常的审理到结案到最终的赔偿，有些甚至拿不到很多赔偿，这个过程会很久，老人家总要入土为安的，总这样放着肯定不是个事，而且也影响到生者的正常工作生活对不对？医院不会允许这样长时间存放的。"

孙哲："这个事你们很有经验吗？"

芳芳："呃，很有经验谈不上，但办起来还比较妥当的。"

孙哲："请律师我需要付多少费用？"

芳芳："这个不需要的，等案件打完以后他们分赔偿金的一部分就可以了，您需要跟律师谈一谈吗？我现在可以跟他联系，他在民事赔偿，尤其是工程车肇事赔偿方面非常有经验，过去几年他打了十几个这样的官司，都获得了非常好的赔偿结果。"

孙哲："好，你让他联系我姐夫吧，就是张嘉平，这方面他比较擅长，我没跟律师打交道的经验，而且，我太太生孩子还在医院，我还没去看过。"

和睦家这里，静波妈悉心照料着女儿，帮她做各种按摩："你得揉，唉！是我这个当妈的疏忽了，忘记提醒你怀孕中期的时候每天揉一下乳房保持乳腺通畅。"

静波大叫："哇咔咔！快拿相机，快拿相机！见证我这一生最性感的时刻！从来没有见过这么大耶！生孩子好有收获哦！"

一丫淡定地答："很快就缩回去了。"

静波："缩我也愿意啊！一生竟然如此绽放过！"

冯莹更淡定地回答："等你缩回去能垂到肚脐。"

静波吓得不轻："不会吧?!"

静波妈说："你以为妈妈这么好当的？要不人家为什么说伟大的母亲，不说伟大的姑娘？母亲就是意味着牺牲的呀，牺牲时间，牺牲身材，当妈的女人，你就不要想复回原位了。"

"哼，孙哲要是敢辜负于我，我就……"静波用手做了个"咔嚓"的姿势，"与他同归于尽！我现在不在他脸上刺字与我匹配，就已经很善良了！"说完掀开衣服，看看肚皮上的妊娠纹，叹了口气，"我要得忧郁症了，把我儿子抱来我看看，缓解一下我的忧伤。"

静波妈看了下表说："是到喂奶的时候了，我去问问医生，看能不能抱出来。"静波妈出门去抱孩子。静波忧虑地问冯莹："姐，你说这黄疸高到底要不要紧啊？"

冯莹也没经验，就照搬医生的话说："这……新生儿黄疸还算常见，你也别太着急，你们家吉泰黄疸指数不算太高，一般来说只要不是病理性的，七到十天也就消退了。"

静波的忧虑并没有缓解："那要是不消退呢？"静波妈正好把孩子抱回来听到这话，赶忙"呸呸呸"，说我们家吉泰不会。

静波叹口气："我总是不放心，好好的宝贝要照光。操心……"冯莹依然淡定地说："习惯吧，以后有的是你操心的时候。"

静波妈把孩子递过去，说："是呀是呀。让他吸一吸，奶下得快一些。"宝宝一到静波怀里，小嘴就像吸盘一样直接吸到了乳头上，静波的脸都疼得扭曲变形了，"哦哦哦"直叫唤。

静波妈看着心疼，还是让她忍一下，很快就通了："你那种揉法舍不得下手，猴年马月才下奶啊！"

静波的眼泪都要掉下来了，不停地倒吸凉气："不行了不行了，申请暂停！"

几双手一起把孩子抱下，孩子开始大哭，静波低头一看，眼泪滴答："我真是吃的是草，挤的是血啊！真淌血了，会不会发炎啊！"静波妈让她换一边再试试，静波又开始哀号："嗷——尼玛，我以为生孩子是世界上最痛的事了！哪晓得比下奶还不到十分之一啊！"

冯莹在一边咯咯笑："妈妈，注意语言美，孩子在旁边呢！"静波赶紧冲儿子举手："Sorry！Sorry！你当没听见啊！下次捂耳朵！嗷——暂停！暂停！"

静波深呼吸了一阵，突然想起来问："孙哲怎么还没来？爷爷奶奶别出什么大事了吧？"静波妈和冯莹对看了一下，俩人都等对方说。静波妈就是不作声，冯莹只好说："还行，都在恢复中，你安心养你的，他们安心养他们的，互不叨扰。"

静波妈打断冯莹，岔开话题："多喝汤水，下奶。"静波妈转眼看看鸡汤，又说："这个不行，她乳腺没通，这么油的汤要得乳腺炎的，我回去熬些粥吧！清淡些。"冯莹马上说："别了，小姨，我让我家阿姨熬的粥，本来说今晚吃，等下让嘉平给送来就行了。”

孙哲终于来电话了。静波很有点激动：“哎！你那边还好吗？我和儿子……”她看一眼儿子黄黄的小脸，想到孙哲爸妈的车祸，犹豫了一下，一狠心：“我们都好！不用担心。”

孙哲情绪不高：“真是抱歉，这么重要的时候我竟然不在。”

静波：“未来还长着呢，什么时候看都行！爸爸妈妈情况怎么样啊？”

孙哲：“我明天过去看你，明儿再说吧！爸爸的情况比预想的好多了，虽然伤着脊椎了，但不太严重，严重的是骨盆和腿骨折。”

静波：“那妈妈呢？”

孙哲：“不说了，我这边律师到了，在谈论怎么跟施工方谈赔偿的问题。你和儿子保重，我明天来看你，需要我带点儿什么吗？”

静波：“不用了，我这边有人照顾，我妈陪着。你忙你的。”

陈QQ空俩手晃着就进了静波的产房。静波已经在地上乱溜达了。陈QQ说：“挺快的呀！我以为你到现在都爬不起来呢！”妈妈看静波恢复得快也高兴：“顺产就这点好，恢复得快。”静波笑着指隔壁床的剖腹产的产妇：“她到现在还哀号阵阵呢！”那产妇立刻配合着哎哟两声。

静波妈数落儿子：“你这是到医院看人的吗？一点礼数也没有，空着两手。”陈QQ嬉皮笑脸地说：“嗨，自家妹妹，又不是外人，那么见外干吗？”

静波噘着嘴：“你还不如当我是外人呢！我连外人都不如！谁当你内人谁悲催。”陈QQ仍然嬉皮笑脸地问静波，伤心了？静波点点头。“有多伤心？”“好伤心。”

陈QQ从裤兜里掏出一大红包，冲静波扬着手：“两万块钱，能弥补你的伤心不？”静波转颜喜乐，狂点头地抢过红包：“能！能！”陈QQ指着妹妹冲妈妈哭笑不得地说：“你女儿，整个一见钱眼开！”

旁边新生的吉泰也突然瞪大了眼睛,对着红包目不转睛。陈QQ大笑:"而且这还遗传,带着孩子也是一财迷,我来半天了都不看舅舅一眼,看见红包就精神了。"

妈妈打了陈QQ一下:"没正形,都当爹当舅舅的人了。"

陈QQ口无遮拦地说:"当爹和当舅舅,这可都不是我自愿的事儿,都是被当的。不过吧,这孩子,命挺硬的,刚落地,奶奶就死了。"

妈妈脸色顿时黑了:"大宝!你胡说什么?!"静波愣住了,半晌才问:"啊?什么?"

陈QQ看着妈和静波的脸:"哦!你们还瞒着静波啊!可你们也没告诉我要瞒着啊!对不起对不起,我到哪儿都招人厌,我走了,我走了。"

静波愣在那里,半晌,幽幽地念叨了一句:"怎么好好一个人儿,突然就走了呢?"妈妈不说话。静波接着愣愣地自语:"其实,东西啊,桂圆啊,拿不拿的有什么要紧呢?我当时就不该让他们去……"静波妈不忍心看女儿这样,宽慰她说:"你都那时候了,能把自己顾上就不错了。"

静波眼泪哗哗地往下掉。这算咋回事啊!一想到老人是为自己和孩子……静波心里就过不去,以后怎么跟孩子说呢?怪不得孙哲到现在都没来看她们母子……静波看着旁边睡得像天使一样的孩子,一个只能从相片上知道什么是奶奶的娃,静波又悲悲切切了。

静波妈摩挲着她的头发,劝道:"你哥哥,口无遮拦。生死有命,富贵在天。这奶奶,和孩子有什么关系啊!小哲不来也好,他那边的医院里,戾气重,别把不好的气息带过来。"

静波抬起头:"妈,你不用安慰我。需要安慰的人是孙哲。我自己的孩子,我不会觉得有什么不好,我是怕,孙哲家的人和外人,会像我哥那样想。"

静波妈起急:"那都是迷信。迷信不可信。这世界,有生就有死,有死就有生，光生不死，哪儿盛得下啊！"

"别同一天啊！这以后，我儿子还怎么过生日啊？"静波看着睡着的宝贝就难过。

静波妈让她放心，生的喜悦总是会盖过故去的忧伤的。刚开始可能的确大家心里都不舒服，过些年，就都淡忘了。静波抚着孩子的小脸，眼泪在眼圈里打转："我是怕，本来是会淡忘的，因为这个孩子，倒总是记得了。"

静波妈有些紧张，打断静波的话说："孩子啊，这话，你可不能说啊！当你亲妈的面，说说也就算了，在孙家人面前，一点儿都不能流露。说到底，这二老是为了你才来回奔波，才出事的，你这种私心，会让人觉得你没心没肺的。"

静波叹气："妈，我怕的就是这个。我，突然间，就背上一身的人情债了。我又没有任何选择权，也不是我让他们来来去去的，但我怕，孙家的人，他妈妈家兄弟姐妹那么多，到时候把账都记在我身上。我倒成罪人了。"

静波妈揽着女儿，爱抚着她："这也是我不想告诉你的原因，坐月子，人要轻松，不要有负担，人家怎么想，那是人家的事，你要过好自己的小日子。把奶水养好，把孩子养壮是你的责任，其他的，跟你都没关系。那些个旁人的流言蜚语，又不会进入你的日子，你只当不知道没听见。"

孙哲这边的事情太过复杂，他和姐姐把律师与张嘉平、Julia 约在一起商量。张嘉平对 Julia 说："孙哲到现在连孩子都没看过，他两边都有任务，特殊情况，特殊对待，就你吧，你就说是他干妹妹，阿姨的干女儿，这样就比较好处理关系了。"

Julia 点点头："好，那孙先生……哥哥你列个亲友名单和联系电话，我负责通知到人。"说完在列出的事项上打个勾，"下面让吕律师谈谈……"

128

孙哲跟张嘉平耳语："姐夫，我得跟你借点儿钱了，医院里催款催得吓人。这边花钱的地方很多，我……"

张嘉平掏出一张卡递给孙哲："密码080306，偶得的生日，你随时取。"孙哲再三感谢。

母亲的后事料理得刚有了头绪，孙哲又回到爸爸的病床前。床前已经聚集了一堆人，各色亲戚，大家嘘寒问暖的，还有抹眼泪的，一群人里，总有一两个没眼力见儿的说让人讨厌的话。孙哲的小姨妈就是这样不出工光出嘴的："阿哥啊！这可怎么办呢！你以后谁照顾呢？我心里难受得呀！小倩啊！你以后，就搬回去，跟你爸住！照顾你爸！小哲呀！你爸爸以后这个样子，医疗费肯定少不了，你要负责出钱，一个出钱，一个出力，老太太在天之灵会好受些。这孩子啊！刚落地就克奶奶，我跟你们讲啊，这都是命嗻！这孩子就是来索命的。阿哥啊！我劝你，以后一定要远离这个小孩，他这次没拿走你的命，下次不晓得还出什么状况。你要千万离他远一点，最好看都不要看。"

孙哲爸脸色铁青。孙哲和姐姐在旁边听着不高兴却也不敢说。最后还是孙哲爸止住了她不招人待见的话："好了好了，谈谈后事怎么办。小哲啊，我看头七能办尽量办了吧！入土为安。"孙哲嗫嚅着说怕来不及。

孙哲爸说："来不及也要来得及，宜早。还有，你不要听他们的什么克不克的，孙子，是你妈妈盼望一生的事，为这个小孩她做了你们多少工作付出多少牺牲你也是看到的。她走都走了，这最后一眼，一定要看！静波带着孩子要出席。"

全场肃静。

孙哲姐斗胆问了一句："那……静波家里的人会同意吗？"孙哲爸像是没听到，仍对着孙哲说："小哲，你去，你去跟静波说，就这么定了。"

静波再见孙哲，已经是产后两天的事了。孙哲一脸疲惫加颓废状，胡子拉碴，衣衫脏兮兮的，且湿了大半身儿。他进门就问孩子呢，看见孩子立刻抱过去亲。

　　静波摸摸孙哲的头，又摸摸孙哲的背。孙哲并不搭腔。静波欲言又止，看了眼孙哲，把头靠在他的身上。"以后我和你相依为命，以后，我疼你。你别难过啊！"孙哲依旧不说话。

　　静波天生嬉皮笑脸不太会安慰人，她不知道这时候说什么深情的话才能拂去孙哲的消沉："人，总是有这一天的。我知道你没有准备好。我也没有心理准备。我一直以为奶奶会等到我们家孩子长大成人的那一天，能参加他大学毕业的典礼呢！世事难料。"

　　孙哲累坏了，也吓坏了。他这一生，都没碰到过这么大的阵仗。以前有个事静波还能扛一扛，如今，静波扛儿子去了，他一夜之间，成了栋梁。

　　静波摸摸孙哲的脸："孩子爸爸，你放心，妈妈会对你好的，妈妈会照顾你的，我会对你不离不弃，永远替代奶奶守着你，啊？别难过。"

　　孙哲抱着静波出神。静波不知孙哲的沉默意味着什么。过半天，孙哲问："孩子，这两天，好不好？"

　　静波叹口气："宝贝生出来查出黄疸值高，急死我了。"

　　孙哲急了："啊，那你怎么没告诉我？"

　　静波温柔地说："你爸妈出事了，我知道你急，怕你担心，怕给你添乱。"

　　孙哲有些不好意思："你呢，你恢复得好不好？"

　　静波舒口气："你终于问到我了！你个没良心的，我心里都惦记着你，老怕你不好受。我这心里，这两天难受得呀！"

　　孙哲拍拍静波："你身体，底子真是不错的，看起来还行，比我想象的好。"

　　静波淡淡一笑："是啊，看着比你干净。你好久没洗澡了吧？"

孙哲疲惫地揉着双眼："没回去，爸和妈的事，一直没停过。"

静波突然一个激灵："坏了！猫！陈咪咪得饿死了吧？我的陈咪咪！！！"孙哲头大："人都不行了，哪还管得上猫啊！"静波却不依不饶，吵着要回家，说着就要下地穿鞋。

一直在一边沉默的静波妈急了："别动别动，开什么玩笑，我回去，我替你弄你的宝贝，别真饿死了。小哲，家门钥匙给我，我这就回去。"

孙哲看看窗外说："妈，外头下着雨，你连车都打不着。"

静波急得要哭了："那，那……陈咪咪怎么办呀！"

静波妈："哎呀，月子里，急不得，哭不得，回头眼睛坏了，你又不能再生一个掰回来，我去，我这就回去，不行我走回去。"说着拿过孙哲递来的钥匙，带上伞就走了。

孙哲埋怨静波："人都顾不上了，哪顾得上猫啊！你知道外头水有多深吗？明天就出院了……"

静波脾气上来了："可是，猫三天不吃不喝，就死了呀！她不仅仅是猫，她还是我们家一口人啊，是孙吉泰的姐姐啊！"

"你舍得让你妈淋着雨回去啊！"

"我去！我去把我妈换回来！"

孙哲马上求饶："好好好！我去，我去！你好好替我看着儿子，你都这样了，还不闲着。"

窗外的雨越下越大了。被孙哲叫回到医院的静波妈站在窗前，看着外头阴暗的天气和磅礴的大雨，有些暗自焦急和不忍。这惊天的暴雨，万一孙哲为只猫再出什么事儿……静波妈头皮一麻，吓得不敢往后想。静波也焦躁地在房间里踱步："现在想想，跟邻居搞好关系是多么重要！把钥匙丢他家一把，什么事就能让他替我照看一下了。现在的城市生活，是不好。"

静波妈感慨："你们俩那作息，能跟谁碰上头啊？人家不投诉你们，都已经是好邻居了。"

静波来来回回地走着，对妈妈说："妈呀，我现在才能理解什么叫'手心手背都是肉'。孙哲也是亲的，咪咪也是亲的，我哪头都放不下，现在又多个小的。孙哲别出啥事啊！"

静波妈笑了："你呀，爹亲妈亲，都没你那猫咪亲。"

静波一脸幸福："开什么玩笑，那是我亲手带大的，亲自跳进下水道捞上来的，吃饭都跟我吃一盆儿，睡觉跟我一被窝。孙哲认识我的时间也没这咪咪长啊！"

静波妈望望窗外："可孙哲是你丈夫，小孩的爹啊，家里这段时间已经够多事之秋了，他要是再碰个车什么的，你得后悔死。"

静波吓得直想"呸呸呸"："妈！你别吓唬我了，你还嫌我心不够焦么？你弄得我站也不是，坐也不是的，一头的汗！"

静波妈赶快拿着毛巾上来擦："急有什么用啊！坐下坐下！擦擦。产妇本来就多汗。"又双手合十对着窗外仰头拜着，"上天保佑，上天保佑，我们一辈子行善积德不做坏事，没道理碰到这么多不好。"

静波："哎呀，妈！你别这么说！我婆婆，人也挺好的，大善人一个，不也碰着这事了吗？我心里怕怕的。"

静波妈："不怕，不怕。我没那个意思啊！我就顺口那么一说。不过啊，静波，孙哲已经是没妈的孩子了，你可得疼他。以后对他好点儿，别动不动就吼人家。"

静波："我努力，我克制……其实，我对他，挺好的，我虽然有时候脾气坏点儿，可他所有的事，哪桩哪件不是我扛着啊？看人要看大方向。哎哟，这雨，怎么越下越大啊！"

孙哲开着车，打着车灯都已经看不见道路了，街面上有人弃车涉水。更糟糕的是，孙哲困意来袭，眼睛模糊得看世界像万花筒，想想静波的话和家里的猫，还硬撑着往家赶。终于，在一个立交桥的桥洞下卡住了，水漫过半个车身，孙哲想弃车，已经不行了，门打不开。他用手捶玻璃，用脚踹玻璃，都无济于事，便在车里到处翻，看有什么工具，同时掏出电话拨给静波："静波，水很深，车都淹到玻璃了，我打不开门。"

静波一下就慌了："你打 110，打 110 报警！"

"打不了，占线。你帮我报警……"

静波突然想起来："后备箱，后备箱有三角架和锤子，你……"

孙哲绝望地说："我过不去啊！"

静波一下就哭了。一丫正赶着过来送饭，抱着自己的女儿天二，提着饭盒走进病房。静波正捧着电话哭："那怎么办，怎么办啊？"一丫见静波哭了也慌了，忙问她这是怎么了，静波妈也急得大声问，静波语无伦次："雨大……水……把车淹了，孙哲……孙哲还在里面。"

静波妈抢过电话："孙哲，你冷静，我让大宝给你打电话。"旁边一丫疯狂地翻手机，突然大喊："别挂！让姐夫把车座位上的靠枕拔出来，里头有铁杆，照我说的做！"然后抢过电话，"姐夫你把靠枕卸下来，看见那个铁杆了吗？"

孙哲在电话那头声音断断续续："等！……有！有！……可我试了，砸不开窗！"

一丫喊："你把那个杆插进车窗的右下角往你的方向用力，玻璃就碎了！"

电话里听见"咔嚓"一声响，然后就没声音了，接着是让人揪心的盲音。

病房里一片寂静。

静波大哭起来。静波妈急得直跺脚："你哭有什么用啊！再打再打……"

静波号啕大哭："别是出事了吧？"

静波妈捂着胸口，又去安抚女儿："不会不会。不要瞎想。"静波哭得几乎崩溃："这要是出事了，我可怎么跟孩子交代啊！"

静波妈无语，心神不宁地望着窗外："菩萨啊，我们家今年犯太岁吗？"哭声中，静波妈的手机响了，是静波爸的声音："我在机场，打不到出租车，听说城里被水淹了！"

一丫接话："我让天二爸去机场接爷爷吧。"说完正要拨电话，被静波妈一把按住："信威！你就待在机场，哪儿都别去。等水退了再说。"静波爸急着看外孙："那得等到什么时候啊？"静波妈："人家等得，你也等得！"说完干脆利落地挂了。

一丫试探着问："让天二爸爸去接吧？不然……"静波妈眼神犀利："我不能叫我儿子冒险。等一会儿有什么关系？"

时间一分一秒过去。吉泰号啕大哭，哭得让人更加心神不宁。静波把奶头塞进吉泰的嘴里，吉泰吸吸哭哭，哭哭吸吸。静波也哭："没奶了。"

深夜，一丫靠在床边睡着了，静波还在打电话。孙哲的手机一直无人接听。静波人都蔫巴了："妈，这儿还有面包，您吃一个吧！一天都没吃东西。"静波妈颓然地摆摆手："我不饿。这孩子，怎么一点音信都没有！要急死个人了！"

凌晨三点，静波的手机惊魂地响起来，显示是家里的座机。静波眼泪瞬间掉下来了："孙哲！孙哲！你没事吧！你吓死我了！"

孙哲声音疲乏到虚脱："我还好。陈咪咪没事儿，好得很，喝的是厕所的水，把桌上放的香蕉给吃了，就是把屎拉地毯上了，我刚打扫过。"

静波："你你你……你怎么回去的？"

孙哲："车我扔桥下了，走回来的。路上差点儿掉窨井里，好多窨井盖都被冲跑了。"

静波哽咽着说："辛苦你了辛苦你了，赶紧洗个热水澡弄点吃的，冰箱里有奶酪我床头上有苏打饼干。你赶紧睡，累坏了吧？"

孙哲："我是要抓紧休息，明天要赶回我爸那儿。"

静波沉默了一会儿，提醒他："是今天。已经快天亮了。今天我出院。"

孙哲懊恼地一捶头："你别出来了！车都没了，交通也没恢复，先住着吧！好歹有吃有喝有人照顾。"

十三　人生，哪天不是演戏呢

静波的父母拎着大包小袋回家了。

孙哲也拎着大包小袋回家了。

静波又在医院整整赖了两天才回去。

静波在家里收拾整理物什，突然想起来，问孙哲："你妈妈的后事办得怎么样了？我现在又帮不上忙。"

孙哲犹犹豫豫地说："我……正要跟你商量这个事。五天之后大礼。"

静波："哦……事情都安排好了吗？"

孙哲："其他都没什么，有嘉平帮忙，就是……就是……"

静波疑惑地问："什么？"

孙哲吞吞吐吐："我爸爸的意思，想让你和儿子出席一下，最后告个别。"

静波眼睛瞪大了："我们？我……我倒……儿子那时候才十天不到，他……他黄疸值高现在还天天照光呢。我可能也……这事不是小事儿，我得问问我妈。"

孙哲垂着头说："对不起，静波，跟你提这样的要求，你这刚生了孩子。不过，我爸爸说，我妈对这个孙子很是疼爱的，其实，无论男孩女孩，她都喜欢，结果，都没等到知道男女，就过去了。他想让我妈看一眼。"

136

静波家派出的干将静波妈上场了。她来到孙哲爸爸的病床前说："静波，在家奶孩子，离了奶瓶，孩子就要饿着了。孩子身体不太好，黄疸高，医生的意思，还是要留暖房照光治疗、多观察。不如，以孩子的名义给奶奶送个花篮？"

孙哲爸闷着不说话。孙哲的小姨不乐意了："小孩黄疸高算什么呀，每个孩子都有。哎呀，关键是礼数，这些个啊，都是做给活人看的。你们想，要是奶奶大礼，孙子媳妇都不出席，旁人怎么看？我哥，还是在为静波考虑！亲家母你说呢？别叫人说这种闲话。就出席一下，很快的。"

孙哲爸突然就老泪纵横起来，无声地抹眼泪："不去，就不去吧！看不看的，无所谓！我很快，也就跟你走了……"

孙哲守着痛哭的父亲，特别为难，孙哲姐也哭了。静波妈仓皇败北。

回到家，静波妈又站在静波的床前，纠结无语。静波爸劝道："静波啊，我们还是去吧！去一下下，很快的。"见女儿不说话，又说，"去去就回，也就半小时结束，后面的白宴就不参加了。尽量减少孩子在公众场合的时间。我问过医生了，说一般不会有事的。"静波还是不言语，静波爸转头看老伴，有些急："孩子妈，你表个态啊！站这儿一句话也不说，真是！"

静波妈于是说："我，是不主张静波去的。我觉得这点上，我姐姐说得对。老人，活着的时候孝顺点，照顾点儿，过去了，就过去吧！毕竟，以后日子要继续的。带这么小的孩子去那个地方，我心里疙瘩，你要我表态，我就这样了。"

静波爸也是替静波着想："你这人，怎么这样啊！你到底是疼孩子还是害孩子？你也看到她公公的伤心加上孙哲的为难了，想想算了，咱们牺牲一下下，也不见得有事，告慰奶奶，也做给孙家的亲戚看吧！"又劝静波，"你和孩子都这样了，还出席，以后就不会有人说闲话了。夫妻之间，不能生嫌隙。这种一生只有一次的事情，你给他面子，他就感你的恩；你让他心里有疙瘩，以后就是跃不过的坎儿。再说了，我们不迷信，就算真迷信，奶奶这么喜欢这个小孙子，肯定会保佑你们的。你说呢？"

静波冷冷地说："爸爸，你就因为这个，奶奶再虐待妈妈，你到她死，都要叫妈妈去哭坟？这是你们男人的想法？"

静波爸脸色顿时难看。静波妈一看局势不对，赶紧打圆场："什么哭不哭的，我就当去出席个歌咏大赛，号两嗓子呗！人都不在了，我也给她做这么多年好媳妇了。菩萨都拜这么久了，何至于差这一哆嗦？"

静波倚在床上，谁也不看："你是你，我不去。"

静波爸怪女儿不懂事儿。静波继续冷冷地说："我不需要跟公众交代我对我婆婆的感情。我对她好，她活着的时候就知道。我要是对她不好，这时候哭给谁看呢？这种演戏的事，我做不出。"

静波妈看静波这样，也和静波爸站在一个立场上了："孩子啊，理是你说的理。如果要我说，我也不赞成你去，我心里，记挂的是你们娘俩，其他人，我都不关心。可是，你爸说得也有道理，你不能吧，这时候让孙哲难做，万一落下个心理上的病根儿，一辈子都治愈不了。人生，哪天不是演戏呢？"

静波坚持自己的想法："我心里，念着她的好就行了。我向她保证，对她儿子好，对她孙子好，一心一意，她放心去，我会照顾她心里记挂的人一辈子，包括我公公。她要是真的有知，她会高兴的。"

静波爸也是忍着心疼在劝女儿："我知道，你是个守信善良的姑娘，你内心里许下的事，你就会做到。况且这也是该你做的。本来丈夫和孩子也是你的，你们俩爱的人又不冲突。但是，形式还是要走的。"

静波妈左右摇摆："女儿的心，我懂。要是让她自己去，我也没意见，要怎的，就怎的，可还得带着孩子啊。吉泰他那么小，女儿要对她儿子负责的呀，这是她当前唯一的任务。我想，奶奶心里也不愿

138

意冒这个险。这孙子，也是她心头肉，她要是在，肯定不许孙子去，我们干吗要为了满足人家的心拂了奶奶的意呢？"

静波爸急了："你们这些女人！哪有那么多事啊？去吧去吧！"

静波："凡是跟我儿子有关的事，有万一的危险对我都是一万。"

静波爸："有爸爸给你保驾护航，你去！科技这么发达了，我外孙参加个大礼能有什么事？孩子啊，你的眼界，就只能看见你现在的高度；你爸爸的眼界，看的是你未来的高度。孩子固然重要，但你这一生的伴儿，还是你爱人孙哲。不要为这些俗事影响到两个人的感情，以后亲戚朋友们叨叨叨叨的，你也不好过。你就大气一点，像你父母的女儿，去就去！"

说到这一生的伴儿，正戳中静波的痛处："他为什么不为我们母子考虑，不大气点，替我搪过去？这种事情还要我一个女人出面。我就气这点。老婆是他的老婆，孩子是他的孩子，他不保护我们，我不能不保护我孩子。"

静波爸长叹一口气："你不要不讲良心。孙哲是爱你的，维护你的，你的猫，他都爱护，为了那只猫，他命都要丢了，就凭这一点，你哪怕还账，都要去。你不要这么冷酷不讨人喜欢。就这么定了。"

头七这天说话就到了。孙哲和姐姐站在殡仪馆大厅休息室门口迎接客人。张嘉平的秘书 Julia 负责把客人迎来送往。静波妈和静波抱着孩子进来，紧接着是静波爸和陈 QQ。陈 QQ 紧紧抱了抱孙哲："兄弟，保重！"

孙哲看到老婆孩子，心里五味杂陈，关切地问："还好吧？要不要找个地方坐着？"

Julia 果然很干练地说："已经安排好了，陈太太跟我来，我在里面隔了个母婴室，也方便你喂奶，等下大礼的时候再来请你们。阿姨伯伯也一起吧！这边请。"

静波对妈妈说："妈，你把吉泰抱进去休息，我站这里迎迎客人。"孙哲赶忙说不用她，让她赶紧进去休息。

静波面无表情地说："我来都来了，就尽尽孝心，把这最后一班岗站了吧！"

仪式办完，静波妈抱着孩子，静波和孙哲跟在后面，拖着疲惫的身子回家。静波妈一进门就张罗："来来来，给宝宝洗个澡，洗掉身上的晦气。"

静波拦着："哎呀，妈呀，这么小，怎么洗啊！哪儿都软得像没骨头一样。"

静波妈："我洗，你看着。哎，我跟你说啊，这以后，慢慢就得你们俩自己动手了。我呢，只能在你这儿，帮你一个月。等你月子坐完了，我就回去了。"

静波急了："妈！！你回去了我怎么办呀?!"静波妈不解："你们自己带啊!"

静波发愁："我没有婆婆哎！我连个帮手都没有！"

静波妈："有婆婆不见得是好事，没婆婆不见得是坏事。自己带大的孩子，和你们亲。再说了，我虽然不能亲力亲为，指导还是可以的嘛！你随时给我打电话——来，拿个沐浴露。"

静波拿了一瓶递过去，嘴巴里还叨咕："你还是我亲妈吗？你重男轻女，从小就偏我哥，你永远只爱他一个！你永远在我需要你的时候都不在我身边！人家女孩子要娇养，你倒好！你就直接把我扔垃圾堆里！你宁可帮他带孩子都不帮我！他那还是个私生子！"

静波妈严厉地看了静波一眼，静波不作声了。静波妈一面给孩子洗澡，一面说："你说的，我都承认。看起来，我是爱你哥多些，爱你少些。我对儿子宠些，对女儿严厉些。可是女儿啊，妈妈希望你能干，不依附于任何人，是我爱你的表现啊！包括对一丫，我也是这样要求的。女人，在这个社会上，本身就是弱者了，要是再没有独立生活的能力，再没点儿本事傍身，出现变故的时候，得多悲惨呢？从小妈妈可以帮你做任何事情，现在也可以，可妈妈要是故去了呢？你找

140

谁帮忙?"

"不帮就算了!还净讲大道理!"静波转身出去拿毛巾。

静波妈拿酒精给孩子的肚脐消毒,边擦边说:"宝宝的肚脐,要保持干燥,现在还有些出水儿,有些红,不过没关系,你喷爽身粉的时候注意不要碰到这里。"

静波问:"你离开的时候,脐带还没掉吗?"

静波妈说:"肯定掉了,但这些技能,照顾孩子的本领,你这个当妈的得会,不然以后孩子问你,我是怎么长大的,你一问三不知。"

静波问:"那我是怎么长大的?"

静波妈突然就愣住了。静波忍不住笑起来:"切,还说你不偏心!我哥,你就亲手带大;我,你就丢给乡下的外婆。"

静波妈:"我当时的条件,只能带一个。我爱你的心,并不会因此而减少。"

静波哼一声:"还说不减少,从小到大都偏我哥哥。"

静波妈:"那你就更应该自己带了,免得以后都没人偏爱。挤奶!"

静波拿出泵奶器,一个人开始泵奶。

静波妈接着说:"这个头啊,要是没起好,就是现在的局面。孩子生下来喝的是奶瓶,你再让他改奶头,他就不喝了,奶瓶就是他的亲妈。"

静波一边泵一边说:"没有我也要泵,初乳啊,能喝一点是一点,比国产奶粉强吧?"

静波妈:"你呀,天生就一花钱的命。你看你,自己不出奶,还得买奶粉。在我们一丫那儿,奶跟自来水一样,省多少钱啊!"

静波:"真的没有自产自销的本领,我就引进外援。奶粉不比母乳差多少,你母乳里添加 DHA 吗?切……哎呀妈呀,我的手撑不住了。孙哲!孙哲!"

孙哲正在准备晚饭,很用心地盛出一点汤汁尝着菜的味道,听见老婆喊,赶紧关了火儿去帮忙。

静波撒娇道："我不能再按了，快得腱鞘炎了，手腕子疼。"

孙哲边帮老婆泵奶边说："让你买个电动的，你非买个手动的。"

静波有的是话等着抱怨："劳动人民，可不就靠体力省点钱吗？差老鼻子钱呢！这孩子一落地，真是拉动 GDP 啊！奶粉一个月一千多，尿布一个月三四百，我这还没请护工呢！请个护工怎么也得三四千吧？"孙哲比静波了解行情，告诉她照看新生儿的护工可不止这些钱，都七八千的。

静波妈听了好生感叹："我这么值钱？那我不如培训培训上岗当月嫂得了，比我退休工资高多了，还不耽误我拿退休工资。总比那些没文化的农村妇女强吧？对了，孙哲，你汤里没放盐吧？"孙哲说着没放盐，心里还是觉得都无所谓："她又没奶，别受那个罪了。"静波妈叮嘱让静波多喝，又不放心地问猪蹄里放没放花生。孙哲马上汇报，黄豆花生都放了。静波妈这才稍适宽心地说："死奶当作活奶医，能下一点是一点。"孙哲笑说："别孩子没喝着，都存她这里了。"

静波妈问起孙哲的父亲什么时候能出院，孙哲很无奈地说明天就得给他转院，医院急诊不让住了。静波妈担心地问谁照顾他，孙哲吞吞吐吐："我姐姐……和我。我最近，比较麻烦。"

静波一听就急了："你哪有那么多假啊？单位让你请吗？"

孙哲说实话："今年你怀孕，我前面把假都请光了，这次的假，已经是无薪休假了，再往后，这都不能请了。"

静波也顾不上泵奶了："那怎么办呀？你姐姐也不能不上班啊！"

孙哲："我跟我姐商量着，给我爸请个长期的护工，不像医院这种短期的。就是有医疗知识的护工。"

静波追问那得多少钱啊，一听孙哲说打听来的价位是四千多，一脸颓废："啊！又四千啊！怎么挣钱如便秘，花钱如拉稀呢？车贷房贷护工吃喝拉撒加孩子，怎么活啊？"

静波妈沉吟一下说："静波，妈妈不能给你带孩子，你这里带宝宝的护工钱，妈妈出。这笔钱，算妈妈的。"静波更加愁眉不展了：

"我在没孩子以前，没觉得有这么多事儿，有这么缺钱啊！以前还能自给自足，现在怎么需要社会支援了?"

静波妈笑了："你别自责了。你这心，我年轻的时候也有。我那时候养你和你哥，天天发愁，到月底就没钱花。你也别怨我总给你穿你哥穿剩的，没给你买新衣服。你哥多皮呀，一件衣服都没轮到穿小就给弄破了，妈妈那时候也是靠外公外婆接济帮衬才过来的。大家都一样。没什么不好意思的。世世代代都这样，人家《四世同堂》里，爷爷也给孙子钱养家。"

静波听到这儿，眼睛一亮："那……我能再多问您要点儿吗?"静波妈扑哧笑了。

孙哲和静波，这段时间的主业就是趴婴儿床边欣赏孙吉泰。这孩子，这么柔软，这么弱小，又这么扣人心弦。静波最常发出的感叹是："天哪！这么小！这什么时候才能长大成人啊！"

孙哲看到吉泰，便一脸陶醉。这是 made in 孙哲，出品人孙哲，制作人孙哲，导演孙哲，编剧孙哲，灯光音响服化道都是孙哲，是孙哲一手炮制的大片啊！"你别问时间，都能长大成人。满大街的老头老太也都是从这个尺寸长上来的。"

静波有些伤感："是啊！别问时间。等他长成半大小伙子，我也就老了。"

孙哲心里有件事，一直憋着等静波心情好的时候跟她通气。酝酿到这时候，他觉得应该能说一说了："有件事……"

静波警惕性很高地立刻从怅惘的似水柔母情转化到阶级斗争脸："什么事?"

孙哲不敢看静波，只看着吉泰说："我爸妈的赔偿还没下来……估计一时半会儿也下不来。我爸这一向住医院的钱，也没地方出，再加上办事的钱和各种花费……二十多万了。"

静波瞪大眼睛："大约能赔多少？"

孙哲："要是花精力去闹闹，能赔一点儿，但……你知道，你和我，都不是那种撒泼放赖的人，又不像老头老太那样，没事去上访上访，所以……"

静波："什么世道？！会哭的孩子有奶吃？！不行！我得拿出看家本事去撒泼了！"

孙哲："算了。这事啊，要我看，交给律师去处理吧！离倒霉远远的，不然就纠缠在这个坑里不能往前走了。弄得心情也不好，日子也不好过，毕竟，我们上有老下有小要照顾，这不是生活的重点。"

静波："重点是钱啊！这钱，从哪儿出呢？"静波想了想，从包里掏出陈QQ的红包，原封没动地递给他："我哥给的两万，你先拿去救急。"

孙哲："不用，我都是刷的张嘉平的卡。"

静波一听更急了："张嘉平的卡？？？那不也得还啊！"说完就打电话给冯莹。没想到冯莹在电话那头又赌气又无限怅惘地说："不用还了，都离婚了。"静波顿觉意外真不少，最近尤其多，诸事糟心。"一切，皆有可能。你别惦记着还钱了，反正不是我的。"听冯莹这么说，静波突然觉得胸中块垒消化大半："就是！与其还给他让他给别人花，还不如给你了。姐，我慢慢还你啊！你别催。"

冯莹强调："我催你干吗呀！又不是我的钱。"

自己的愁事消化一下，静波才想到表姐的可怜，她想去陪陪冯莹，冯莹却嘴硬说："迟早的事。他心，早走了。我已经料到了。不用陪，我天天忙死了，有儿子有妈的。"静波欲言又止，冯莹反过来劝静波："你呀，别嫌孙哲没本事，没本事的男人才能跟你过一辈子。有点本事的，指不定去谁那儿了。要不怎么说'悔教夫婿觅封侯'呢？觅了封侯，那爵位也不是你的。"

静波挂了电话，惆怅地对孙哲说："钱，不用还了。张嘉平和冯莹离婚了。"孙哲愣住了，想了半天才回答："男人，轻易不要离婚。

破财——哎，不对，他卡，还在我这儿。"静波马上问里头还有多少钱，一听好像还有二十多万，果决命令："拿来！都给我姐！"

孙哲紧张地直起身："你别祸害我了。人家嘉平好心给我渡难关的，你们家的事别和我们哥们儿的情谊混一起。"

静波大眼一瞪："想造反？拿来！"

孙哲顽抗到底："不行！"

静波眼神变得阴森，看得人发毛。孙哲已经慌了，手下意识地捂钱包："你这人，你这人，别把事做绝了。说不定人家还复婚呢，你别搞得两边不是人。保持中立，要保持中立。"

静波恨得牙痒痒："呸！他这种忘恩负义的，这种见异思迁的男人，没赶尽杀绝就不错了！从今往后跟他划清界限！让他滚蛋！"

孙哲不满意了："你这个人，怎么说翻脸就翻脸？人家夫妻间的事，不能影响我们做朋友的情谊吧？张嘉平对你对我都不薄的。"

静波的侠胆雄心平地拔起："对我姐薄，对人家好有什么用？以后我姐和偶得就是孤儿寡母了，拿这笔钱养家不算是过分的事吧？你给我！你给不给？给不给？给！"一把就抓住孙哲的钱包给抄来了。

孙哲跟在后头央求："别干涉人家内政。嘉平不是那种撒手不管的人。他不会薄待冯莹和偶得的，毕竟那是亲儿子。这钱，你让人家自己做主。"

静波："我替他做主了，充公！"立刻拨电话给张嘉平："怎么着？立意要离了？你给孙哲的那张卡，我没收了，以后钱我还给我姐，免得她们孤儿寡母的日子难过。"

张嘉平倒真没计较，只说："你没事陪陪你姐，劝劝她，别让她太难受了。"

静波一听他这态度更怒了："我呸你！我要是你，我都没脸说这话。是谁让她难受的？别兔死狐悲了。"说完恶狠狠地挂断电话，她呸那一声的时候用力过猛，口水都喷到孙哲额头上。

孙哲一面擦口水一面察言观色："你是不是太……太……"他想问静波，你是不是太不给大男人面子了？以前好的时候恨不能喊亲哥，这刚跟你姐离婚，你就把人家骂得狗血喷头？静波眼一瞪："太什么太？"孙哲立刻掉转风头："太有正义感了！"

十四　舍不得一身剐，男人长不大

静波自从有了吉泰，才发现这儿子跟猫还是有情感区别的，猫吧，静波也就管管吃，儿子，静波真是从进口到出口，从上到下都操心。一天中最享受的时间就是吉泰吃饱喝足安静熟睡的时候，静波就那样看着这个柔软的作品，上天赐予的礼物。妈妈来的时候，她就和妈妈一起头挤头看着吉泰。

"他这两天都不拉大便了。"静波有点担心。静波妈问："会不会是奶粉火气比较大？要不要喂点蔬菜汁？或者喂两勺金银花水吧？"

静波迅速抄起一本母婴方面的教科书来翻："好像教科书上说，孩子四个月前除了奶，啥都不能喂。"静波妈分析说："那是母乳。你这不奶粉吗？会不会奶粉太浓？"

静波肯定地说："不会，我都是按配方来的。不行，我得看看，你把他屁股给抬起来。"静波用手指轻轻摸摸宝宝的肛门："妈，你看，都到这里了，摸都能摸到，就是不拉。会不会憋出毛病？"

静波妈还在犹豫着要不要再等等，静波果断决策："不行，我等不了了。"挽起袖子就去洗手。静波妈问她干吗，她说："我给他掏。"静波妈担心静波不知轻重，忙说要自己上阵，静波说："你手指头粗，我的细，我来。"说完拿起指甲钳就开始剪指甲，又仔细地锉锉，锉完还在自己脸蛋上磨磨，感觉不扎人了才开始"动工"。

静波妈突然想到："其实你拿点小肥皂头塞一下就行了。"静波说肥皂硬，也不湿润，于是把手沾湿了，擦上肥皂，用小手指轻轻

147

伸进宝宝的屁股。不一会儿，"噗噜噗噜"宝宝的大便都出来了，好大一坨！

静波从筷筒里抽根筷子出来翻着大便看，还递到妈妈眼前："你看你看，就是前头这一截硬堵住了。"又把鼻子凑上去闻闻，"哎，妈妈，你闻闻，这味道不对啊，是不是有点消化不良？"

静波妈也把鼻子凑过去闻闻，说："对，对。味道正着呢！你都要得疑心病了。"然后冲着大便扑哧笑了。

静波一边麻利地给吉泰洗屁股一边问妈："你笑什么啊?!"静波妈抱着吉泰笑个不停："我笑你，以前还洁癖，偶得小时候第一次回来，在你床边撒泡尿，那地方你以后都绕着走。你那猫，光见你抱，也不见你换屎换尿，现在倒好，一个儿子，包治百病，洁癖，好了。把屎放鼻子前当花闻。"

"那怎么办？我是他妈呀！别说闻了，要是有需要非得尝，那我也毫不犹豫啊！"静波洗了手接过儿子把脸蛋放在他脸上非常轻柔爱意地贴着，"我宝呀，我心肝儿啊，我身上掉下的肉啊！"静波妈看着女儿这个样子，笑得温柔又幸福。静波有些不好意思："妈，你小时候喊我小心肝儿，我鸡皮疙瘩都乱起，现在，我怎么觉得这称呼这么合适呢？我小心肝儿啊！"

静波妈柔声说："爱，就是这样传递的啊！我当初，跟你说孩子，你一定要有一个，这样你才知道另一种无私的爱的含义。父母，对孩子的爱，那是无条件的，是毫不吝啬的，是不求回报的。这种感情，不到有孩子，你是体会不出的。有了孩子，生命才完整啊！"

母女俩为吉泰又幸福地忙碌过一整天，孙哲才一脸疲惫地进了家门。静波看看钟，已经晚上十点了。她抱着儿子走过去关切地问："你还没吃饭吧？锅里还热着粥，有馒头，还有我下奶的汤，你吃点？"

孙哲摇摇头，走过去要抱儿子。静波吓得一转身不让孙哲摸："从医院回来，也不洗手也不洗澡也不换衣服就来抱儿子，脏不脏啊！去洗手去。"

孙哲马上冲进浴室，静波妈已经把衣服拿来了，问静波孙哲爸爸怎么样了。"老头儿本来就古怪，以前还有老太太拿得住他，陪他缠，现在老太太不在了，他闹死了。要不孙哲天天都不回家呢！"静波烦心地说。

静波妈劝女儿："他现在腿脚不方便，又没贴心的人说话，女儿、儿子毕竟不能跟老伴比，他心情是不愉快，你去关心一下，别让孙哲觉得你对他爸爸不闻不问。"静波一吐舌头，赶紧接过妈妈手上的衣服跑去表忠心。

孙哲擦着头从浴室出来，静波马屁地上前帮着擦背换衣服："爸爸……情况怎么样了？"孙哲摇摇头："现在才知道我妈的不容易，那么倔的人，竟然能处一辈子。真是难缠啊！护工都换五个了，没事就骂人，什么都不如他意。"静波早就知道如此，还是平心静气地说："主要，我觉得，还是他心里不好受。"

孙哲本来是理解父亲的，静波这样说，他便不由自主地发泄委屈了："那他在意过别人心里也不好受吗？他没了老伴，我也没了妈呀！今天还吵，说你和孩子不去看他，一点人性都没有。我都跟他说了，你和孩子还在养身体，去不了，不行，吵得几楼之外都听得见。没法交流。家里啊一定要父母双全，否则小孩日子很难熬。"

静波劝道："不能这样说啊，今天妈妈和我在聊，一个孩子的成长，父母要付出多少心血啊！反过来，父母为我们付了那么多的感情和心血，这会子到我们投桃报李的时候了。妈妈突然没的，爸爸心里肯定没准备，有苦说不出。"

孙哲不仅自己委屈，也替姐姐委屈——两人都有苦说不出，姐姐瘦了十斤肉了，她本来就没什么分量。自己家里情况也不是多么地好。静波抚着孙哲的脸："你也瘦了，眼见着皮带眼儿就不够用了。

她男人，还没回家吗？她也不打算离？"孙哲："扛着吧！"

静波叹口气，人到中年，各家有各家的烦恼。以前觉得冯莹是天下最幸福的人了，不必发愁钱的事情，每个人都健康，老公爱她，没想到她也不顺利："这难道是在预示着我，未来的生活就这么一团糟？"

看静波又开始以人度己，孙哲赶快反劝回来："外外，你别瞎想了，当心产后忧郁。产后妇女最容易忧郁，本来激素就不平衡。"

静波偎在老公的怀里说："我是在想，我明天，带儿子去看看爸爸，不晓得对他会不会有些安慰。况且，他都提要求了，满足一下不是难事。"

孙哲摸摸静波的背，感动又心疼："你行吗？身体吃得消吗？"

静波："顺产的好处嘛！我同学剖腹产，半个月都下不了床，翻身都不利索，你看我，哪儿都好。"

孙哲："你别说哪儿都好，还是要当心点。我已经很内疚了，基本上整个月子都没陪你，也没做什么贡献。"

静波："你跟爸爸打个电话，说我们明天去看他。还有，满月酒的事，也问问他的意见。"

病房里，静波公公的咆哮声，在走廊里都能听见："我不要你们来看我！来了就为了气我。"

彼时，静波抱着孩子和孙哲站在病床前贴身伺候着。孙哲小声劝他爹："不是您昨天说静波和孙子都没看过您吗？她们今天特地过来看看您。"

"看什么看？看什么看？要不是他们俩，我怎么会躺在这儿？"越劝爸爸的咆哮声就越大。静波脸色突然就难看了，站也不是，坐也不是，走也不是。

孙哲很难堪："爸！你要讲道理。"

"我讲道理的时候，你们还没出世呢！我六七年参军的时候，那一年正赶上发大水，水都漫到脖子啊！谁跟我们讲道理？叫下水就下水……"革命家史就这样拉开序幕……

一个活着的明事理的婆婆对媳妇是多么好的挡箭牌啊！静波默默地出去了，在医院走廊里，一只手抱着娃，一只手拿着奶瓶，嘴里叼着奶嘴，把一包一包事先量好存在食品袋里的奶粉放进有水的奶瓶，盖起来摇晃。吉泰看奶瓶的眼神如情人似热恋，迫不及待。

静波自打当了妈以后，感觉自己像个女超人，可以一心数用，一手多能。她在没吉泰以前，手脚处于半残废状态，直到结婚前，内裤都是娘用手搓的。静波妈每天唠叨她，说她懒，不精致，作为女人完全不像女人，内衣有钢圈，内裤是隐私，怎么能和外褂毛巾一起全部丢洗衣机里呢？静波以前最怕她妈这样——典型的受虐狂表现，一面自己给自己找家务活干，不求上进，一面还要把这样的自虐传给下一代。以前没洗衣机这样的便利，女人这样分拣那样揉搓那是没法子，有了洗衣机你还要站水池边一边搓衣服，一边骂孩子，这不是跟自己过不去吗？后来静波结婚了，就开始了新女性自立自强自懒的生涯。衣服，无论大件小件统统丢入衣筐，攒够5公斤丢洗衣机里。谁说静波不女人？静波也内外有别的，有钢圈的内衣找一小防护袋装着洗，隐私的小内裤丢洗衣袋里。新时代女性自有她优雅的办法。

然后有了吉泰。

自打有了吉泰，静波根本意识不到自己像事儿妈一样讨厌，追在她妈屁股后头问："奶瓶你烫了吗？是用蒸奶瓶器烫的吗？你别用老办法丢大锅里煮，回头把奶瓶塑料烧化了！""你洗衣服是用儿童洗衣液的吗？""哎！不要用千滚水给孩子冲奶粉，得每次现烧！""你看人家书上都说了，孩子打嗝不是拍出来的，是顺着背捋，我给你看一段视频。"

静波的妈都吃不消了："以前嘛一点都不讲究，现在嘛，穷讲究！你从小就是我带大的，你还嫌我不干净！你自己连内裤都不洗，你还监督我给孩子洗衣服！要么你来？"

静波就自己来。一桩一件一丝不苟。静波可以做到一面煲汤，一面洗手拿奶瓶冲奶，手里抱着吉泰跟他说话，眼睛里还死死盯着倒水的刻度线。以前有个科学实验，说女性是发散思维，男性是直线思维，意思是女性可以看电视打电话做菜在同一时间完成，而男性一个时间段只能干一样事。

静波现在得出的结论是，女人，只要有了孩子，思维就发散了，手脚就麻利了，脑子就记事儿了，能力就提高了。

静波这还不算厉害的。静波是眼见着像风摆杨柳一样的冯莹茁壮成长的。冯莹在认识张嘉平以前，给所有人的印象就是孱弱，从小哮喘，冬天必发作，脸颊上透着红血丝，一咳肺都要出来。打小上学连书包都是娘背的。就为让她身体好点儿，大学才送她去练的长跑。后来有了偶得，一路抱上来，偶得都二十公斤了，冯莹一提他后脖领，单手就能上肩，另一只手还能拎菜。抱自家亲儿子，腰也不酸了，腿也不疼了，人也有劲儿了，神奇的母爱啊！让冯莹连哮喘也没了！

以前有个探索频道的真人视频，说的是一个壮汉推不动一辆小汽车，结果车祸发生的时候，儿子被压在车底，在救援队伍来以前，妈妈能凭自己的力量把汽车给举起来！当时看这视频的时候，静波和冯莹在一块儿，还没当妈的静波诧异得眼珠子都快掉下来了，说："尼玛这也太唯心了吧？"冯莹却淡定地说："要为救我儿子，给我一根竹竿，我能撬动地球，什么终结者蜘蛛侠的，于我都是浮云……"

现在静波也有娃了，静波也信心满满，什么在儿子面前，都是浮云。

孙哲也来到走廊里，疲惫地接过静波已经喂完奶拍过背打过嗝的孩子。静波问："讲到哪年了？""马上就要粉碎四人帮了。"静波又好气又好笑。孙哲有些恼怒："你还笑？""我在想，也只有你妈，能天天听他说这个，听一辈子。几乎每次发火，他都从这段开始讲。"孙哲叹口气："我小时候，他不发火的时候，更吓人，从他五岁光屁股下水差点儿淹死开始讲。"静波扑哧笑出来："我得抓紧时间跟他谈正事，我现在哪有工夫陪他闲扯啊！"

静波一回房间就说："爸，再过几天孩子就满月了，我们想问问您，满月酒在哪里办合适，家里要请哪些亲戚。我和孙哲的想法是，给家里带点儿喜气，上次喜蛋都没送。"

孙哲爸又被点着了："这是喜事吗？你妈五七都没过！哪有像我们这样办酒席的？你妈还看着我们呢！这不能办！还有，静波，你怎么不戴黑袖章啊！过去的人，要守孝三年的！这一个月，你都守不住吗？"

静波要晕倒了……

两人愁眉苦脸地回到家。孙哲和静波商量说最近最好都不要再去惹爸爸，静波叹口气，满月酒怎么办呢？静波妈出主意："办百日吧！一样的，给老人一个缓冲的时间。让孩子也长得壮实一点。"

静波又想起一个更迫在眉睫的头大的事——今天医院跟他们说孙哲爸一定要出院了。他爸爸这样，放哪儿合适啊？"他自己的意思呢？"静波妈问。"他说他要回家。可家里，谁照顾他啊！离我们家和孙哲姐姐家都远。"

妈妈笑了："那要不接这儿来？"静波吓得直摆手。

妈妈点破女儿的心思："你看，你又不愿意接回你这儿，又嫌他一个人在家远，其实心里是希望他住姐姐那儿对吧？"

静波不好意思："我这边，也住不开啊！还有，他脾气那么大……不好伺候。"

妈妈又一针见血："你儿子呢，脾气再大，再麻烦，你都不会想着推出门，但换到老人就不一样了。"

静波吓得："您别上纲上线道德谴责啊！我出钱，我出钱，给他雇一保姆行了吧？"

"钱呢？钱从哪儿出？"妈妈一句话直接把静波问崩溃了。

"我就是把他接来，我也不能在家伺候他呀！保姆的活儿我干不了……"

静波妈叹口气："谁都是从干不了到什么都能干的。"

静波一到抓瞎时分就想念前路人冯莹，她给冯莹打电话："姐，我要崩溃了。"冯莹紧张了："怎么了？孩子有什么不好吗？你哪儿不好？""我公公那头，摆不平他。他要回自己家，又坚持要孙哲和他姐姐天天回去看他，我现在好怀念我婆婆啊！"冯莹叹口气："老小老小。前年我和嘉平回来，很大一部分原因也是他爸爸腿摔断了，骨折，又不肯请钟点工，固执得要死。"

"后来呢？""举家搬回呀，我回去贴身伺候了一个暑假，都累脱形了，最后跟他爸爸说，要开学了，我有伺候的心也没伺候的时间了，帮他爸妈请了个钟点工。"静波更崩溃了："我搞不定他爸怎么办？""要晓之以情，动之以理呀！先礼后兵。老人和小孩是一样的，先哄，不行就管呀，不然怎么办？算了，这是个很大的问题，我今天过来看看你，见面的时候聊。你生孩子到现在我也忙得没空见你。"

静波："那……偶得你带过来？"冯莹一笑："我不带过来，我让他爸爸过来看着他做作业。""那姐夫，哦，不是姐夫了……他有空吗？"冯莹又笑："还没离，还没离，还是你姐夫，争取还让他做你姐夫啊，哎呀，话题太大太复杂，到时候聊。"

傍晚时分，冯莹拎着大包小袋，后面跟着的一丫也拎着大包小袋，在门口喊："我们来啦！"

静波早就抱着孩子翘首期盼："哎呀！你们终于来啦！一丫，你家天二呢，你怎么没带来？"一丫跳进门说："天二爸爸带着呢！"静波眼睛瞪得老大："我哥？这你都敢啊！你不怕他给你搞丢了？"冯莹拍静波一下："有什么不敢的？舍不得一身剐，男人都长不大。我看很好嘛！"

一丫倒是没心没肺的样儿："他带得比我好，很精心的。还嫌我这不周到，那不周到。"静波惊得牙都要掉了，她那十三不靠的哥，自己都带不好，竟然会带孩子！"什么时候开始的呀?!""就你生孩子那时候开始的，现在一到周末就回家带孩子，不是我要求的哦，他自己愿意的。小孩特逗，我发现谁的孩子你根本不用 DNA 验证，她自己知道。只要她爸爸一回家，她谁都不要了，眼睛跟着她爸爸走，那个谄媚的笑啊……我都嫌丢脸。"

静波看看她们俩带来的东西急了："哎！你们俩，怎么光带些不管饱的呀！谁给你们做晚饭啊！我这儿没备吃的。我妈回去了。"

冯莹迅速阻止："我晚上不吃的。我减肥。"一丫也附和："我也减肥，保持身材好随时再嫁。"冯莹拍拍一丫的肩膀："我跟你有同样的需求。"静波："那好，要减大家一起减。我也不吃了。"冯莹劝静波："你不能不吃，你还要喂奶的。"静波低头看看自己大而无当的前胸叹气："喂什么奶啊！天天喝那么多汤汤水水，都长我肚子上了，奶量越来越少，我看出了月子基本就没了。对了，姐，电话里没说清楚，你和张嘉平，到底怎么回事啊？"

冯莹笑得邪行："他签字了。"

"你呢？"静波和一丫的胃口都给吊起来了。

冯莹一脸鬼笑加不好意思："我……我……我没交。我搁抽屉里了。"

静波捶冯莹一下："你去！讨厌的！上次说得信誓旦旦的离了，害我跟姐夫翻脸。你搞得我里外不是人的。我就知道你不想离。"

冯莹："我被一个问题困惑着，没想清楚前，不能离啊！"

一丫问："什么问题？'以后找谁？'这个问题，我也困惑很久了。"

冯莹推一丫一把："去！谁跟你一样啊，你还停留在初级阶段。我是想，我老了以后，我葬哪儿啊？我这要是跟嘉平离了他肯定得再找，他这样的，肯定找个小姑娘，人家要是跟他生了孩子，这地位就跟我一样了啊！人家以后会跟他生同衾死同穴，我怎么办啊？"

一丫不以为然："嗨，你会再婚的。"

"可我这样的，再婚找的，估计也是离异丧偶的吧。人家也有儿女，人家儿女要是坚持他爸爸跟他原配的妈葬一起，我去哪儿啊？"

静波服了："就这？切，就这问题？"

冯莹："你别小瞧这问题，这事关哲学大问题'到哪儿去'。这个问题解决不好，心里不踏实啊！——哎，晚上都不吃饭了，能吃点儿水果吗？你家里有黄瓜吗？"

静波想了想："有西瓜。"

一丫极富经验地摆手："西瓜不行，热量太高了，半个西瓜等于一包方便面。"

冯莹去冰箱看了看：有半棵白菜，一把菠菜，半个白萝卜，还有海带……一丫趴冰箱门一看，惊呼："天哪！绝好的烫菜材料啊！咱们晚上烫蔬菜吃吧！没什么热量又饱肚子。我的减肥教练说，饿肚子减肥是不科学的，一是容易坏胃，二是容易报复性反弹，肚子里还是要有食物的。"

冯莹："嗯！科学！科学还是要听的，我来弄。"

静波抱着孩子出来，靠在厨房的门框上建议："那清汤寡水的，不好吃，用我妈熬的蹄膀汤涮吧！冰箱里还有一包培根也放进去。"

一丫又惊呼："天哪！还有一块 cheese，泡菜方便面，我们要不要都下到锅里?！很香的!"

冯莹边洗菜边点头："要！要！再卧三个鸡蛋……"静波已经要笑倒了，一堆吃货！就这，还减肥……冯莹一边涮菜一边继续之前中断的话题："在这个终极问题没想明白之前，我不能离婚。人都要规划好下一步才能前进，一点保障都没有，怎么能贸然行动呢？——哎！海带要多煮，萝卜也要多煮，你现在别捞，先吃培根。"

静波："那，你就跟姐夫这么扛着？也不行吧？孙哲姐姐也是跟她丈夫在拉锯战，我觉得这不符合我的性格，我肯定速战速决。"

冯莹一笑："人生啊，就是烙饼，一面不熟，你再饿，都别急着翻面儿。夹生饼吃了还得回炉。心急吃不着焦黄饼。有些事，就得靠日子熬到明白才知道怎么走。没想清楚以前要以不变应万变。哎，你们想不想吃我做的烙饼？我做烙饼那是一绝，两面金黄，撕开层层脆，再撒上葱花……"

一丫喜欢得像过年一样拍手称好，被静波一巴掌拍头上："你这是减肥呢还是增肥呢？主食别吃了！"静波说完突然跳起来："我印象里好像还有一包撒尿牛丸在冷冻箱里。"一丫紧跟着跳起来："我来拿，我来拿！"

静波又把一丫好一番嘲笑，转头问冯莹："万一你想和好了，人家不愿意了怎么办？"

冯莹成竹在胸："不还有孩子呢吗？我这不就叫偶得把他给拽回家了吗？有这根线，他跑不远。他就算跑远了，只要我要他回来，拉拉线他还不乖乖回来。就算他再婚了，估计他后老婆也不舒服的。以前呢，是我不舒服；以后呢，就轮到她不舒服了。"

静波不以为然："嗨！你看你们搞得那个复杂！为个男人，把智商和潜能都开发出来了。要我说啊，症结就在女性的自私，非得划分清楚你的我的。什么你的我的，全世界的，大家的，就都没意见了。"

一丫眼珠乱转："这个观点好！这个观点我喜欢！以后一到晚上十点，全楼抓阄，抓到谁算谁，天下太平，世界和谐了。"

冯莹一拍一丫："合着流氓罪取消了是吧你这样张狂？人类的进步到你这儿又退回去了。承认私有财产才是社会进步的标志好伐！"

聊得正嗨时孙哲跨进门，一进门就食指大动地说："好香啊！今天晚上涮锅是吧？我好久都没吃顿好饭了！哎！你们这，怎么连肉都没有啊！我打电话叫海底捞让他们给送点牛羊肉吧！顺便捎个大锅来，等下连桌子都不用收，餐巾纸一次性台布全有了！"三个女人笑倒……笑得孙哲莫名其妙。

大家腆着肚子四仰八叉地坐桌边上。静波撒娇："孙哲，你尽点父亲的责任吧! 喂孩子奶去。我这, 撑得实在是不想动了。"

一丫属于典型的先吃饱再减肥选手: "你们知道吧, 杨丽萍, 一天只吃一个苹果和巴掌大的牛肉, 却要跳八个小时的舞; 辣妹维多利亚每天早上十颗草莓然后一天什么都不吃了, 一周吃一小块三文鱼; 安吉丽娜·朱莉, 每天只喝一杯脱脂牛奶……"冯莹看着肚子, 无比惆怅地计算了一下, 自己这一顿饭, 把人家安吉丽娜·朱莉半年的量都吃了。静波安慰她: "姐, 不吃饱了肚子, 哪有力气减肥啊! 咱这是为明天减肥做准备。"冯莹: "我天天准备。站起来走走, 站起来走走。"说着开始小幅度扭腰转屁股。

孙哲暗笑: "你别闪着肚子! 刚喝了那么多汤! 转起来, 肚子里有汤晃否?"

冯莹: "是咣当咣当的! 我得有紧迫感啊, 不然怎么跟那些小年轻拼啊! 马上又要上再就业市场了。"

孙哲不明就里, 以为冯莹是要辞职, 冯莹声明: "不是, 我是说婚恋再就业市场。重新上市。"

孙哲马上报以极大的热情: "哎呀姐啊! 你不知道你现在这样的得多招人喜欢啊! 我要是单着, 我就娶你! 人家培训好的全能媳妇孩子妈, 得省多少心啊!"

静波过来拧孙哲的耳朵: "我怎么不省心了? 我怎么不省心了?"

冯莹笑: "你这就是不省心。怎么了?"

孙哲颇有感触地说: "我琢磨着吧, 我们国家计划生育的国策, 得放开了, 老人太多, 孩子不够用啊!"

冯莹也感慨: "嗯, 我也有这个感觉, 我现在多么希望我失散的姐姐能回来和我一起照顾妈呀!"

静波笑: "说不定你失散的姐现在也正这么殷切地呼唤你。"

冯莹: "我们这还俩孩子伺候俩老人呢! 以后这要是一个孩子, 两个老人同时病了, 我还要不要上班了啊?"

静波: "我妈以前就说过, 就算以后老人都进养老院, 也招不到壮劳力。"

一丫说："现在老人寿命还长呢！我外婆八十四了，还活得挺高兴，我妈说看样子长命百岁要成真。"静波问外婆是否还健康，一丫也有忧虑："再健康，身边也离不了人了吧？我们家还好，舅舅阿姨多，大家一家轮半年，两年半才轮一次，负担不是特别重。想想看，以后要是我妈我爸……就只能跟我一个了……"

静波赶紧插一句："哎！我妈我爸也归你啊！不能现在帮你带孩子，等老了干不动活儿的时候推我这儿来！"搞得一丫一脸窘迫。

孙哲适时抛出新话题："关键是，放开给你生，你生不生？"

冯莹坚定表示："我是肯定要的。"静波却搡着孙哲："一边去！老外！不要掺和我们的讨论。我……我不要了。我现在都要累死了。以前上班的时候老想回家当家庭妇女，现在刚在家待一个月，都盼望着上班儿歇歇去。"

冯莹："其实，我跟你说，一个孩子真不好养，人家都说了，一个孩子照书养，两个孩子照猪养。真有两个你就轻松了，大的带小的——你呢，一丫？"

一丫想想自己的非正常婚姻，更觉得窘迫："我……我估计我得再生一个的吧？万一再嫁了，人家要是没孩子……"

静波："你这样，真不错，时刻计划着逃跑。你就没想过以后跟我哥成双成对？"

一丫坚定地摇头："没想过。我想找个年轻的，免得到时候家里床上躺着我爸我妈你爸你妈，再加上你哥……我好开老人院了。"

说QQ，QQ到。一丫的话没落音就听到陈QQ在外面边敲门边喊："谁开老人院啊?!"静波跑去开门，见哥哥还抱着天二。一丫诧异地问他怎么跑这儿来了，陈QQ一脸无奈："我闺女吵着要看弟弟啊，我就带她过来了！"一丫更诧异了，不到一岁的孩子怎么知道弟弟是什么意思又怎么吵着看？陈QQ握着天二的小胳膊学着："她就一只手老这么举着，'要出去，要弟弟弟弟……'"

一丫笑得直不起腰："她是要看嘀嘀，要出去看车……"说完把孩子接过来，跟静波一起逗孩子。陈QQ从裤子口袋里掏出两只小袜子："哎，给孩子把袜子穿上，房间里有空调，脚冷。"一丫奇怪："那你脱了干吗呀？你车里没空调啊？"

陈QQ："我开敞篷过来的。"

一丫："啊？你开法拉利来的啊？那闺女坐哪儿？"

陈QQ嘿嘿一笑："我买了个儿童座，给她绑我旁边了。"

一丫哈哈大笑，前仰后合："没泡过这么小的妞吧！"

陈QQ："是，亲嘴都够不着……来，呗儿一个……"

陈QQ亲了亲女儿，又看看桌上剩的火锅和菜，兴头很足地招呼上了："点上啊！我还没吃晚饭呢！家里有啤酒吗？有啤酒开一瓶！"

一丫："你开车！"

陈QQ："没事儿！一瓶啤酒在我这儿跟玩儿的一样！"

一丫鄙视他："你女儿回头坐你的车……"

陈QQ不等一丫说完马上自省："哦！那算了。要给孩子做个榜样，要遵纪守法。父母是孩子的镜子，对吧，天二？你爸爸，从不酒后驾驶……"

陈QQ和孙哲一起坐到桌边吃起来。陈QQ筷子都不放下肉的，一边涮肉一边拿手机给孙哲看闺女的照片。孙哲觉得搞笑："她人不就在这儿吗？我直接看人不完了吗？"陈QQ极有耐心地说："不是不是，我给你看我抓拍的她臭美的照片儿……"孙哲看到一张哈哈大笑："这，这太逗了！这干吗呢？""正好有个帅哥从她眼前经过，她抛媚眼儿，想跟人家走……"孙哲直呼忒早熟了忒早熟了。陈QQ一脸自豪："遗传，遗传……"

孙哲又问："你这张怎么拍的？"

"我自拍的。哄她睡觉呢！"

孙哲开始照本宣科地传授育儿经："我跟你说，你这样不行，我都已经批评过静波和你妈了，孩子不能这种颠法，以后不会自己入睡了。我看了育儿的书，小孩要建立良好的睡眠习惯，要到点儿就放回她自己床上。"

孙哲的话遭到陈QQ的无情打击："呸！一看你就没什么实战经验。她哭啊！俩手就这么张着，非要你抱。"

几个女人不说话，就听着俩大男人聊养娃心得。孙哲说："你不抱她她也就习惯了，你关上门走人。"

陈QQ极认真地说："不是你闺女，你做得到。我不行！我听不下去，那就得抱！再说了，人家也没提什么过分要求，不就要你抱着睡觉吗？等她长大了，你想抱人家睡觉人家还不跟呢，自然有别人抱了，总共要我的机会也没多少日子，这便宜不占，以后占不着了。得多抱！多抱！再说了，我也读书，我也学习，我看的比你先进，我看的是国外的原版育儿资料，上面说，小孩哭就要多抱，还要陪睡，不然容易得孤僻症。你的知识，要更新。"

孙哲："那你以后有得颠了，我们同事家女儿，都六岁了，还颠呢！四十来斤了都。"

陈QQ："这是给我的激励啊！我要健身啊！不把身体弄结实了，以后颠不动闺女啊！以后啊，我也不举哑铃了，要练肱二头肌，我就举举我闺女。"

陈QQ环顾一下四周："哎，你们家，不要开冷气，多吹吹自然风。我都开敞篷带天二过来的。小孩屁股三把火，不怕热的。"

静波接话："那是不怕冷！小孩就怕热，不开空调一身汗。"

陈QQ："瞎说！小孩有自己调节的机能，你别都给破坏掉了。这就跟生病不能随便吊水和吃抗生素一样！人家本来在建立这种免疫机制，你们非要人为干预，肯定要出毛病！空调这些东西吧，少吹！"

孙哲问："你这又是看原版书上说的？"

陈QQ大言不惭道："我，我这是自我研究的结果，自成体系。我研究啊……我天天就琢磨。"

冯莹、一丫和静波三个当妈的差点儿没笑趴下。冯莹问他："你现在天天改琢磨这个了啊？不看报表了啊？"

陈QQ："报表也看，这个也要琢磨。把孩子培养好了，是最好的投资啊！而且，其他投资是允许失败的，你投十个，九个不赚钱，一个赚钱就保本了；教育孩子不行啊，教育孩子，那是不允许失败的投资，要养一个成一个啊！"

一丫看女儿又伸胳膊，就问她："要爸爸啊？要爸爸啊？爸爸吃饭呢！"

陈QQ马上放下筷子伸手去抱女儿："我来！我来！"

冯莹拉拉一丫，小声说："这个苗头很好！要保持下去！"

十五　不能背着孝顺的名儿毁灭自己

　　静波忙着给吉泰换尿布时，孙哲一路喊着"我来！我来！"接过手去。静波乐得放手，心满意足地看着老公："我发现你跟我哥哥在一起，聊聊带孩子啥的，很性感哎！"

　　孙哲也沉溺在幸福中："我告诉你，现在男人要是离异带孩，比毛头小伙儿吃香，就是你说的那俩字：性感。铁汉也柔情啊！"

　　静波笑："以前看你跟我哥俩人在一起聊啥琴棋书画，显得特别风流周党。"

　　孙哲："那叫风流倜傥！别字大王。"

　　静波："我知道风流倜傥，但你俩吧，我只能称之为周党，即使我是个外行人，都能一耳朵听出来你们那谈的水平也不比我高多少。最近的谈话内容，倒是务实，有效，实践性强。"

　　孙哲换好尿布，若有所思地说："我有个预感。"

　　静波好奇："什么预感？"

　　孙哲："你哥吧，要栽在这个小人儿手里。"

　　静波："怎么说？"

　　孙哲："我觉得，他未来要是能安定下来，肯定是因为这个丫头。我没见过他对哪个女人这么上心。怪不得人家说女儿是父亲前世的情人呢！"

　　静波："照你这么说，我的心又动了，要不，咱也再生一个？你会不会为此奋发图强呢？"

孙哲："有可能！我困了，我得睡会儿。孩子你一人看行吗？"

静波："我不行。我看他一下午了，你让我先睡，你看上半场。"

孙哲泄气了："你妈什么时候回来啊？"

静波："我妈下个月就回去了。"

俩人顿时性感全失，共同陷入忧虑：这可咋办呀？

换完尿布不一会儿，又要喂奶。静波喂完吉泰，不无忧伤地说："现在这种喂法，基本上是精神安慰了。"孙哲没明白是什么意思，问这安慰是说安慰奶嘴儿吗，静波抚着胸叹气："是安慰我。真的可以断了，都是水货。"

孙哲边脱袜子边问："你还要我帮你吸吸吗？"静波看他那一脸清纯无辜样儿，竟然脸颊绯红了。她跪在床上，爬到孙哲身边，从背后搂着孙哲的脖子，很亲昵地喊："老公……"孙哲心领神会："你行了吗？""我没什么问题啊！是你行吗？""我也没问题啊！来吧！"

忙半天之后，孙哲开灯。静波一脸失望的表情。孙哲摸摸自己的头，自我解嘲："男人在老婆孕期禁欲就好比老太太藏存折，藏着藏着连自己都想不起来藏哪儿了。"

静波拿脚踹他："你讨厌！你这是把我放火上干炕的！鱿鱼串串烧啊！"

"我紧张。"

"你紧张什么？"

"头一回，旁边有个密探。有人在旁边我不适应。"

"他才多大呀！"

"多大也是个人啊！他万一偷窥，儿童不宜啊！"

"别找借口！"

"真不是借口，我精力不集中。我老想我爸爸那边。"

"爸爸怎么了？"

"找了几个保姆他都不满意，每天拍桌子打板凳，动不动就哭啊闹啊的，我都不知道这脊椎受伤，和大脑之间有没有关系。"

"那现在怎么办呢?"

"他非要闹着到我们家来住。我说,你别来了,我给你请个好点儿的,如意的保姆。贵点儿,钱我出,你就在你那儿养着吧!你说呢?"

静波突然就安静了。她想了半天,说:"我妈这段时间在我这儿住是因为她觉得我哥和一丫关系正好着,她不忍回去破坏。可她终究要走的。她一走,我们家也要请保姆,不如索性请个能干的,二合一总比分开请便宜。你说呢?"

孙哲发现,搬起石头砸自己的脚了,犹豫地问静波:"你确定?"静波倒不明白了:"你不同意?"孙哲解释:"一是家里地方小,突然多那么多人。二是我爹,最近,真是不好缠,本来也就难缠。"

静波倒比孙哲更宽容:"你爸爸,是因为丧偶之痛,人到老年没了伴儿是多么难受啊!也许,他待在这儿,有了吉泰的陪伴,看着新生命的成长,心里能有些安慰呢。老人,就要跟孩子待在一起,不然很快就老了。"

孙哲感动得半天不知说什么好,他抱着静波:"我都不信这是你的真心话。以前我妈在还能帮你干干活儿,你都不愿意让他们来,现在我爹这样了,你倒欢迎了……你别就为省个保姆钱吧?"

静波看看孙哲,发觉这男人没法沟通:"以前的我,和现在的我的区别是,我当妈了。我也有孩子了。以后,我也会老的。要是我病了,你病了,你儿子就想着怎么推出去,到时候也怨不得别人,自己年轻时候,就这么干的。"

孙哲立刻点头,特别不好意思,特别抱歉地说:"你在进步,我在退步。我检讨!我这两天就商量着把我爹给接来。"

都说家有一老,如有一宝,坐拥一宝一定要付出代价的。保姆好不容易找到个合适的,公公也接到家了,安置好起居,静波等待着三世同堂其乐融融的新乐章奏起,却真没料到声声不同凡响。

静波正给吉泰喂奶时，听到外间砰的一声巨响。吉泰吓得一激灵，开始放声大哭，奶也不吃了。静波扯着嗓子喊："又砸什么了？您老哪儿又不满意了？"边喊边抱着大哭的吉泰又颠又抖地跑出去。

家里就两间房，面积不大。一出卧室就看到保姆一脸惊慌的表情，地上倒扣着一个钢盆，桂圆在四周到处滚着。保姆小心翼翼地问："我又怎么你了爷爷？我什么也没干呀！"

孙哲爸已经满面悲愤了："就是这桂圆害的！就是这桂圆害的！你还给我吃桂圆！！！都扔出去，都扔出去！"

静波吓得赶紧把孩子交给保姆让她进房间，自己过去安慰老头。"爸，爸，她哪知道啊，您别伤心，别难受，以后桂圆不进家门了！我这就收走，都扔了！"说完赶紧把地上的桂圆都捡起来，归在盆里，放进厨房，回身对公公柔声说，"爸，今天太阳这么好，不如您到楼下去晒晒太阳？我推着您，带着宝宝。"

孙哲爸喘着粗气，不置可否。静波也不再说话，推着他的轮椅到楼下的草地上。保姆也帮忙把吉泰放在童车里，推到轮椅边。爷爷看着童车里的孙子，一脸的心满意足："这孩子，长得跟孙哲小时候一模一样！"静波在一边，手里拿本书看，有一句没一句地答："是，都这么说，一点都不像我。"孙哲爸问："你看什么书呢？"静波合起书让公公看了下封面："我这马上要回去上班了，单位要我投稿一个国际比赛，我还没找到门道，四处看看别人的书，抓点儿灵感。"

孙哲爸："什么叫抓点灵感，说那么好听，不就是抄袭吗？"

静波一听不乐意了："什么叫抄袭啊！借鉴。"

孙哲爸："哦！真话还不爱听，那就山寨吧！"

静波："爸！以前牛顿说过一句话，我之所以有今天的成就，是因为我站在巨人的肩膀上。我现在，这叫站在巨人的肩膀上，既不是抄袭，也不是山寨，这是来自牛顿的传承。"

孙哲爸哼了一声："你们这个行业，能有什么创新啊！建筑这东西，是最没创新的，从猿猴变成人，第一步就是盖房子。都盖一万年了，你还能盖出花来？要说创新，那还得看孙哲他们这个行业，IT，电脑，这玩意儿，从出现到现在也不过三十年吧！前途无量！"

静波懒得理老头，让他自说自话。老头停了会儿，又找一话题："哎，孩子要报户口了吧？"静波看着书答："是。"

孙哲爸："孙哲他们这一辈儿是景字辈的，'世文丰向祖非来，松景明勤毕是岩……'景字辈后头，该明字辈儿，孙明……你说，孩子叫孙明皓怎么样？明眸皓齿，多好的名字！就这样吧！孩子就叫孙明皓。"

静波更不乐意了，淡淡答一句："孩子叫孙吉泰，名字已经取好了。"

孙哲爸又怒了："取好了？我怎么不知道？这么重大的事，怎么没人通知我？不行！这是我家的孙子，孩子的名字当然由我跟他奶奶起。他奶奶以前就跟我说过，当时起孙哲名字的时候，是她爸爸取的，亏了我们孙家了，到孙子这儿，还给我这个情分，孩子的名字，回到我家的辈分上！"

静波一听就急了："凭什么呀?! 你们俩之间的事，要扯到我孩子身上？这孩子，我怀的，我生的，我受的罪，最后跟你们家姓，长得像你们家人，再叫你取的名儿，这里头有我什么事啊？我就贡献一肚皮啊！"

孙哲爸骄傲地笑了："借你肚皮使使。"静波坚定地但声音也不高地回答："不行，这孩子，就叫孙吉泰。"

孙哲爸有些不确定地问："那……这名字，是你父亲取的？"静波不抬眼地说不是。孙哲爸又问："那这名字有什么讲究吗？"静波仍不抬眼但理直气壮地说没有。

孙哲爸："那这名字为什么不能换？"

静波："我不高兴。我就想叫他吉泰。"

孙哲爸一下就炸了："我不同意！"声音大到又把孩子给吓哭了！静波急了："您轻点儿！他每回都刚睡着就给您吓醒！我们都欠您的

吗?"说完更觉得没法儿忍了,抱着孩子就上楼了,丢下老爷子一个人在后头喊:"哎!哎!你推我上去啊!你推我上去啊!"

孙哲一下班,静波就像是卸下扛了一天的重担。为老爷子理发这种事都由孙哲亲自操刀了。他用梳子在爸爸发顶比量了一下:"留三公分行吧?"

孙哲爸自己比画了一下:"行啊!反正现在也没人看我了。你随便。哎,哲啊,我跟你说,孩子的名字,不能叫吉泰。这孩子本来就不吉利太平,怎么能叫这个名字呢!你觉得叫明皓怎么样?"

孙哲边理发边说:"这名字,可是我们市长起的。名字,就是一个符号,静波要是喜欢,就让她高兴高兴呗!"

孙哲爸:"她高兴,我不高兴!市长有什么了不起!我打仗的时候,他还不知道在哪儿呢!这是我的家,我是一家之主!他市长管好他自己的事就行了,手伸这么长到我家来干吗?不行!孩子就叫孙明皓!明天就去报户口,就这么定了!"

孙哲:"爸!您这样就没劲了。您别老仗着您身体不好我们让着您就胡搅蛮缠啊!这个家的主人,是陈静波。孩子都跟我们家姓了,她取名字有什么不好?您生病了,就在家里好好养病,别操这么多心,吃好喝好休息好,恢复得快是对我们儿女最大的体贴了。"

孙哲爸啪地又拍桌子,力气大得玻璃都碎了,想站,站几次没站起来:"什么叫静波是这个家的主人?我叫她当这个家,她才能当!我不叫她当!她就当不了。"

孙哲看到玻璃碎了,吓得好一顿劝:"哎呀!爸!爸!您能不能别再砸东西了?回头静波回来看到了又难受。您手也疼啊!脾气那么大,对恢复健康不利!"孙哲爸:"你不要给我打岔!这孩子,只能叫孙明皓,不能叫别的名字!"

孙哲本就不是个能扛事儿的人,好不容易把爸劝睡下了,回卧室就想劝静波改主意,静波在床边上忍无可忍了,提高嗓子喊:"有完

168

没完了？成精了是吧！天天在我家拍桌子打板凳的！我怎么不如他意了？葬礼我也去了！满月酒我也不摆了！桂圆我也不吃了！什么都顺着他，还哄出臭脾气来了！他爱待不待！不待给我滚出去！哪儿那么多事儿啊！"

孙哲从床另一边连滚带爬地过来堵静波的嘴，哀求静波："祖奶奶，祖奶奶！孩子睡着，我爸也好不容易刚睡着，你能不能不要惊醒这两位佛爷啊！"

静波把梳子往梳妆台上一拍："不行！我忍让也是有限度的！你告诉你爸！这孩子，就叫吉泰，没任何改动的余地，你让他死了这条心。他要是嫌我这儿不好，他随便！爱去哪去哪！保姆钱我不付！我自己也有家有孩子要养！你明天！就去派出所把孩子户口给报了！就叫孙吉泰！孙吉泰！你把我惹火了我自己去报他就叫陈吉泰了！你们不认拉倒！不行就离婚，孩子归我！我还不信他叫不了吉泰！"

孙哲爬过去抚摸着梳妆台板的玻璃："你跟我爸都练过铁砂掌啊！你看你们！家里还有一块完整玻璃没有？搞什么呀！都这么大火气。不就是吉泰吗？孙吉泰，孙吉泰！嗨！我又要去配玻璃了，干脆我去配那种塑料的吧！也不会碎。你们也就算了，万一是吉泰把玻璃弄碎了麻烦就大了！"

静波就势下了通牒："孙哲我通知你啊！我明天起就上班去了。这个家，我一天都待不下去，你的孩子，你想办法自己照顾。"

孙哲慌神了："啊?！哪家不拌嘴啊！就为这点事你就上班去？那儿子怎么办？"

静波："这也就是中国有那么长的产假，人家巴布亚新几内亚一天产假都没有，人家孩子怎么过?！我也是有事业的人，你要是真挣个家财万贯我就在家老实伺候你爸带孩子，你又养不了我，挣得还没我多，我再不职场打拼，喝西北风啊！"

孙哲的惊讶点迅速转移："一天都没有？下地就干活？这也太不人道了吧?"

静波冷笑一声郑重重申:"我明天上班去了。你也休休产假吧!"

孙哲立刻哭丧着脸:"大姐,你也不能就这么通知我一声就甩手走了呀!我好歹也是有单位的,你还让不让我上班了?"

静波洒脱地说:"交给保姆吧!"

"胡闹!孩子怎么办?"

静波就知道自己摆平了孙哲,下一关准是自己亲妈。"交给孙哲看着。"她并不走心地答。

"那怎么行?"

"怎么就不行?"

"那是你的职责。"

"谁规定看孩子就是妈的职责呀!我现在发展这么好,又不比他差,我就因为看孩子放弃我前面的努力?他怎么就不能放弃?何况他前面还没怎么努力过。"静波一想起孙哲的事业就糟心,那也叫事业?

"这不符合社会审美。你什么时候看见男人在家待着带孩子,女人出去打拼的?我也不希望你这么苦。"静波妈改从宏观起范儿了,社会审美。

静波:"嗨!我要是在家待着,更苦!我不仅仅是带儿子,我还得带他老子。他老头,精神有毛病了,每天都跟全社会欠他钱到我这儿来讨债一样。我又不欠他的。你别张口就想批评我,我已经很忍让很忍让了,我这一辈子都没这么懂道理识大体过。我给他要磨出忧郁症了,我可不能背着孝顺的名儿毁灭自己。这不是我的风格。他的爹,他陪着比较好。"

静波妈又从言传到身教:"你怎么能放心呢?要是我,我舍不得。"

静波:"我有什么舍不得的?我还不信他能把吉泰给带坏了。还有,能力都是培养出来的,我看孙哲在家带孩子,比我带还可靠。他天生就不是干大事的人,大事干不了,小事还不能做做?"

静波妈把之前对女儿要独立的寄望抛到一边,着急地说:"你……

你不要让自己这么强大，到底是女人。"

静波一脸无所谓："我强大，比他强大要好。女人比男人有担当，有责任感。至少我不会抛弃他。还有啊，妈，我觉得，未来女主外，男主内也是趋势，人家欧美现在已经这样了，谁强谁出去。不要老是男尊女卑的心态作祟，时代在进步，也可以女尊男卑嘛！哈哈哈！"

静波妈忧郁了："你怎么能哈得出来？"

静波果然第二天一早就神清气爽地奔去公司，一坐在阔别的位子上就埋头于文件堆里，忙得不亦乐乎。

这天静波的手机响了又响，看到屏幕上显示"老公"，静波才舒了一口大气，接起来："吓死我了，我以为又是老板来催债。"

孙哲："你今天下班能早点回来吗？"

静波："我都快要忙死了，怎么了？"

孙哲："咱不是到家政公司要了个保姆吗，今天晚上六点人家来家里面试，你不回来看看？"

静波咬着笔纠结了好一会儿，看看桌上一堆的东西，拖长声音说："老公，我可能不行，要不，你面？"

孙哲："我一个人面啊？我可没这方面的经验。"

静波："我也没啊！所以我在不在都一样。这样，你先看面相，老不老实敦厚不敦厚，再看人勤不勤快麻不麻利。哎呀，再说了，现在这年头都是保姆挑主人，哪有主人挑保姆的。就这么决定了，这个差事交给你办了！MUA！"

孙哲还在挣扎："别呀别呀。你当家，你说了算……"静波那边已经急急地挂电话了。

十六　比妈更贴心的保姆

李川奇正在看文件，手机收到一条短信，显示来自陈静波：干爸爸，吉泰给您送红蛋来了。

李川奇一笑，回复道：心意我领了，孩子好吗？

静波的回复马上飞进来：别呀！我借送红蛋跟你说话。我有事儿问你。

李川奇想想，回短信：我晚上八点半在老干部活动中心的会议结束，过后回办公室，你要不要到办公室来说？

静波回复道：你那么晚还工作？好，到时候见。

晚上开完会，李副市长刚放下包，还没来得及倒茶，静波就敲敲门进来了。李川奇招呼她："我这也刚到。喝什么茶？"顺手把静波关上的门又打开了。静波笑了："干吗？怕我非礼你呀？"李川奇打哈哈："哪里，我怕人言可畏。"

静波不经意地看了一眼李川奇的手，意味深长地笑了："这不像你风格啊！我一直以为你是不惧流言的。看样子当官真是改造人啊！"

"不是当官改造人，是当这个城市的官改造人。若上辈子不厚道，就罚他这辈子来江州当官。我没来以前挺高兴的，觉得自己高升了，来了以后直挠头皮啊！这个城市的官员都夹着尾巴做人……"

静波接口："不做也罢！"李川奇笑了："不做，还不行……呵呵，看来，你恢复得不错，心情很好。来找我就为送红蛋？"静波顿时脸红了："红蛋，我忘记带了。"

李川奇哈哈大笑："原来是挂羊头卖狗肉。你找我肯定有事。"静波很老实地答："有。"李川奇："说吧！你只要不是让我利用职务之便为你谋私，我能办的尽量办！"

静波白李川奇一眼："我那么大老远来，找这么多借口，不是让你以权谋私，我来干什么？"李川奇笑得有些尴尬了："我这心，突然就沉重了啊！啥事啊？"静波问："你可记得你上次给我签的那本书了？"李川奇摸不着头脑："我记得，怎么了？"静波："里面，你谈到你上次到硅谷去，旧金山市的市长接待了你，与你聊起硅谷的文化，你里面有一长段的论述，你还记得吗？"李川奇更摸不着头脑了："我记得。"

静波："我需要去旧金山一趟，深入一下硅谷的虎穴，这是我要去的企业的名单，我想借您的高位，给我谋个私，能不能借您的桥梁让我去跟他们交流一下学习一下，看一看？"

李川奇看完名单，表情明显就放松了："你吓死我了。我以为你又问我要五十块广告牌呢。"静波扑哧笑了："您就这胆儿？我从来不大材小用，这个太便宜您了。"李川奇坐在椅子上看这些名单，没说话。过了一会儿，他问静波想去看什么。

静波直言："企业文化。我非常好奇，为什么这样一块地方，聚集了全世界最优秀的高科技的企业，是什么，吸引着所有的最具有杀伤力的头脑汇集在那儿，他们是怎样把价值观和企业文化融入产品的。我明年四月，要在圣何塞参加一个世界级的广告大会，不过这个是比较专业性的，是一个……哎，我说不如给您看资料。是这样的一个东西。我想把东方的文化观价值观植入西方著名的品牌中去，中国的市场这么大，份额这么重，我相信未来这一块对任何一家世界级的大公司都是有影响力的。这时候，是打中国风的最佳时机。"

李川奇迅速翻看了一下，抬头说："姑娘啊！野心不小啊！不！是雄心！第一，我可以向你保证，我能够为你牵线搭桥，因为这是对旧金山和江州市都有益的事。第二，我也相信你既然去做，就能够做得好。你是个有闯劲儿有韧性的姑娘，我早就看得出。第三，我个人认为，你除了要考虑把东方的文化植入西方的品牌，是不是也要双向地了解西方的价值观、西方的文化？只有融会贯通中西合璧，你才能有突破性的进展，否则你的东西西方人不接受或者看不懂也不行啊！"

静波一脸无辜："偶也希望他们接受啊，可这不由偶说了算啊。"

李川奇："哈哈，笨蛋找借口，聪明人想方法。我上次到洛杉矶去，正碰上一个著名的导演费劲地跟好莱坞制作人谈《西游记》。他希望能把这样一个深入中国人人心的形象带到西方。但好莱坞首先就不接受，他们认为，这个猴子又不遵守规矩，又偷东西，又打人，为什么会受中国人欢迎呢！我后来就跟他们解释，这是中国版的奥德赛。奥德赛是西方文明里非常有影响力的一个英雄形象，对方立刻就恍然大悟了。这说明啊，我们之间，肯定有共同的情感和桥梁，能够让我们在某个点上惺惺相惜彼此欣赏。所以呢，你这个工作量，很不小，不仅要大量地阅读，还要大量地思考，真正做到行万里路，破万卷书啊！你有这个决心吗？你的孩子还这么小。"

静波想了一下，坦然地回答："我不知道。但我会努力，愿意试一试。谁都不能对未来打包票，但不试，就永远没有成功的可能，试了，不行，我们还有下次进步的机会对吧？我们不要那么功利主义嘛！去参会就为了拿冠军？能不能坦然一点，抱着学习和娱乐的心态，有机会进入奥运，总比在家门口跑强吧？"

李川奇的眼睛里，突然就充溢了喜欢："很有想法嘛！你说得对！我们都要改变观念，去比赛不一定就是为了要赢，哪怕有一点收获为未来所用，都是好的。我要向你这种放松的心态学习，工作 for fun。"

静波俏皮地一吐舌头："您的工作，fun 吗？"李川奇也调皮起来："今天晚上算是比较有趣的了。要是每天都这样工作就愉快了。你这件事，我放进明天的日程了，明天我为你解决。"

静波有点急切："别呀！你晓得我时间紧任务重，我们两边有时差呢，您不能今天晚上帮我先联系上？哪怕发个 E-mail？"

李川奇眉毛一挑："哟嗬！你比我秘书还厉害！我已经觉得我秘书是最厉害的人了，我每天被他拖着鼻子走，没想到还有掐我脖子的。嗯……那好吧！我今天晚上不睡觉都替你安排这事。你满意了?"

静波没回答，开始绕他的桌子转，做寻觅状。李川奇问她找什么，静波问："您不是公务员吗？为什么不像其他窗口那样设一个按钮，满意请按1，不满意请按2，投诉建议请按3?"

李川奇："哎呀！这位好市民，你的意见提得对啊！我明天就让他们也给我装一个！你会给我打满意吗?"

静波："呃，我喜欢按那个钮，所以我通常一次按三个键，都亮!"

李川奇哈哈大笑："我女儿小时候跟你一样。她一上电梯，把每个楼层的灯都按亮，层层停。我特别理解你!"

"那您女儿，现在多大了?"

"刚七岁。"

"她跟您一起来的吗?"

"没有，她还在我原来的城市，和她外婆在一起。"

"哦！你们夫妻俩，真够放心的，丢个那么小的孩子给老人，自己过来闯世界了。"

李川奇突然就安静了。静波看他的表情，不知发生了什么事，沉默良久，问道："我，我哪儿说错了吗您这么严肃?"

李川奇声音低缓："我爱人，在我女儿出生的时候，就去世了。"

静波吓一跳，赶紧摸摸李川奇的手："对不起对不起，我不知道，真对不起。"

李川奇淡然一笑："没关系，对我，现在已经能接受了。"

静波手足无措了："我……我……我不太会聊这种话题，我不太会安慰人，我……我走了啊!"

李川奇："你需要我送你吗?"

静波："您，您不是要帮我发邮件吗?"

李川奇笑了："好吧！那我就不送你了，我正好有些事要处理。"

静波:"再见! 您多保重!"

静波回家进门,带着愉悦。孙哲却有些不高兴:"你不知道家里有老人孩子啊? 你回来这么晚。"静波的愉悦立刻就被熄灭了:"我知道。可你不知道家里这么多张嘴等吃饭呀! 我在家待着你能养活我们吗?"孙哲一下就给噎住了,但吉泰的权利不可剥夺:"孩子到点儿找妈呀! 我又不能替代。""保姆月底要见四个老人头,你能替代吗?"孙哲又被噎住了。静波抬眼看看,公公已睡得呼噜呼噜的。

静波悄悄走进房间,儿子也睡得呼呼的。她非常温柔地笑了,亲了亲儿子,忍不住赞:"这新来的保姆真不错。是叫大芹? 我看我不在家,家里都井井有条的,根本不像家里有老有小的样子。你面试的结果,看样子很好嘛!"

孙哲难得被认可,自满也替代不了无奈:"我根本就没挑,见到的第一个就带回家了。这就是人品。哎,你以后,能早点回家吗? 这家里老的老小的小,我回来连个商量的人都没有。"然后拿出一沓账单交给静波。

静波一看账单就已经头大了:"啊?! 你爸爸理疗的费用……不能报? 为什么呀?"

"复健不是医疗的一部分。医疗结束了。而且,这不是理疗,这是按摩。"

"哎?! 这,这不是医生推荐的吗?"

孙哲看着静波,不作声。静波不高兴了:"这费用太贵了。来回打车的钱,按摩的钱,我累得肩膀都抽抽了,我都没舍得按摩。我上次按摩都不记得是什么时候的事了。这个,跟你爸说,停了吧! 也没看出有什么作用。"

孙哲一贯不扛事儿:"要说你去说。"

静波心里的小火苗蹿了:"什么事都要我干,家里还要你干?!"孙哲赶紧捂老婆的嘴,让她轻声点,留神外头听见。静波克制地

176

说："你爸爸退休工资不低，让他自己支付一部分吧！缓解一下我们的压力。"

孙哲："我晚上就跟他谈过了，我印象里我妈以前跟我说过他们有四十多万的存款，我想让他拿一部分出来先顶着。"

静波赞许地看着孙哲："这样我们就没那么紧张了。"

"他不同意。"

"啊？为什么呀?！"

"他说防老。"

一句话，静波又怒了："他现在这样，还不叫老啊！他想活成八百罗汉啊！"

孙哲又捂静波的嘴。静波泄气了，看样子还是得自己去跟公公谈。孙哲很是为难："他现在，还在丧偶之痛里，脑子浸在里面拔不出。我们这样问他要钱，他会觉得悲凉的。而且他越发没有安全感了。"静波不依不饶："可我的安全感呢？我的安全感在哪儿?"孙哲无奈地感慨："一分钱，真能憋死英雄汉啊！"

静波想了想，跟孙哲建议让公公少做两次按摩，一周两次差不多了。正说着，保姆敲敲门进来了，是个胖墩墩很憨厚的中年妇女，手里端一杯水，很殷勤地对静波说："大姐喝茶。我下午炖的枸杞红枣茶，补血的。"静波特别高兴地说："哎呀大姐，您比我年纪还大些，以后还是我喊您大芹姐吧！您就喊我妹妹。"

大芹非常恭敬地摇手："这个不行的。我们那里，大姐是尊称，不分年长年幼。家里要有家里的规矩。你就喊我大芹吧！"

静波更显热络了："大芹姐，谢谢您！家里被您收拾得窗明几净的。我和吉泰爸爸天天上班，家里就靠您一个人，辛苦了！"

大芹："哪里，这就是我的本职工作嘛！您付我那么多工资，我可不就要干这么多活嘛！"

两人客套着，吉泰醒了，嗷嗷地哭。静波要去抱，大芹忙说："我来，我来，他到吃的时候了。您赶紧洗澡，睡觉。明天还要上班

177

呢！晚上，孩子也跟我睡吧！反正断奶了。"静波还有点不放心，说大芹太辛苦了，还是自己看着吧，大芹果决地说她来看，说完把孩子抱走了。抱出去没一会儿吉泰就不哭了。

静波高兴得给妈妈打电话："妈，我人品大爆发哎！找个极能干的保姆！我可以把整个家都交给她！没事儿！"

家里甩开手，静波终于可以全身心扑在工作上换取老人头了。这天回到家，孩子正哭。静波过去又抱又哄，怎么都弄不好。大芹从厨房赶过来接过手去，告诉她饭都盛好了，让她只管先去吃饭。静波便去张罗公公和孙哲一起吃。

孙哲走过来嘘声说："我爸睡着了，等他醒了再吃。我们先吃。你这段时间回去工作，怎么样？"

静波立刻沉下脸来："别问！讨厌！难得吃顿安静饭你都不让我高兴！"

孙哲小心翼翼地分析："工作不顺利吗？"

静波黑着脸："回家不提上班的事儿。"

孙哲心里不踏实："老板批评你了？还是……"

静波忍不住吐槽："我和那公主，差不多时间生孩子，她现在带薪休假一年，而且回不回来还要看情况。我一人干俩人的活儿，还要肩负着代表我们公司参赛拿奖的重任。我也是有孩子的人，我孩子也小，我心里也会记挂他！都是女人，都是妈妈……算了，不说了。不说不想，我心里还不堵。"

孙哲："你呀，你别看你现在不爽，再过个三年五年，再过十年二十年，你回头看看，你就爽了。她一个现在享乐的人，你觉得她以后会怎样？"

静波听了孙哲的话，笑了："你倒会宽慰我。"一边吃菜一边问，"你爸最近怎么瞌睡这么多啊！"

孙哲："年纪大了，身体不好呗。睡觉是一种修复。我觉得挺好

178

的。他至少睡着安全，家里东西也不碎，他也不大嗓门了。"

这会儿工夫，大芹已经哄着了孩子出来了。静波的烦心瞬间治愈："您颠两下就好，我颠两千下也不好。我都怀疑以前万亿兆这些数字的发明，都是为了颠孩子数数用的。我颠出腱鞘炎腰肌劳损都颠不好他。"

大芹笑着说："那是您没经验。过我手的老人和小孩，都上百了吧？要不这钱我能挣您挣不了呢！还要添饭吗？今天的米很好，新大米。"

静波忙说饭够了："我根本不信您过手的老人孩子上百。"

大芹认真道："真有！这个不能瞎说的。"

静波："像您这么好的保姆，肯定在一家干着就被人家像菩萨一样供起来了，怎么舍得换呢？"

陈QQ跟他的"小情人儿"天二整天如胶似漆，一丫也没闲着，设计的服装终于有了自己的品牌，名字很个性："一丁一丫"。吉泰要办百日了，总要打扮得精神点儿，她给吉泰做了几套衣服，没忘给静波也做了一身。婆婆高兴地拿着去女儿家。到楼下给静波打电话，静波正在上班，要打电话让大芹给妈开门，静波妈忙说不用，自己带了钥匙，直接上楼了。

一进门，见餐桌上放了一盒拆了封的"宁神口服液"，已经少了几支。感觉很奇怪，拿起来看了看，就听到孙哲爸的呼噜声从沙发那边传过来。里间的吉泰哭得急，却也听不见大芹哄。

静波妈觉得蹊跷，轻手轻脚地走到卧室门口。只见大芹背对着卧室门，正在开"宁神口服液"的盖子，然后把口服液倒进奶瓶里，晃晃奶瓶，盖好。一转身，静波妈像幽灵一样飘到大芹身后，大芹一抬眼，吓得奶瓶都掉地上了，那个慌乱！

静波妈不动声色地问："喂孩子啊？"大芹强作镇定："是啊是啊！你是什么人？"静波妈："我是孩子的外婆，辛苦你了，你叫大芹是吧？我来吧！"

大芹忙说："呃，不用了外婆，这是我应该做的。"

静波妈："我在外面走廊上放了一袋大米，我拎不动了，所以要请你帮我拎回来，在电梯口。我手受过伤，没那么大力气。"大芹赶忙答应着。静波妈捡起地上的奶瓶继续不动声色地说："这奶瓶掉地上了，奶嘴脏了，换一个吧，我去。"

静波妈跟着大芹到客厅。大芹开了门："电梯口是吧？"静波妈点头。大芹转身刚离去，静波妈迅速把外面的铁门给反锁上，里面的门也反锁上，然后开始拨打110。

大芹在外面敲门："阿姨，电梯口没有米啊！"

静波妈问："你带钥匙了吗？把门打开，我把门给反锁上了。"

大芹说："没有啊，阿姨。我想你在家，我就没带钥匙。"

静波妈淡定地说："哎呀，你等我找钥匙啊！我手里抱着小孩呢！你等啊！"吉泰哭得哇哇的，都没把爷爷吵醒。静波妈抱着吉泰进了卫生间。在里面压低声音报警，她告诉110家里的住址，还嘱咐警察一定要快来，再不来保姆就跑了。

然后，警车呼啸而至。

静波急匆匆往家赶。

孙哲也急匆匆往家赶。

静波气喘吁吁地赶回家，紧跟着孙哲也到了。静波妈拉着脸抱着孩子走出来，把"宁神口服液""啪"地拍在桌上。静波看着口服液，莫名其妙地看着妈："您捣什么乱啊！报什么警啊！干吗要我回来啊！"静波妈大义凛然："我再不要你回来，孩子和老头都要成傻子了！！！"看静波仍一头雾水，静波妈急得要跳脚了："你那个比妈还贴心的保姆，天天就给孙哲爸爸和毛头喝这个！难怪你说孩子乖，老人乖，都要傻了都！"

静波已经傻掉了，问妈怎么知道的，静波妈拿着口服液的小空瓶说："我一进门，就看见她在干这个！"

静波呆呆地问:"那,那,那您说她了?您报警了?"

静波妈:"那么歹毒的人,我要不使点儿手腕,搞不好要被她砍死了。我先哄她出门,把门反锁上,我才报的警。"

静波忙问警察抓住她了吗,静波妈不无遗憾地答:"没有。她也算机警,看情况不对就跑了。警察已经在调监控录像带查她去向了。她没防备走的,所以行李什么的都还在家里,你看看,你丢什么东西了吗?"

静波倒不担心这个:"嗨!我能丢什么东西,家里都不存现金的。"

静波妈提醒她:"首饰呢?"静波更放心了:"我最值钱的首饰,手指头上戴着呢!"说着一看手,愣住了,"哦!我忘记了,生完孩子怕干活不方便,我给放柜子里了。"静波妈催她快去找找。静波去柜子里翻了半天,遍寻不着。静波妈让她翻保姆的行李。

"这,这,这,这不合适吧?"

"叫你翻你就翻。"

静波犹豫着蹲下身子,准备翻大芹的手提箱,被孙哲一把拉住:"万一她拿的不止一家人的东西,我们说不清。还是交给警察。"

十七　超级家庭主夫

　　静波端详着自己无名指上那枚一克拉的钻戒，边看边叹气。孙哲安慰她："别难过了，也没丢东西。"静波恨恨地说："我儿子啊！这比丢东西还剜我肉。我都想活剥了她！"说着迅速站起来跑到电脑前。

　　孙哲问她干吗，静波着急地噼里啪啦敲着字说："我查查那里头有没有雌性激素啊！我儿子以后会不会变性啊！"

　　孙哲也有点后怕："你要不放心，你带他去医院看看。"

　　静波跳起来："什么都是我！什么都是我！总共就叫你找个保姆，就找成个这样的！我要是十八般武艺样样都会，我要你干吗？"

　　孙哲毫不生气且有些无赖地说："你要保护我。"

　　静波双拳紧握怒目圆睁："每个女人都想找个纯爷们儿来保护自己，结果找来找去，发现最爷们儿的，竟然是自己！"

　　大芹落网了，亲妈回去照顾儿子和孙女了，一回到阴阳失衡的家里，老中少三个真爷们儿就让静波想立刻继续加班换得解脱。电脑上刚搜个关键词，儿子就大声嗷起来，公公那边又打翻了脚盆。静波忙着拿抹布擦地面的水，孙哲抱着儿子颠个不停，儿子却完全不买账。静波烦了，扯嗓子喊："你看他尿了还是拉了，别老嗷嗷，把邻居都吵醒了！"公公还在一边插嘴："你们俩哪会带孩子啊！大芹多好！结果你妈一来就把人家给赶走了，不厚道！"

　　静波气得把带着水的抹布啪地摔进脚盆："我妈就该让大芹留下来伺候你，她堵您嘴是最合适的。"孙哲爸被洗脚水溅一脸，一边擦脸一边说："你哪像个干事的人！拿洗脚布到处乱甩，水甩我一脸！哎哟，我要解手！快！快！"

静波喊："孙哲，爸要上厕所！"孙哲嗷嗷地一路颠着把孩子抱出来交给静波，推爸爸去厕所。还没到厕所门口，孙哲爸对着湿的裤裆，尴尬地说："没了。"静波一脸崩溃。

时钟指向凌晨一点半。孙哲和静波还在忙家务，干得大汗淋漓。老人和孩子都睡了。家里一片狼藉。两人一脸疲惫地相对无言。

孙哲拍拍静波："明天，你请一天假，让你妈来一天，去中介所，找个保姆吧！这家里，一天都离不开保姆了。"

静波打算决不退让了："你请。我这段时间忙得不得了，马上要去美国学习，有好多功课要做。"

孙哲："我不能再请假了，我们单位明显不待见我了。你自己算算我从去到现在，请了多少假了。再说了，上次那保姆是我请的，你们都说我人品不好。"

静波："我是宁可上班，都不愿意在家待着。这保姆要是不在，你爸爸上厕所怎么办呀！"

孙哲一脸牙疼的表情，抱着头不说话了。静波突然眼睛一亮："孙哲，你能跟单位申请 home office 吗？在家办公？"

孙哲："不行吧？你以为我们单位是 Google 啊？"

静波："那你就辞职，去 Google 这样的单位找工作，福利好的。你知道谷歌员工能享受十八周的带薪产假吗？去世了配偶还能领十年的年薪，就不说免费理发、洗衣洗车、免费午餐什么的了。"

孙哲看看静波："你到底是看上人家十八周带薪产假，还是看上那十年年薪了？你是不是等我一找到谷歌的工作你就谋害亲夫？"

静波拍着孙哲肯定地说："你放心，你现在活着，对家庭的贡献远远大于死去，还不到谋害你的时候。去吧！你明天，就跟单位辞职！"

孙哲："辞职？在家做家庭主夫？"静波眼里闪亮着希望的火花："你不觉得，这是现阶段最好的解决方案？"

孙哲："我虽然挣得没你多，可也没差到那程度。我辞职在家带孩子了，这家，这房贷，一家大小的开销，你扛得住？"

静波目露凶光："扛不住也得扛。我宁可扛这个，都不愿意在家待着！"

"那要是钱不够花怎么办？"

"我做的主，我负责筹集钱，我去找我哥要。"

"这……这不合适吧？这，你能问他要多久的钱？"

静波一挥手："你别管了。你要是觉得不合适，那就我在家待着，你负责去筹生活费。"

"啊？"孙哲又颓了。

静波："两样选一样。谁做决定谁担责任！"

孙哲立刻把手推出去："您，您是家里的 boss，您老大，您说了算，听您的。辞职这个事，我最在行了。我也不怕在家待着。原本在家待着啥都不干就是我的梦想。"

静波："啥都不干？美得你！你是啥都得干！老的小的都归你管！"

孙哲："啊？你不请保姆了啊！我就在家当保姆啊！那不行，我还是回去上班……"

"打住！打住！"静波一咬牙，"行！明天，你去找保姆。以后，你就是家里的总管。你只要把家里大小事安排好，保姆钱……我出！"

孙哲把巴掌拿出来跟静波对掌："那就这么说了。以后，我就是家庭主夫了。你要对我，我们爷俩……"又看看自己父亲，再加一句，"我们爷仨……负责。我们，就都靠你了。"

静波环顾一下一家三个男人，一副壮士一去不复返的模样："没问题！"

冯莹的"放风筝战略"果然行之有效。在偶得这个小风筝线的牵动下，张嘉平平安着陆。大芹姐走后，换了个周姐，还算安心。难得有时间，静波一家三口和妈妈去冯莹家小坐一会儿。趁着客厅里几个女人聊到热闹得一塌糊涂，孙哲拉拉张嘉平的袖子，示意他去书房。

一进书房，孙哲就关上门，掏出一张卡交给张嘉平："哥，我就不言谢了。钱都在里面了。"

张嘉平诧异："你从哪儿弄的钱？我没催你还啊！"

孙哲如实说："保险公司先赔付了一些，我们这个律师还是蛮给力的，跟出租车公司又私了了一笔，七七八八的，加上陈QQ给了点儿钱，就够了。"

张嘉平把卡收了，关心地问："那你家里现在怎么办呢？你爸爸这个样子，孩子又小。"

孙哲坦荡荡地说："我辞职了，家庭主夫了。"

张嘉平又不理解了，说的话竟然和静波妈如出一辙："这也能行啊？这不合适吧？不符合正常审美啊！"

孙哲却看得开："和谐即美嘛！你们'70后'还是老观念老思想，跟我们'80后'不在同一平台上。"

张嘉平："我最讨厌人家喊我'70后'，你不能喊我'80前'吗？"

孙哲："'80前'，现在欧美都变了，男女平等实现在社会家庭各方面，人尽其责，各显本事。静波在职场上就是比我厉害，人家也没道理不如我啊！受的教育跟我一样，办事能力还比我强，我较这劲干吗？"

张嘉平笑了："是的，你要让她待在家里，那真是，百爪挠心，还不够给你气受的。"

孙哲："现在就平衡了，她干她喜欢的事，我干我擅长的事，回家她还得赔着笑脸不敢发火，多合适！"

张嘉平疑惑："她怎么不敢发火呢？"

孙哲大言不惭："我拿得住她啊！她要是敢挑我毛病，我就撂挑子，让她回家待着试试！"

张嘉平若有所思地说："我以前，从没有这个体验，总觉得女人在家待着，又不要竞争，又不要奋斗，不过是点琐事，当女人真是幸福，这段时间有时候跟冯莹换个角色，再听听你的话，我发现能把家守好，真是门大学问。还真不是人人都干得了的。"

孙哲："绝对！没学过 MBA 的人，都搞不了……"正吹着，外头静波喊："孙哲，孙哲！你儿子哭了！快快!!"

孙哲开门就蹿出去，一看儿子表情很烦躁，就知道肯定是困了。于是娴熟地抱着孩子颠，一面打开电视机，一面在地上放个移动的小车子玩具，还发出唔哇呜啊的声音，又让偶得把房顶的大灯打开关上打开关上。吉泰的小脑袋忙得呀，看看这儿听听那儿，都没空哭了。没两分钟，就睡着了。

静波和冯莹还有静波妈冯莹妈那个惊异啊！冯莹妈止不住地赞："哎！哎！这个孙哲搞孩子很有一套哎！"静波妈对姑爷刮目相看："这真不是一般的高效率啊！看不出孙哲还有这本事！"

孙哲冷静地说："小孩子最多同时关注两件事情，如果有三件事情需要关注，他就只能睡觉了。所有小孩都是单核处理器，一旦多线程，就自动挂起！新爸新妈们，快取经回家试试！哦耶！"

静波妈禁不住叹气了。以前觉得孙哲在家待着不是个好主意，现在看来，静波比孙哲差远了。静波一脸马屁谄媚相："术业有专攻，术业有专攻。老公，你是最棒的！"

冯莹偷偷跟静波说："我老有种错觉，你们家男女颠倒。"静波严正地跟冯莹说："错。我觉得，谁能把家里搞定，谁就是老大，不分男女。那些男人回家使劲哄太太，就是怕太太造反离家出走了。我现在每天，都不知道怎么哄我们家孙哲高兴才好，他眼睛稍微往网上哪个店里一瞄，我就悄么声地给他买回来，千万不叫他有待在家里无能为力的感伤。后方安定对一个人是多么滴重要啊！"

工作中的纯爷们儿静波已经决定回家后要把谄媚进行到底了。下班进门，看到孙哲就换上一脸谄笑，韩范儿十足地对孙哲打招呼："辛苦你了！家里一切都还好吧？"然后放下包就去抱儿子。

大多数时候，家里倒是一派祥和，就是满地摆得都是东西——尿布摊地上，奶瓶也倒着，剩半瓶子奶还往地上滴。玩具和书摊着，老头的尿壶坐在玩具书上。静波一看这情景就有些苦痛了："周姐，那尿壶，不能和玩具放一起，回头踢翻了，得多大味儿啊！"

周姐："我这是洗干净的，还没用呢还没用呢！一般用完我就倒。"

静波："每次放固定地方，别摊人家眼皮底下。放厕所不好吗？"

周姐："来不及拿！迟一点就尿裤子了。"

孙哲从静波接过儿子的那一秒起，就躺在床上动都不想动。静波又一脸谄媚地端着水走过来："老公喝茶。"孙哲摆摆手。静波接着无情地赞美："累坏了吧？家里，多亏你了。"

孙哲累到气若游丝状："在不同的岗位上，为人民服务。"

静波正色道："虽然有服务的心，可是服务的水平也要跟上。家里都有保姆了，能收拾得整齐一点吗？这样也卫生。这个周姐，好像不太会干活儿，北方的吧？"

孙哲："你呀，你就别挑了，我们家这种情况，老的老，小的小，价钱也给得不高，有人来搭把手就不错了。你还想怎样？睁眼闭眼的事儿。你每天在家待的时间又不长。我天天在家受罪，我都没挑剔呢！"

静波吓得赶紧说："你觉得受罪啊？我就是提点儿意见想让生活更美好。不提了不提了。睡觉睡觉。"

孙哲翻过身，看一眼静波。静波有些心领神会，主动凑过去。孙哲把衣服掀起来，露出胸膛，然后搂着静波，开始亲她。静波看见孙哲衣服上的奶渍和闻到他身上的奶腥味儿，欲望大减，她突然冒出一句："你衣服上，滴的都是奶。给孩子喂奶的时候，垫块围巾。"

孙哲顿时性趣大减，把静波推开："你也累吧？周末你不能再加班了。"

静波："工作很紧，任务也重，不加时间不够。"

孙哲："这个周末你真不能加班，提前把工作安排好，儿子百日酒，和天二周岁一块儿过。"

静波窘迫在那儿："这事儿，我给忘了。我真不是个好妈妈。我知道了，需要我做什么吗？"

孙哲："我都办好了，不要你操心。这可不就是家庭主夫该干的吗？我顺带连……"静波嘘一声，原来是手机默默振动。静波接起来，电话里是妈妈欢快的声音："静波啊，周六晚上丰收日百日宴啊！你记得要来。"

"我会去的。您还有什么指示吗？"

"你把你自己带好就行了，其他的事孙哲会准备。"

静波看着老公笑眼如丝："你现在，跟他沟通很顺畅嘛！"

静波妈不禁叹了口气。她发现现在这社会，真的需要家里有个稳妥的人。孙哲在办这些事情上，真是一把好手。

静波总结道："他呀，只要是事务性的工作，不要担责任的，你让他干你就放心好了。"

"但同样的事让你干，我就不放心。"静波妈这么说引得静波不服气了："我专职当太太，我也干得好。这又不是难事。"

"那，你为什么不干呢？"

"妈，我不是超人。而且每个人的社会价值是不一样的！"

静波妈知道劝也没用，只说让静波要多关心关心孙哲，不要让他心理上有失落，也要感谢人家这么多年来都由着静波，让她选自己想干的事。人要有感恩的心。唠叨完不忘嘱咐她去冯莹家一趟，给姨妈和冯莹把请帖送到。

静波挂了电话，抱着孙哲的头问："你心理上，会失落吗？你周围的朋友们，同事们，都在上班，你在家带孩子？"

孙哲一摇头："一屋不扫，何以扫天下？我很享受，跟吉泰在一起的日子，哎你知道吗，他现在头抬得很高哎！人小志气大，都想游

188

泳了，自己没事趴床上嗨嗨嗨……"孙哲学得手舞足蹈。静波笑，又有些嫉妒："你要感谢我，把陪伴孩子共同成长的美差让给你。"孙哲是发自肺腑地感谢老婆。静波觉得，孙哲要是能把保姆再训练得职业化一点，就更完美了。孙哲不觉得这也算个事儿："我觉得还行吧！我思想摆得很正，人家来我们家，就为挣个工资养家糊口，你非要人家爱家如爱己，那是不可能的。活能帮个手，干得大差不差就行了。对吧？我这人，对什么都不挑剔，包括对你。不像你，挑剔得不行，所以才找到了我。"

"啊呸！"静波一摁孙哲的脑袋，"你这人，什么时候都不忘抬高自己打击别人。"

孙哲还较真儿："我不觉得你这样不好啊！对自己严格，对他人也严格；对自己宽松，对他人也宽松。都是有利有弊。不存在打击你的问题。"

静波想想也觉得孙哲说得有道理："我后来也就不说她了。这是我找的保姆里，第一个给你爸剪脚指甲的。她可能就是不太会干活，但她有伺候人的心。"

孙哲更欣慰："他俩，没事还聊天呢！我发现这活儿我真干不了。我就找不到跟我爸的共同话题。我小时候，他在部队，跟我们不一起生活；等他转业了，天天泡单位，我们很少见他，见他也是听他训我们。所以我和我姐，真不知道跟他说什么。我都绕着他走，尽量躲远点。我家这保姆能把劣势转化成优势。我不让她带孩子，她话又多，还不是标准普通话，我怕孩子跟她学，她就憋得呀，老跟我爸聊天，顿时解决了我的两大麻烦，省我好大一堆事。"

孙哲和静波在卧室里聊的时候，周姐在客厅里跟孙哲爸还正聊着呢！周姐殷勤地问："爷爷啊，你明天早上想吃什么呀，我给你做。"

孙哲爸也没那么大脾气了："我现在，天天坐轮椅上，行动不方便了，胃口就差，老是胃胀气，什么都不想吃。想喝点红薯稀饭吧，又怕胃酸。"

周姐突然就来劲了，一边擦着地板，一边抬头问老头："你想不想喝小米馇馇粥？我们老家那边的。"

孙哲爸问是小米做的吗，周姐就操着乡音解释："不是，就是玉米芽芽，那个一粒一粒小小的，黄黄的，鸟吃的那种，可香了！还养胃，我明天早上去菜市场寻寻看，有我就买来给你炖。"

孙哲爸还操心："配什么呀？不能光喝稀的。"

"那，我给你烙个韭菜合子吧。"

孙哲爸更高兴了："哎呀！这个好！这个我喜欢。我故去的老伴儿，是北方人，以前她在的时候啊，高兴了就做个韭菜合子。"

周姐一撇嘴："这还要高兴了才做呀，分分钟的事情。"

孙哲爸赶紧解释："她忙，是街道主任。哎，你家里的是干什么的呀？"

周姐眼神黯淡下来："我家里，没人了。老公去南方打工，跟工厂里的妹子跑了，丢俩娃给我，老大上高中，老二才上小学，要不，我干吗出来呀！"

"那你出来，孩子怎么办呀？"

"我婆婆带。我负责寄生活费。"

"那孩子爸也寄钱吗？"

"屁！他那边都有孩子了，又有俩，双胞胎，他哪顾得上呀！——哎，你韭菜里要不要放虾皮啊？"

周末，静波穿着职业装踩着高跟鞋到冯莹家，送吉泰百岁酒的请柬。冯莹觉得没必要，静波都这么忙了，哪有空干这个啊，打个电话通知一声不就行了。静波也无奈，亲妈吩咐的，哪儿敢不干？看偶得不在，一问才知道他爸爸带着去上钢琴课了。晚上俩人父子之夜，说在外头吃比萨，不回来了。姨妈吃得简单，剩什么吃什么，冯莹为了减肥，晚上饿着不吃饭，搞得家里冷锅冷灶。

　　静波想吃两口，冯莹去厨房找了找，给她下了个腌笃鲜面。看着静波狼吞虎咽，冯莹坐旁边忍不住问："怎么跟多少年都没吃过好的似的？"

　　静波终于有了吐槽的机会："苦啊！家里来的保姆，每天都顺着老头儿做饭。因为孙哲的爸要是一顿吃不好，夜里就睡不踏实，不踏实他就起夜。所以晚上就喝小米粥，棒子粥，烂面条儿，山芋稀饭……我都不想回家吃饭，要不是为我儿子，我能赖就赖……这汤，真鲜啊！我哪天把我们家保姆送你这来培训。这是你家保姆做的吗？"

　　冯莹一脸傲骄："这是我做的。"

　　静波可怜巴巴地请求："我以后，能到你们家搭伙吗？"神速吃光了面，又腆着肚子吧嗒着嘴看着空了的大海碗开始哀叹，"坏了坏了，吃多了。这撑的，我明天该长两斤肉了。"

　　冯莹："锻炼，锻炼。我现在一吃完就站着，扭屁股，仙鹤展翅，白虎掏心，蛇形……怎么别扭自己怎么来。不然真长肉！"

　　静波："那我站一会儿再走，别一上车就坐回去，肉都堆肚子上。你看我这肉，我怎么发现一生完孩子的女人，肚子就这么松呢？肉全长这一块儿！"

　　冯莹："你都不错啦！我当时生完偶得，肚皮像块破麻袋，我都不忍看。有时候看看自己一肚皮的花，都忍不住想，我要是男人，我也出轨啊，我也不睡生过孩子的女人啊！"

　　静波不乐意了："哎！你怎么说话呢！咱生孩子，不是为他们吗？凭什么好处归他们，姓归他们，坏事儿都自己扛？"

　　冯莹："转转，转转，别光站着，活动活动。"俩人绕着茶几开始边运动边聊天。静波压低声音问："姐，我跟你说个事儿。你生完偶得多久恢复那生活的？"

　　冯莹想了想说："我剖腹产，说是要双满月，但好像刚满一个月吧！怎么了？"

静波竖起大拇指，边转肚子边真心夸赞："猛！你俩牛！"

冯莹惊讶了："你不会告诉我，你俩到现在都没有吧?"

"反正……哎，姐，我很羞愧地跟你说，昨天晚上，他有那个意思，结果，我看见他衣服上的奶渍还有一股奶腥味儿，我顿时就没有兴趣了。我后来，我……我拒绝了。我……我是不是，太不人道了?"

冯莹开始高难度动作，边摸着脚丫走，边教训静波："你这不叫不人道，你这叫没人性。他奶的孩子，也是你的呀！你怎么能这样呢? 你这要在古代，该沉猪笼了。人家孙哲为你和家庭，牺牲这么大！不是每个男人都能做到这样的!"

"姐，我都从昨天羞愧到今天了，我也觉得，我怎么能像男人一样臭不要脸呢！我应该感恩戴德我应该主动献身。可，可你知道吧，这个东西，它跟道德，跟感恩，不正相关的。它，它，它忒么的就是动物！我心里，真嫌弃啊！你批评我，你狠狠地批评我，让我羞愧!"

冯莹突然立住了，不自觉地拢了拢头发，然后径直走进卫生间照镜子去了。静波跟着就进去了。冯莹对着镜子跟自己和身后的静波说："你提醒我了，我以后在家里，也不能这么不讲究了，你看我这雀斑，你看我这脸，蜡黄的！我身上这件衣服，得扔了。以后在家里，也得化妆。"

十八　你要学会感恩

吉泰的百日宴终于到了。忙活了一早晨，一家人终于从孙哲车里出来。又是劳顿一番，毫无光鲜风范。静波抱着孩子，周姐去后备箱取轮椅，孙哲又搀又抱把爸爸从车里扶出来。

路边，一个乞讨的老人双手朝上匍匐在地。静波看见了，在随身的包里掏半天，没摸着钱，跟保姆说："周姐，麻烦您把我钱包拿出来，往这位大爷的盆里放些钱。"周姐掏出钱包看了看，不知给多少，静波说把硬币都给他吧！周姐数了数，有些心疼。七块呢！不少。静波催她："都给了吧！"

周姐把钱放进盆里，心里有些肉疼地嘀咕："报纸上电视上都说了，这些要饭的都是团伙，都是骗人钱的，你还支持这种行动，你还给这么多，给一块两块就算了。"

静波笑了："难怪吉泰爸爸说你什么都好，就是话多。"周姐一捂嘴。静波接着说，"他骗我是他的事，我选择相信。于我，帮助并不是倾囊相许，只略表心意。他求助，无论是什么原因什么心，他都弱了。我现在有孩子了，要给孩子做正确的榜样啊！孩子在看呢！"

周姐感动了："吉泰妈妈真是好人啊！那我记得了，以后我要是带吉泰出去，见到老弱病残乞讨的，就丢点儿钱。"

静波马上纠正："不要丢，要放。不要施舍，要尊重。"

周姐点点头说晓得了。

一路说着，主角们进了大厅。几桌饭的大厅闹哄哄的。静波抱着儿子，冲保姆一扬头："爸爸坐那儿，你挨着坐。离厕所近。"

孙哲停好车，刚上来。静波一扬头，命令式地说："坐那儿。"孙哲一点头，没任何脾气地就坐下。静波妈不乐意了，有些嗔怪地说她："怎么说话都是命令式的？夫妻间也要客气的呀，要说请。"

静波颠着吉泰不以为然："谁像你和我爹那样虚头巴脑的，指令清楚效率高。"

静波妈干脆不理她，对孙哲说："你以后不要那么听话，她叫你怎样你就怎样啊？"孙哲一脸不争气地笑："她是领导，我们爷仨都靠她了。那她在家说话，就是一言九鼎的。"

宴席举办得热热闹闹，吉泰也肯赏脸，乖巧听话让人省心。回家的路上却陡生不快。

静波抱着儿子坐前排，保姆和孙哲爸坐后排。从上车起孙哲爸就开始抱怨："这个车不行，每次我都进不来，腿脚不方便了，得换辆大车了。"静波冷不丁冒一句："我也同意，只要您掏钱。"孙哲爸立刻没声音了。

车开得好好的，到一路口，静波突然指着右边的路命令："拐！拐！右拐！"孙哲一个急刹车，孙哲爸的头一下就磕在前靠背上了。老爷子一下子就怒了："怎么开的车呀！别腿都残了，脑子也撞坏了。"

周姐赶紧扳老头脸看看，安慰说："没大碍没大碍！"孙哲也不高兴了，冲静波发火："瞎指挥什么？你开还是我开？你怎么什么事都想做主啊！"

静波："我认识路啊！这条路我经常走！你又错了！"

孙哲："错就错了。你手这样指很危险的！我看不见后视镜了！要是出车祸，一车人就因为你都挂了！"

静波："哎！哎！你走错路我给你指一下你发那么大火干吗呀？"

孙哲："你最近到哪儿都想拿主意，什么事儿都老大。你发现没有，你老是想替谁都做主！你妈都说你跟人家说话都是命令式。你不

194

要忘记了，我是一家之主。何况，我也没错，哪条路都能回家，我现在这儿拐，和你那样拐，有区别吗？有区别吗？"

静波看孙哲一眼，想到后面还有保姆，就气鼓鼓地不再说话了。孙哲爸还不停口："静波，孙哲开车的时候，你不要瞎指挥，你不要说话。回头影响他开车。安全第一。今天要不是给你们家面子，我其实都不想坐你们的车，你看我这样，哪适合出门，哪适合见人啊！"

静波强压的火不得不发了："爸，怎么是给我们家面子呢？吉泰不是您孙子吗？他百日，您不到场？再说了，你们家亲戚也来了呀！怎么就成了做给我们家看呢？那我做给谁看呢？"

孙哲呵静波："静波！你能不能不说话？"静波白孙哲一眼，气鼓鼓地望窗外。

孙哲好像就是从吉泰百日这天起，反抗意识觉醒了。静波隐约觉得。

这天静波下班一进门，正要挂包，孙哲上来第一句话就问："让你买的尿不湿你买了吗？""买了买了。"静波亮一下手里的一大包。儿子脖子上围着围脖，眼睛定定地瞅着爷爷。窗边下，周姐正给孙哲爸剃头。孙哲一手抱着儿子，一手拿块小毛巾给他擦着，嘴里还柔声说："这是谁的小毛巾啊？上面有小鸭子。"看见静波手里的尿不湿，孙哲甩脸，接着对儿子说："妈妈买错了，不是好奇的。"

静波一面伸手抱儿子，一面说："哪个不都一样？尿不湿不就行了吗？妈妈抱抱。"孙哲一巴掌把静波的手给打回去："刚从外头回来，手都不洗衣服也不换就来抱孩子，洗手去。"

静波去洗手，孙哲在她身后扯嗓门喊："不可以，我们家从来都只用好奇的。"

静波从厨房出来："你怎么这么事儿啊！超市那么大，我把车停马路沿上，怕抄牌，顺手拿一个就回来了，先凑合着用。"

孙哲很认真地问："你工作中，凑合吗？"

静波也认真答："那不能。我凑合了真要丢工作的。"

"那为什么要让孩子凑合呢？拼爹，从尿布开始；严谨，从好奇开始。拿回去，退了！"

静波张大嘴巴："啊？？？这这这，尿布和尿布之间有嘛区别啊！"

孙哲："品位这东西，要从小培养，你没看电视里，好奇宝宝都欢蹦乱跳的？要鼓励吉泰多动，多动！上次那奶粉他不吃，你又不是不知道，这次又到尿布了，你这当妈的，什么时候能认真一点？体察客户需求？"

静波叹口气："我去。我去换。你们爷俩，能力没多大，挑剔倒不少。"

孙哲哀怨地看了静波一眼，那眼神似乎像怨妇一样，隐台词是我都为家牺牲了，你都不懂感恩。然后受伤地背过身去。静波立刻明白孙哲的含义了，有些沮丧："你能不能不要这么敏感？你弄得我没法说话了，说句话得察言观色看有没有伤害到你和孩子一样稚嫩的心灵。"

孙哲跟本不搭理静波，一个人自顾自跟孩子说话："你要啊，你要什么呀？把拔（爸爸）没有哎！"

静波告饶："好好好，我错了，我道歉。我说话以后一定要注意方式方法，这种显得我特没修养和水平的话坚决不会出现了。"

孙哲哼一声："道歉不真诚，没有诚意。"

静波立刻保证："完全没有！带着百分百诚意！"

孙哲还接着哼："不稀罕，不要了，我们就红屁屁。"

静波开始烦了："有完没完？蹬鼻子上脸？不换了！"

孙哲立刻乖了："我错了。孩子等着用呢！"

静波拎着尿布胜利出门。

晚上，静波擦着润肤乳看着儿子，正要抱，孙哲意见又来了："别抱了，人家都睡了。你叶公好龙。他哭的时候你就丢给我。"静波说自己对付不了他。一边抱起来亲亲孩子，一边问家里有什么重要事汇报。

孙哲轻描淡写地说："这段还行，前几天周姐说不干了，我刚把她哄好。"

静波警觉了："又给她加工资了？"

孙哲："不是。那叫隐私费。"

"哎！你什么隐私被人抓住了要付遮羞费？"

"不是。她说，她都没有自己的空间，跟我爸住客厅里，一男一女不方便。我这又没多余的地方给她住，就花钱买她隐私了。"

"是啊！是不方便啊！我要努力工作争取换个大房子了。唉，看样子指望我哥是没戏了，保险金拿不到了。"

孙哲奇怪："什么保险金？"

静波笑了："我哥，前一段时间怀疑自己得艾滋病了，吓得跟什么似的，买好多人寿保险，我还是受益人呢！多大一笔钱啊，一辈子都挣不来。"

孙哲："你禽兽吗你。你自己亲哥，你还盼着他死。"

静波："我开玩笑的。我知道他没事儿了才开的玩笑。"

孙哲说静波真能扛，这么大的事儿，自己一点都不知道。静波白孙哲一眼："我告诉你，你能怎么帮他呢？"孙哲愣了一下："我……我……我能给他找个神父。"

忙活完了，也汇报完一天的要务，俩人才躺床上。静波提议："咱俩，是不是，该运动一下了？"孙哲却说累了。静波笑："你报复我，以扳回上一次我对你的怠慢。咱俩这样冤冤相报，可不是良性循环，来来来，给本宫亲一下。"说着送上嘴唇。孙哲却重申是真的累了，没心情。

"你看，这就是男女不同。这我要是在家带孩子，你提要求，我说我累了，你该怨我不关心你了。"静波有些失望地说。"杂事太多，很磨人。"孙哲眼皮沉沉地说。

静波笑了："就应该让男人在家带带孩子，换位思考一下。哎，跟你商量个事儿，我下周，要出差去旧金山，考察一下硅谷的企业文化与设计理念，为参赛做准备。"

孙哲打起精神问要去多久，静波掂量了一下，告诉他一个月。孙哲默不作声，然后叹口气："你倒放得下，说走就走，一走还一个月。真没见过你这样当妈的。"

静波沉默半天，才说："那我在家带孩子，让你出差，你行吗？"

孙哲："你要感恩！你不要老觉得你在养家，动不动就说我行吗我行吗。我以前虽然没你挣的多，但我在社会上，养个家糊个口也不是个难事，我也没沦落到非要看女人脸色行事的份儿。你要摆正位置。"

静波反唇相讥："可是广大家庭妇女在家里的时候肯定不会因为丈夫出差一个月就说真没见过你这样当爹的。咱俩到底谁位置不正？"

孙哲叹口气："我在家，只有干活的份，没有发言的份。我说一句，你总有一万句等着我。我不挣钱，我没资格说你。我闭嘴。"

静波立刻告饶："我错了我错了，你批评得对。我不该……我不该……哎！哎！哎！怎么成这样了？我不过是出个差，好像去干不正经营生一样？"

冯莹一边收拾东西，一边跟静波说："全世界最冷的冬天，是旧金山的夏天。我们以前在那儿工作过一段，天气极其古怪，早穿皮袄午穿纱，羽绒衫风衣要随身带。"说着从衣柜里抽出一件风衣套上，发现尺码有些小了，扔给静波，"这个我穿不下了，给你吧！"

静波高兴地说："我就喜欢到你这儿来淘衣服。你以后多买点儿……哎，你有旧金山地图吗？我查一下，也不知在那儿能不能开车。"

冯莹："能，但我劝你别开，旧金山的路不是一般人能开得了的。上上下下起起伏伏，人生百味全在路上了。"突然她安静地看着静波，

"你真要去那么久吗？"

静波奇怪："这还有假？你担心什么？"

冯莹："一个家，交给男人……感觉很奇怪。也就你能放下心。"

静波："我们家原本就是阴阳颠倒。"

冯莹："你不怕你老公跑了？"

静波大惑不解："他凭什么跑呀！要是你们家张嘉平出差一个月，你会跑吗？这种问题，你就不该问。"

冯莹不好意思地笑了："我肯定不会跑。他出差就通知我一声，拎包就走，家里的事，从来不问的。"

静波："是啊，你这不就叫自轻自贱吗？我也是有正式职业的，我还不去声色场所，咋换成我出差就跟不务正业似的，让我这干活的人心虚内疚呢？"

冯莹扑哧笑了。

从冯莹家出来，静波给李市长拨了个电话："大人，小女子叩谢。"

李市长在电话里笑得很爽朗："哦？谢我什么呀？"

静波："装糊涂。我谢谢你，帮我联系了硅谷学习的事儿。"

李市长又笑："哪里哪里，这种服务工作本就是我分内的工作，我的任务就是牵线搭桥方便你们嘛！何况受益的又不是你一个。市里去好几个呢！你要珍惜这次机会哦！"

静波哼了一声："官腔，少来！等下又要告诉我小同志努力学习报效祖国了！"

李市长哈哈大笑："好，努力学习，报效祖国！我这里等下要有个参观，不多说了，你行程一半的时候，我会去看你的。"

静波惊讶："你当真？"

李川奇："当真。不开玩笑的。我月底要去访问加州，包括南加北加，其中一个项目就是了解你们在硅谷的学习进程如何，需要我们其他什么帮助吗？到时候见！你要交出一份优异的答卷哦！"

十九　求之，不得

　　孙哲抱吉泰出去转了，周姐跪在地上擦地板。孙哲爸坐轮椅上看着她忙活就替她累："地天天擦，不脏，没必要跪着，把人的体力不当体力嘛！"

　　周姐边擦汗边说："哎，地还是要擦的，孩子一天天大了，要的空间多了，再过俩月就能到处爬了，再过俩月就要叉吧着腿扶墙走了，地要干净。而且吉泰爸爸动不动就把孩子丢地上自由活动，越干净越好。"

　　孙哲爸一撇嘴："切！假干净！以前我们农村的孩子，哪个生下来有尿不湿啊，尿布都没有，就在布里兜上黄土，拉撒完以后把土又磕打回地里当肥料。要到今天，就叫生态科学了，循环利用。多环保！"

　　周姐就干脆坐地上和孙哲爸聊起来："哎，您说得还真对！我小时候也要拾粪的，下课就带着小篓子去捡粪。现在，我的孩子都不干这个。"孙哲爸点到实质性问题："那地里哪有肥料啊！"

　　周姐："现在谁用那个啊，都用化肥。而且现在菜上，都打农药。我跟你讲，我家里的地，分两块儿，一块儿种的菜，给你们城里人吃，我们自己是不吃的，另一块我们自己吃。"

　　孙哲爸一撇嘴："怪不得现在城里这个病那个病的那么多，都是你们害的。"

　　周姐温柔地顶嘴："你们自己害自己。菜上要没虫洞的，西红柿不能长歪的，枣要滚圆的，难看点的都没人买。你们也不想想，古话就说了，歪瓜瘪枣歪瓜瘪枣，真好吃的，都不好看。我们那也是顺应你们的要求。"

孙哲爸："我才不这样想。我就觉得中看不中用。我儿子谈对象的时候，净选那个好看的，我早就跟他说了，那都是花架子，过日子，就得找你妈那样能扛事儿的。我在部队一待一年，家里家外全是他妈妈一个人扛着。而且吧，年轻的时候不好看，老了以后，好看不好看，都一样了。"

周姐叹口气："男人，可不都像你这么想。谁不想找好看的呢？有条件的，都找好看的。我们这样的，到这个年纪，就给扔出去了。不中看也不中用。小孩爸爸，还不是找了个工厂妹，图人家皮肤白净？其实，我年轻的时候，哪家闺女年轻的时候不是细皮嫩肉呢？我这手，也是操持家操持糙的呀！"

孙哲爸："哎呀，你这手上，都是口子，以后干活，还是戴上手套，保护一下，得多疼啊，十指连心。"

正说着话，孙哲抱着孩子进来了，手里拿了个包。保姆赶紧起身帮着去拿。孙哲说："周姐啊，你上次说没有自己的空间，我想想也不妥，家里厨房还比较大，我今天特地去买的睡垫，你以后，晚上就睡厨房吧！门也能关上。条件简陋，辛苦你了。"

周姐立刻摆手："不用不用！睡睡也就习惯了，我就在客厅的地上，还是木地板，不凉。老爷子晚上要喝杯水啊，上个厕所啊什么的，叫人也方便。"

孙哲一片好心："这睡垫放地上，就是为了保暖护背的，你放心，我加给你的钱，不减。"

周姐："真不用，真不用。日子住久了，其实大家都跟一家人似的，你和爷爷，对我们都挺好的，感情好，都方便！你看，家里越是小，你还越添东西，这往哪儿搁呀！"打开包一看，立刻说，"这个，给吉泰留着，他地上玩时铺着，正合适！"

孙哲爸突然说："大哲，你记得下回出去，买个护手霜回来，周姐的手上，到处都是口子，疼得都影响干活了。"孙哲浑然不觉地答应着。

旧金山宾馆里，静波在整理资料，手机响了。她掐断铃音，然后拿出一张电话卡用宾馆的固话回拨。

孙哲在艳阳下抱着孩子跟一丫的姑娘、毛驴的孩子和其他一群小朋友在玩儿。几个熟悉的朋友家长也好容易聚在一起。孩子的声音很吵闹。孙哲大声地问她休息没有，静波说没呢，心压大石睡不着。"又怎么了？"孙哲问。

"有差距啊！你我生活在江州，要是不对比一下，都以为自己已经跃入发达国家了，到处高楼林立，灯火迷离的，以为江州和加州也没区别，来了才知道，差距不是一点点啊！"

孙哲笑了："长敌人志气，灭自己威风！我看都一样！我们又不是乡下。"

静波："理念，理念这个东西，差距太大了。在中国，几乎每个人都在谈赚钱，谈房子，谈车……"孙哲电话那头立刻就有人声音传来。是毛驴的声音："你们家那房子那么小，怎么住得开呀！得换！"静波扑哧一声，苦笑了。

孙哲也笑了，问，那美国人民谈什么呀？静波沉浸在昂扬的情绪中："理想，改变，未来。那些我在国内羞于张嘴的话题，这里竟然说得如此顺畅，你一点不觉得丢脸，反而很自豪。"

孙哲一撇嘴："那，都是假充大尾巴驴，你看那些跟你谈理想的，回家还是要被老婆骂：你这个月家用呢！人家那是阴谋，把光鲜的一面露给你看。你把他们带我这来，我也给他们上课！我就跟他们谈上下五千年光辉的历史和文化。""可是未来呢？"静波打断他。孙哲愣了一下："嗨！各领风骚五百年嘛！我们唱罢了，他们方登场，咱饶他们一局。"

静波叹口气："算了，不谈了，你不懂我在说什么。"

孙哲哄静波："你呀，别那么忧国忧民了，都到美国了，你也感受一下资本主义的腐朽，去 club 看看美男子跳脱衣舞钢管舞什么的。你用批判的眼光鞭挞他们！"

静波咯咯笑了，逗孙哲说："我已经在鞭挞他们了，我都把他们领回屋了，好好教育他们。"孙哲知道静波开玩笑，顺着她说："嗯，使劲抽，需要我寄条鞭子过去吗？"

"咦？你老婆跟人暧昧你好像一点都无所谓？"

"你要我说实话？我一点都不在意。你只要高兴，你喜欢，身体上有点小愉悦，没问题的。"

"哦？你给我免死金牌了？这么大度？太好了，明天李市长，就是那个李川奇，吉泰的干爹要过来探望我，专程，我就当你应允了啊？"

孙哲一听急了："哎！他怎么能滥用公权力呢？花着我纳税人的钱，跑去干偷鸡摸狗的事？这不行！你等着！我这就买票，我去看你。"

静波扑哧笑了："哼！假大方，经不起考验。就嘴甜。你纳税吗你？"孙哲结巴了："我我我，我曾经也纳的。"

李市长在旧金山主持的会议上，他在主位上说话，看到下面鼓掌的人群中，静波精神头不是特别好，有些泄气的模样。会议结束后，秘书跟李川奇说："博尼生物的老总刚刚打电话说欧洲的火山喷发，火山灰都封住航道了，所有航班全部取消，原定下午的会谈取消，晚宴也取消了。"

李川奇问："那明天的合作意向和参观呢？"秘书说明天再看情况，但估计够呛，肯定不是一两天能解决的。李川奇像是自言自语着："他们这边不能一个老总不在，全部工作瘫痪啊！"秘书笑了："他们总部在欧洲。"

李川奇立刻因祸得福般决定："哎呀，难得的假期呀！行了，今天就自由活动吧！"秘书要跟着他，他笑着说："别假惺惺的了，那天我看你手里要买的东西的单子都好长一串，赶紧去吧！"秘书高兴死了："唉！都是人家托我的，说美国东西比中国还便宜，其实都是made in China。"

李川奇笑说："你这是变相批评我的工作啊！"

正说着话，见静波拎着电脑包和手提包从会议室出来。李川奇打招呼："这不是小陈吗？"静波一抬头冒出一句："哎，干爹！"把李市长快笑晕过去了："这，可真不是什么好称呼啊！"

静波："你又多心了吧？我随孩子叫你呢！"

李川奇感慨："是啊，孩子长很大了吧！你上次请我去参加他的百日，我工作忙，没去成，我知道这次来要碰到你，特地给孩子带了个礼物，不过我现在没带在身上。"

静波："想见我就见呗，还非得找借口。你要送我不能在江州送啊，还大老远搭飞机送过来。"

李川奇眼珠一转："不是国内买贵吗？过来买图个便宜。哎，你来硅谷这么久，有看过最著名的学府斯坦福吗？"

静波摇头："天天学习忙得很，如果今天不是在这里开会，我就准备去图书馆找资料学习了。"

李川奇："你的学习态度很认真哪！不过呢，学习的方式，不仅仅是读万卷书，行万里路也是学习的一部分。到美国了，就得四处逛逛，尤其是这些著名的世界一流的大学，去感受一下那里的人文气氛。"

静波："我也想四处逛逛啊，木有导游。"

李川奇："行，我当你的导游。"

李川奇带着静波来到一座教堂前，教堂的七彩玻璃非常漂亮。李川奇向静波解说："这座教堂，是斯坦福夫妇为他们逝去的儿子捐的，人已逝，想念还在。"静波说："你知道吗，我一靠近教堂就有一种神圣感。"

"你信教?"

"我不信。但我喜欢这种建筑，肃静安宁，让你有一种由内而外的放下。我一直很期盼自己能有一个教堂婚礼，像电影里那样，穿着白色的婚纱，伸出戴蕾丝花边手套的手，当着神父的面对我心爱的人宣誓：我愿意。"

李川奇笑了："你不要忘记，你都是结过婚的人了。你还想结几回婚不成?"

静波嗔笑着："你不要打击我，多老的女人，都有白马王子的梦想。"

李川奇说："这个教堂的确承办婚礼，但只承办斯坦福毕业的学子的婚礼。就这样，都得排好多年的队呢!"

静波："这样也好，彻底粉碎一个带着娃还梦游仙境的妈妈的梦想。"静波闭上眼睛，前后晃了两晃，睁开眼一笑："梦醒了。"

两人走走停停，静波禁不住感慨："这就是著名的斯坦福啊! 竟然连个围墙都没有!"

李川奇颇有些深沉地说： "科学也好，思想也好，都是无边界的。""但人是有边界的啊! 有利益就有边界，这学校虽然没有围墙，可门槛有围墙，你不达到这个标准，你也只能在校园里像我这样逛逛。"静波像个顽皮的小女生，时刻和李川奇争论。

他们走到一堆人物雕像前。静波眼睛放光："这是罗丹的作品!"

李川奇："加莱义民，原版在加莱城。"

静波："这跟原版不一样! 原版是一体的!"

李川奇："是的，根据法律罗丹作品只能有 12 件复制品，这里已经超过了，所以就把底座拆开来。"

静波："你，对这所大学很熟嘛!"

李川奇："我以前，在这里读过书。我记得那时候晚上参加辩论赛，结束的时候已经半夜了，校园很黑，我迷路了，看见前方有人影，我就走过去问路，问半天人家不搭理我，仔细一看，就是这组雕塑。"

静波："天哪！你竟然，是这里毕业的！你竟然是这里毕业的，你，太低调了！"

李川奇："那好，以后，我在脑门上刻上字，该傻瓜毕业于斯坦福。"

静波笑了："看完校园，你能带我去逛逛旧金山吗？"

李川奇非常绅士地一躬身："My pleasure."

李川奇开着一辆酒红色的老爷车，载着静波在旧金山高高低低的山上盘旋，游览市容。他要带静波去看一位出生在旧金山的著名作家的家。不一会儿，车便停在山顶一幢不大的古朴的房子前，鲜花环绕。两人下车。静波问这是谁的家，李川奇没有直说，只说："我很喜欢他的一句话：'生活并非抓到好牌就了事，而是有时手气差，就要打得好。'"

静波想了想点点头："这句话，对我现在，正合适。这是谁说的？"

李川奇提示她："他曾经写过一篇短篇小说，叫《热爱生命》，但他自己却死于服用过量吗啡自杀。"

静波茫然地问："谁？"

李川奇笑了，只得告诉她答案："杰克伦敦。"

静波站在向下的台阶边缘，面朝大海的方向，深吸一口气："求之，不得。"

李川奇看着静波，默默等待她的解释。

静波："我姐夫的名言，人生就是四个字，求之，逗号，不得。通常你渴求的，往往是你穷其一生都得不到的。而到手的，则是你不想要的。"

李川奇："我不这样想。幸福有三重境界，第一是 know what you

want，第二是 get what you want，第三，也是最重要的一点，want what you get. 珍惜你手头得到的，在你手里的就是最好的。"

静波困惑地问："这算阿Q精神吗？我现在，太需要阿Q精神了！"

李市长有点心疼她了："出什么事了？"

静波："如果不是因为有了孩子，我都不想回去了。"

李川奇看看静波。静波第一次看起来这样，这样，不神采奕奕，这样弱小。他轻声问，怎么了。

静波："在我没有当妈妈以前，我以为，生活是很容易的。"李川奇应和着她："妈妈，是很辛苦，尤其你孩子这么小。"静波继续说："我生孩子的那天，多亏你。我一直没机会跟你说感谢。这个孩子的到来，改变太多，你知道小孩奶奶……"李川奇轻声应："我知道。"

"小孩爷爷受伤比较重，现在跟我们生活在一起。我内心里觉得，这是我应承担的。如果不是因为我生孩子，他们，他们不会……"

李川奇鼓励地拉拉静波的手："不要这样想。"

"我觉得自己很卑鄙，真的……我的孩子，我的家，我的老人，我的丈夫……可我，有想逃的欲望。一面想回去，一面怕回去。我经常在梦里，梦见自己是爱丽丝，在仙境里无忧无虑，然后脑子里很清楚这是梦，就是不愿意醒。旧金山，就是我的仙境。"

回忆涌上来，李川奇问静波："你知道我为什么在医院？在你生孩子的时候？"静波也突然意识到，为什么之前自己没问过他。李川奇说："我去看给我太太做手术的医生。"

"你太太？"

李川奇望着大海说："我女儿，和你儿子出生在同一所医院，接生的是同一位大夫。但我女儿没有你儿子那么幸运，她没见过她妈妈。"

静波嘴巴张得老大。李川奇并没有看静波，平静地说："我太太，死于羊水栓塞。"

静波惊讶得结巴了："这这这，这不可能。我的医生说现在死于生产的妇女比死于感冒的人还少。现在生孩子已经很安全了。"

李川奇抿了抿嘴:"这世界,没有任何一件事是绝对的。没有。我们谁都不知道自己与哪一种意外可能结缘。"他冲静波笑笑:"包括中彩票。羊水栓塞是非常小概率事件,但死亡率非常高,不巧被我太太剖腹产的时候碰上了。"

静波更惊讶了:"那你……你还去看那个害死你太太的医生?你的仇人?"

李川奇笑了:"你这话,跟我丈母娘说得一模一样。女人难道是同一种思维方式吗?"

静波不说话了。

李川奇:"我丈母娘当时命都要没有了,家里很惨痛。她怎么都想不通,人家是一件喜事,为什么到我家就变成丧事。所以,你那天生孩子恰巧被我碰上,我内心里,是非常害怕的,我以为事隔多年,这种伤痛,于我,早已经过去了。等那一刻,你像我太太那样在产床上抓着我的手,疼得脸色苍白的时候,你一定没有感觉到,我的手,和你一样冰凉。"

静波有些同情地看着他。

李川奇:"我每年,都坚持看苏医生一趟,就是给你接生的那个大夫。我们从刚开始的彼此安慰,彼此支持,到现在,都成功跨越了那道心理难关。有一度,她不想当医生了,她觉得自己很失败。也有很长一段时间,我以为自己已经没有爱的勇气了,我怕别离。"

"直到你有一天爱上苏医生吗?"

李川奇诧异地看着静波,意味深长地看了很久:"你……是编剧吗?"

静波立刻凌乱了:"我我,我顺着你的话说的呀,你前面说的话,到我这儿,顺理成章啊!"

李市长忍不住哈哈大笑:"傻瓜!我是想告诉你,逃避,不是解决问题的方法,最好的方法是,正视自己,接纳,并由衷地。"他顿了顿，问静波："准备好了吗？"

静波一愣："干吗？"

我带你坐过山车。

李市长在陡直的山坡顶上深吸一口气，与静波对望，然后驱车从山顶冲下。这条路是旧金山著名的九曲花街，每一处拐弯，盛开的鲜花都换一张笑脸；每一次俯冲，都仿佛车要冲进大海。静波尖叫着抓住李市长的胳膊，鲜花与美丽的小房被一路甩过。静波在李市长停下车的一刹那，嘘口气说："我被你，吓饿了！"

李川奇开怀地笑着："我的过失，我来弥补，跟我来！"他带着她走进一家牛排馆。这家牛排馆看起来与其他牛排馆别无二致。李川奇坐下来，自己拿着菜单，对静波说："你得尝尝这里的牛排，世界上最好的牛排！"静波翻着菜单，眼睛瞪得老大地说："我觉得国外的菜单不科学。走遍世界，中国菜单最好看，啥文字介绍都不要，直接上图，一目了然。这什么什么 gos，我都念不出来。"李川奇伸头看一眼，笑了："这是芦笋。牛排旁边你是要配芦笋蘑菇，还是要配土豆泥胡萝卜？"

静波摇摇头："我要一份这个。"

"好，就这个。"

"你要什么呀？"

"我们俩 share 就行了。"

静波送他一白眼："抠门儿！请人吃饭还不一人一份。我不跟你分，我还想尝尝腓力，你点这个吧！"

"眼大肚小，你吃不了！"

"哼，我一人能吃三块儿！你小瞧我了！"

李川奇坏笑一下说："这可是你说的。先来两份儿。"

正说着，静波的手机响了，是孙哲。她看了下，站起来："我出去接个电话。"

孙哲和静波十五小时的时差，此刻正是江州上午，孙哲在卧室面对电脑，一手抱吉泰，一手拿电话。静波逗孙哲："正吃饭呢！跟跳钢管舞的帅哥哥，吃牛排。你呢？""你好像自从出了国，就跟放了风的鸽子一样快活，那我吃亏了。""那你还想怎么着呀，要不你晚上丢下你儿子和你爸，去趟夜总会？""申请家庭基金。"

静波哼一声："你只要有胆子去，我就有胆子剁你。你不要忘记我以前是玩儿过飞刀的！""只许州官放火，不许百姓点灯。我不去夜总会，能去同学会吗？""大学同学会？不许去！没我陪着那就是胡作非为，人家都说了，同学会拆散一对是一对。""高中同学会。"

静波松口气："哦，那个呀，那个可以有。哪天？"

孙哲："今天晚上。"

"玩儿得开心！带上儿子！"静波挂了电话回到牛排店。台子上放了两块夸张的超级巨大的牛排，已经占满整个台面。蔬菜在一边都放不下了。静波捂上嘴。

李市长笑了："别捂嘴，等着你甩开腮帮子吃呢！"静波嘴都服软了："退了吧？退一份？"

李川奇肯定地答："那退不了。你订的，别浪费了，得吃完。"静波牙都疼了。

这一顿晚饭，静波都在忙着切牛排："我发现，各国人的体形，与他们餐桌上牛排的尺寸是完全一致的。在江州，还问你几成熟，薄得跟豆腐干一样，两边啪啪一拍，都全熟。这，这，这块头的美国人民，也常见。"

李市长笑，自己切了两小块，还往静波盘子里扒："你说你要尝尝的。——今天开会的时候，我发现你情绪不高啊！来，干杯，这儿的红酒很不错。table wine 就很好了。"

静波直言："我来这一段，很沮丧。"

"为什么？"

"我是肩负着老板要我得奖的重任过来的，还花市里这么多钱，

210

过来一看，发现差距不是一点点啊！"

李川奇饶有兴趣："哦？说说看？"

静波："如果说到硬件，国外有的，我们很快就追上来了，新技术新方法不出半年吧！可思想，理念，我们要想超越，那是不可能的事！这差距，不是半年，就是半个世纪……都不一定赶得上。我到这儿来一看，别说跟人家同台打擂了，就是连山寨都摸不到人家的思想起源。我抱着那么大的希望和干劲过来，一下就被打击了。"

李市长笑了，有些大人看孩子的样子。

静波："你笑什么？我不喜欢你这种笑容。"

李川奇："怎么了？"

静波："你这表情，像老叟戏顽童。你笑话我。"

李市长笑了一阵，立刻认真又和蔼起来："我没有。我一方面很高兴，你在短短一段时间里能看到差距，另一方面又不太认同你的话。"

"我哪点说错了吗？"

"嗯……你知道吗，在孩子成长的过程中，有很长一段时间是在模仿性学习。学你说话，学你做事，最典型的就是过家家，扮演爸爸妈妈。扮着扮着，就真成爸爸妈妈了。很多人都说山寨怎样怎样不好。山寨是不好，但山寨是学习的一个过程，是一个比较便捷的过程吧！"

静波："这个观点听着新鲜，你这个精英人才倒觉得山寨好？"

李川奇继续说："就好像我们从小学到高中，学习的理论都不是我们自己证明的，而是被前人证明过的，但这一切，都在为未来证明新理论新方法而做准备。日本的大国崛起过程，也是从山寨开始，到今天的被山寨。你有机会跟这些最先进的设计思想，最优秀的人在一起学习，本身是高兴的事。有距离才有进步的空间嘛！不要背思想包袱，轻装上阵！"

静波："可是，我如果回去就跟老板说，你别指望了，我根本不可能得大奖，他会不会吃了我啊！他一门心思奔着得奖去的。"

李川奇："我们每个人都活在他人的期望中，不仅仅你，我也是。可是，我们不是为他人的期望而活，包括孩子。我们有自己的主见，自己的选择。其实，得奖本身，是个副产品。如果你享受设计的过程，享受与优秀的人交流的愉悦，你跟自己比在进步，这就足够了。真正的成就往往建立在单纯的目的上。曹雪芹肯定不会在写作以前就说，这将是一部流芳百世的《红楼梦》。"

静波："那……如果……我就这么来玩儿一趟，没完成你们的期望，你会不会觉得市里的钱白花了？"

李川奇："哎呀！市里的钱，经常白花，你这不算什么，我这趟，不也白花了吗？今天晚上和明天要谈的事，因为欧洲火山喷发人回不来而搁浅了。我要像你这样，该哭鼻子了，回去，该怎么跟其他常委交代啊！但是，我就脸皮很厚，不担心。你要有白花钱而不觉得羞愧的心理承受力，就像我这样。来都来了，咱就不辜负了这趟机票钱吧！"

静波哈哈大笑："干杯！"

李川奇："吃完了吗？走，我带你去看夜景！"

静波："哎哎！为什么是你带我？是我先来的！该我带你啊！"

李川奇："好好！你带我。那你掌方向盘，你开车。"

静波傻了："我……我不认路。我路痴。而且我喝酒了。"

李川奇哈哈大笑着和静波一起走出牛排馆，走进这个城市的夜晚。李川奇笑说："放心吧，在美国半杯葡萄酒的量离酒驾还远着呢！美国的酒业工会多强大啊！"

二十 他的旧雨，她的新知

　　江州的孙哲真的就抱着孩子去参加了同学聚会。他摇晃着走进来，招来朋友们的一致讪笑。"超级奶爸！""以前在班上真没看出你有这潜质啊！闷坏闷坏的！""可记得你扔纸条给我，说晚上到我家睡觉，结果没扔准，扔到王珏位子上，给老师收走下课找你谈请你家长的事了？"

　　孙哲摇头叹气："你这人，最不地道，看我被冤枉了，你都不站出来说是扔给你的。我今天，是特地抱儿子过来问你要红包以雪当年之恨的。你都是派出所所长了吧？今天你请客？"

　　被称作派出所所长的是个胖子。"副所长，副所长。从小榨我到现在，我要是不当个党的干部，都不能满足你贪婪的心。"

　　孙哲环顾四周："人没来齐嘛！十五年大庆都不齐？"

　　另一同学一摆手："旁边还有个包厢！你来迟了，罚酒三杯。叫你青梅竹马陪你喝？"

　　孙哲一看，角落里坐着一脸苦相明显过得不好的旧情人王珏。同学们主动把位子腾出来让他俩凑一块儿，然后起哄："喝个交杯酒！"

　　王珏看了看孙哲的儿子，说："要不，我来抱吧！真好看！"

　　"沉着呢！还是我自己来。"

　　派出所所长站起来，举着酒杯："我提议，我们要敬为我们难搞的高三七班费劲心血的班主任吴老师一杯！来，大家站起来！一鞠躬！"

吴老师笑了："我还打算多活两年呢！你打算把我供你们家堂屋啊！你们这里，有些同学不仅仅是高中同学哦，初中也是同学哦！也是我的学生！"

孙哲笑了，看王珏一眼，跟老师说："我们俩，从初中起，就是您的弟子。"

吴老师："是啊！还早恋，你看，我这样的班主任有多好，也就敲打敲打你们，都不告诉你们家长。你们家长到现在都不知道吧？"

孙哲和王珏突然就尴尬了。孙哲立刻保护王珏："跑题了，跑题了老师。这就是您说的下笔千言，离题万里。这是十五年同学会，不是调皮捣蛋学生控诉大会。"

另一男同学站起来："我们班，可不只他们俩这一对，刘敏君和思宇也是一对儿。"

吴老师："他们俩后来大学还考一起呢！刘敏君可以上北大的，非要跟思宇去那个军事学院，现在好了，留大西北了，来都来不了。"

一同学问："后来不是分了吗？"

吴老师："不怨人家思宇，小刘自己看上班上另一个男同学了，据说，是现在流行的高富帅。"

另一同学汇报现状："人家混得可好了，上次我出差去他们那儿，可把我羡慕的呀！觉得西北其实也蛮好，要是混得好的话。"

吴老师："你别说人家，你说说你，你混得怎么样？"

他不好意思地说："我不行，我混得垫底，我倒现在刚混个部门经理。"

所长接话："世界五百强好吧！你那企业你要混到总裁就麻烦了！中国就没人了。"

旁边另一个女同学接话："就是，不比我们，头衔印得老大：CFO。我老公是CEO，其实说起来，就是夫妻店，他开门面我管账。"

所长跟班主任说："你别听她的，今天晚上晚饭就她请了。都住小别墅了还哭穷！"

214

女同学辩解："郊区小别墅，不值钱的。"

吴老师问王珏："哎，王珏，我一直没明白一个事情，那一年，你为什么不参加高考？找你也找不到，这么多年也联系不到你，要不是这次周邦伟运用政府力量查到你户籍叫你来，我们都以为你失踪了。"

孙哲和王珏顿时如坐针毡。王珏磨磨叽叽地来了一句："我去考也考不上，就不想拉班级后腿了。"

吴老师："你胡说八道。你成绩又不差，比你差的后来都考上大专了。一本不一定，二本可能性非常大的。是不是家里出什么事了？这么多年过去了，还不能说吗？"

王珏："哦，我当时，蛮受打击的，我爸爸妈妈离婚了，我就跑到乡下爷爷奶奶家去了。"全桌同学叹惋："哎哟！这也算是个事儿啊！到今天，我们的孩子，估计班上一半的父母都离异了。就为这，你不考大学？"

所长观察了孙哲的表情，说："我剧透一下，我感觉孙哲肯定是知道王珏不考试这件事的，当时他俩好啊！你怎么不劝劝她？"

孙哲："呃……我……我……不合适吧？人家家的事。都过去了，不要再提了，喝酒，喝酒！"

所长又问孙哲："哎，你小子，现在混得好啊！"

"我哪点好了？"

"你老婆牛逼啊！你老婆在美国吧？"

"我靠！你这哪是派出所所长？你这是情报局的呀！克格勃？她刚走你就知道了？"

"哼，我还知道你老婆这次出国，是李市长钦点的呢！市里报上去的那张表上，本来没你老婆的，是后来李市长加进去的。"

孙哲："不可能，你这肯定是小道消息。这次她出国学习的事，就是她张罗的，因为她市里才办的这届学习班！你净胡说八道，你以后说的我也不信了。"

所长："那我说得也没错啊，你老婆牛逼啊！哎，你呢，你现在干什么呢？"

孙哲愣了一下，哈哈一笑，开着玩笑说："我老婆牛逼啊！我就什么都不用干了，我在家带孩子。"同学起哄："你不说实话，闷声发大财，还跟小时候一样闷坏！说！说！你现在到底在干什么？"

孙哲想了一下，放下酒杯说："我现在，自己单干，捣鼓点电商。初始阶段。"

吴老师问："什么是电商？"

一同学拍桌子："嗨！吴老师，您落伍了！马云啊！李国庆啊！刘强东啊！这都是电商的老大！你以后，大约最发达的学生，就是孙哲了！他老婆跟市里都有联系，他又做电商，以后，肯定！纳斯达克！来！为纳斯达克干杯！"

聚会一散，大家酒气熏天地往外走。吴老师嘱咐学生：不要酒驾，找个代驾。我可不希望明天去局子里把你们一个一个赎出来。

孙哲抱着娃，非常清醒地站在门口，等着王珏出来。吴老师非常解风情地说："孙哲，你负责，把王珏送回家吧！她住得远。你不喝酒，正合适。她打车，我不放心，别半路把她给劫了。"孙哲让老师放心。就见王珏面色红润地被所长搀出来。另一同学嘻嘻坏笑："交给你了，我不灯泡了。白白。吴老师，您跟我走吧！"

孙哲抱着孩子，跟王珏说自己的车在车库。王珏也没客套，就抱着孩子等他。孙哲开车上来，把孩子固定在后面的婴儿座上。王珏就坐在孙哲旁边，幽幽地说："我家，很远，在城郊结合部。"之后，俩人一路沉默很久。

孙哲终于鼓起勇气问："你……还好吧？"

"就那样。"

"你有孩子了？"

"都十一岁了。女儿。"

"这么大了!"

"没考大学,进了工厂就早早结婚呗!"

孙哲沉默良久,突然说了声,对不起。王珏不说话。

孙哲又问:"他……对你好吗?"

"谁?"

"你老公。"

"离了。从结婚一直打,打我也就罢了,还打女儿,我一狠心,就离了。"

"他……打你?"

王珏又沉默。

孙哲问:"那他打孩子干什么呀?"

"他说我历史不清白,孩子不知是跟谁生的。"

孙哲问:"十一岁……? 不应该是我的吧?"

王珏看孙哲一眼,不再说话。

孙哲也不敢说话。

王珏长出一口气:"年少无知。放心吧,不是你的,就是她亲爹的。"

孙哲又憋出一口气,说对不起。王珏没说什么,只是指路。孙哲疑惑地看着一条很偏僻的荒野的路,忍不住开了大灯。一路颠得呀……在乡间小道上开了足半个小时才到一个明显城乡结合部的地方,几排平房。车停在其中一排平房前。

王珏说:"就停这儿吧!我到了。我自己回去。"

孙哲一把拉住王珏,果断地说:"等等,我送你进去,不安全。"

王珏凄然一笑:"没什么不安全的。"

孙哲坚持抱着孩子,送王珏回家。到了一座简陋的房子门口,王珏跟孙哲说:"我到家了,你回去吧!"孙哲鼓起勇气问:"你不请我进去坐坐?"

王珏不说话，想了想，开门。

门开了。房间很简陋，倒是干干净净，但只有一间。一个小姑娘，瘦瘦小小，不太像十一岁的孩子，正伏案看书。她高兴地喊妈妈，一回头，发现妈妈带了个男人，赶紧收声。

王珏："看完了？这是我女儿。"又让女儿叫叔叔。女孩乖巧地叫了声叔叔。王珏便说："我不请你坐了，回去吧！"

孙哲担心地说："你怎么能把孩子一个人丢在家里？这样多危险啊？"

王珏："她早早就会一个人待家里了。四五岁就开始了。也没出什么大事儿。我上夜班儿，所以，她习惯了。"

孙哲问女孩："一个人在家，你怕吗？"女孩看看妈妈，又看看孙哲，又摇头又点头的。王珏又催促他回去，不早了，别叫家里人担心。

孙哲出门。王珏送出去。孙哲突然问："你，今天，为什么去参加同学聚会？"他以为王珏会说为了见自己。王珏却看看孙哲，淡定地说："不是因为你，是因为胖子，他当所长了，查到我了，让我去聚会。我想跟他说，能不能跟我们片区的城管说说，别收我的摊儿了。不然我没法活了。"

孙哲心里很难过很难过。他仓皇地掏出钱包，把里面所有的钱拿出来，塞进王珏的手里："这个……你留着，给孩子买点书什么的。"然后抱着孩子逃走。

第二天一早，孙哲抱着儿子，又到王珏家门口。敲门却没有人应。他问对面织毛衣的邻居王珏去哪了，邻居告诉他："她在市场上摆摊儿吧！你去市场上看看，就在区里最繁华的人民路上。"孙哲一手夹起儿子就回到车上。

孙哲把车停在马路边，抱着儿子在熙熙攘攘的人群中穿梭，挨个寻找地摊儿，终于在一个不起眼的背阴处，看见王珏的摊儿。她卖的是很便宜的草本植物，茉莉花，太阳花，吊兰什么的，小小的三轮车上，倒也五彩缤纷。王珏自己，则坐着绣十字绣，旁边放着几幅裱好的带很便宜框架的成品十字绣。周围人都在吆喝，王珏却没声音，在闹市中安静得像一棵树。

孙哲过去，尽量声音温和，不吓着王珏："吃饭没？我给你带了我做的菜。"王珏抬眼看看孙哲，有些吃惊，但表情并不丰富，有些漠然。她低头继续绣十字绣："我自己带了。你来干吗？"孙哲说："我听胖子说，你骑车到三十里外的花棚去贩花，这太没有效率了，我今天，用车给你装了一车过来。够你卖一阵的了。你卖完了告诉我，我再替你拉。"王珏却没表现出丝毫欣喜和感动："没事净捣乱。你拉那么多花，我就这么块儿地方，放哪儿？花这两天不卖掉，我回去又放哪儿？夜里搁门外就给偷了。你拉回去吧！"

孙哲正要解释什么，突然王珏就警觉地四下望望，莫名其妙地就开始站起身飞快地把地上的布一收，所有的东西都裹进布里丢上三轮车，然后推起车就开始往巷子里跑。几乎同时，所有的小摊贩都开始往不同的地方跑。孙哲抱着儿子跟，都跟不上王珏的步伐。

王珏跑得气喘吁吁，藏在一个小街的拐角处，像个贼一样探头张望。不一会儿又来一老太太，肩膀上扛一包裹。王珏问老太："是不是来了？"老太气喘吁吁："不知道啊，我看大家跑，我也跑。"

王珏冲孙哲一甩头："你去，替我们探探风，看看城管是不是来了。"

孙哲懵懂地"哦"一声，突然想起来，问城管长什么样。王珏不耐烦："有标志，一看就知道。"

孙哲抱着孩子，在瞬间干净清爽的道路上来回溜达两圈，回来了："没，没看见什么呀！"王珏不太相信孙哲的样子："你守着，我去看看。"

孙哲有点慌神："哎哎！万一他们来了，我这抱着孩子怎么办呀？"还没等问完，王珏都没影子了。

等把王珏的地摊布置好，孙哲叹口气，跟王珏说："别干了，做点什么营生不好。"王珏毫不犹豫地咬了一口葱卷饼说："这个来钱！"

孙哲犹豫半天，问她："你每个月，要多少钱？我给你。"王珏看看孙哲："干吗？我有手有脚的。"

孙哲回到车边，发现车上贴了张违章的黄单子。他无奈地看着远方。马路的另一边，骑警正挨个给沿街的每辆车贴单子。孙哲默默地坐进车里，手中抱着儿子。他开着车返回城里，直接去了张嘉平那里，刚要敲门，正碰上推门而出的张嘉平。

孙哲："出去？"

张嘉平："回家。"

孙哲不打算兜圈子了，张口直言："我要问你借钱。"

张嘉平："出什么事了？伯父的身体不好吗？"

孙哲："不是。我……自己的事。"

张嘉平："哦？"

孙哲："我小时候，我高中的时候，做了一件让我很……呃……一辈子……呃……现在看来，是非常恶劣的事。"张嘉平看着孙哲，不说话。孙哲硬着头皮说："别的人，我都不敢讲，我，只能，求助你。"张嘉平没再追问，爽快地问要多少。孙哲自己还在那里纠结："我高中的时候，和我们班女同学好，呃……出事了……"说完心慌地看了吉泰一眼。

张嘉平有些不安："搞大了？"孙哲点头。张嘉平看看吉泰，示意孙哲："我的意思是，事情出得大不大？"孙哲连忙摆手："不是不是，没生下来，打掉了。我那个……她……去了县城。当时，我们都没什么经验。她发现的时候，都五个多月了。"

张嘉平松口气，问需要他做什么，孙哲沮丧地说："她现在，过得很不好。其实，是我的错。今天，我去看她，她在摆地摊，被城管抓……已经是……很多次了。"

张嘉平问孙哲想怎样，孙哲想帮她开个花店："其实没多少钱。

220

能解决她生计，不用到处乱跑。她，还有个女儿要养。"

张嘉平一点没犹豫，又从口袋里掏出那张卡："还是这张卡，留你这里。分寸你自己掌握，不要……不要影响到家庭。静波的脾气，你是知道的。她……她要是知道，你猜她会怎样？"孙哲很坚定地说："放心吧！她不会知道的。我也，并不想……我只是……赎一下……我觉得你会理解。"

张嘉平："我完全理解。这事，就当我不知道，你今天没来过。"孙哲看看张嘉平："不言谢。"

李川奇开着车窗，沿街道缓缓行驶。静波在一旁若有所思："开了一天的会才能放松一会儿，现在我才知道你们领导靠公款旅游也是很辛苦的。"李川奇淡笑不语，听静波淡淡地说她喜欢这种带着雾的味道的夜晚。

汽车行驶过一条马路，街角有个咖啡馆，人声鼎沸。门开啊关啊的，里面喧嚣的声音很清晰。静波好奇了："这是什么地方？这么热闹？"李川奇看了一眼，向她介绍说："这个呀，是世界上第一杯爱尔兰咖啡的发源地。"静波不解："什么是爱尔兰咖啡？我只知道拿铁、摩卡、ESPRESSO。"

李川奇找个街角，把车停下，带静波进去看看。他手臂上搭着风衣，推开那扇热闹的门。两人坐下后，看到有个做咖啡的竟然是亚洲人的肤色。他非常娴熟地在兑咖啡，一次二十杯。李川奇笑着跟静波说："你知道他是谁吗？他是邵逸夫的亲侄子——嗨！Jack！"

Jack 是典型的广东人模样，他很友好地笑着冲李川奇打个招呼，然后一边跟客人聊天，一边继续干活。李川奇问他："Jack，你还认识我吗？"

Jack 说："怎么会不认识？你不就胖了一点，多了几根皱纹吗？哦，还有，你身边的女朋友换了！以前你带来的那几个，都不是她。"

静波眼睛睁得很大："几个？他有好几个女朋友？你确定吗？他

从来没跟我说过哎!"转脸又冲李川奇用英文大声说:"你说你是来工作的,却带不同的女人来这里,你对得起我和我们的孩子吗?"

周围的男人女人迅速安静下来,全部的目光都投射到李川奇身上。李川奇那个汗呀! 环顾四周不知如何是好。Jack 更是抱歉,马上说:"哟哟哟,我不知道她是你太太。Honey,我是跟他开玩笑的。哪里有这样的事。今天的咖啡,我请,我请……你要什么口味的?"

静波贼贼一笑,压低声音背过身冲李川奇说:"有人买单了……"

李市长也调皮,冲 Jack 说:"你请是吧,给我两杯最最 mild 的。"说完促狭地冲他挤挤眼。Jack 心领神会。

等咖啡到了静波的手上,静波尝了一口,又卡壳在那里:"啊……So strong! 你没跟我说这咖啡是酒做的!"

李川奇笑了:"一百多年前啊,这是离码头最近的咖啡馆。渔夫们出海打鱼回来,第一件事就是冲进来喝一杯加了酒的咖啡,暖暖身子聊聊天。这家店,以前是全小镇最热闹的社交中心啊!"

Jack 对李川奇说:"你应该和你夫人留个影,纪念一下,我们这里是无数次上过杂志的! 来,我帮你们拍。"

李川奇把自己的手机递过去,静波和李川奇肩并肩。Jack 左看右看不满意:"不够典型,不像渔夫。"

李市长心领神会,冲静波说:"看我!"他把咖啡表层的泡沫沾在嘴唇上形成一条白胡子,露出白牙灿烂一笑。静波也学他,俩人相视一笑,静波也把手机递上请 Jack 捏下一张。

Jack 很 high 地要求他们再来一张亲热一点的,以后挂这里的墙上,告诉所有女人,这个男人是有主的! 李太太就可以放心了。

静波哈哈大笑,腿撑在旁边的凳子上,搂住李市长的肩膀,把嘴唇噘起来,假装亲李川奇的样子。Jack 拿着静波的手机又捏了一张。静波快乐地一眨眼,对咖啡师傅说:"你要记得挂起来! 我一定记得发给你!"

正说着,一对男女在嘈杂的人群中艰难地往咖啡店外移,男的一拍李川奇的肩膀，诡秘一笑："Poor man，wait and see what will happen tonight."（可怜的人，今晚你有得好瞧了。）那个女的则压低声音跟静波说："Darling，for man，you must keep an eye on them for the whole night."（亲爱的，对男人，你永远要睁一只眼睛盯着他们。）静波使劲点头。

静波和李川奇唱着歌，很 high 的样子从咖啡馆里搂搂抱抱地出来。李市长穿上风衣，听静波沉醉地咏叹一声哼唱起来："我太喜欢这里了！你问我爱你有多深，我爱你有几分……"

李川奇深情回应："我的情也真，我的爱也深，月亮代表我的心。"

俩人一路晃着走到码头边，码头在咖啡馆外不远处，老爷车就停在一边。远处，船火星星点点，雾气漫漫。静波出神地看着远方，目光迷离。身后，是同样迷离的李川奇。静波轻声感叹："太美了！请停一停。"

冷风吹来，静波一缩脖子。李川奇温柔地打开风衣，将静波裹进衣服里。身后，一辆旧金山格调的有轨电车驶过，带起的风拂过他们的背影。

二十一 家是讲爱，不是讲理的地方

从同学聚会后，孙哲的心就一直牵挂着城乡结合部的那个小市场，好在周姐在家陪护爸爸，静波也不在身边，作为全职奶爸的他可以抱着孩子随时开车出发。

王珏在她的固定摊位旁，一门心思绣她的十字绣。孙哲把车停在一边，抱着孩子过来，逗她："这太阳花，多少钱一盆？"

王珏抬头看看孙哲，又低头继续干活："你干吗老来？来也帮不上什么忙。"

孙哲："我今天，是想看看能不能帮上你的忙。哎，王珏，别在这儿了，又危险，还冬冷夏晒。"

王珏："我不在这儿，能在哪儿呢？我又干不了别的事。"

孙哲："我想过了，咱俩合开个花店吧！我出资，你经营，收益三七开，你七我三。"

王珏："别逗了，花店的本钱要很多的，猴年马月能收回来啊！还要缴税，还要缴店面费，你以为花店多赚钱？还三七开呢，别三七背债就行了。"

孙哲："那这样，赚的算你的，亏的算我的。"

王珏："你发达了啊？"孙哲老实说没。王珏："那充什么大头？你是不是同情我，想赎买点安生？不用。我很认命。人这一生，富贵或贫穷都是天定的。我就是不遇你那一茬，也会有别的茬，比方说还是会碰到我后来的丈夫。跟你没关系。"

224

孙哲："我想让你生活安定点，不要老为生计发愁。你要是开个花店，至少风不吹雨不淋的，要是经营得好，再扩个茶室。你不要老觉得我是赎罪心理，哪怕就是同学，互相帮一把也是应该的。"

王珏笑了："同学？其他同学怎不见帮呀！我不要你的钱。"说完便不再搭理孙哲。孙哲也没什么更好的方法，就自己从车里拿出个马扎，坐王珏身边抱着孩子，看着书。

天忽然下起大雨来。孙哲慌得问王珏："雨下这么大，你去哪儿？我得带孩子进车里躲一躲。"

王珏看看天，叹口气说："回家吧，一时半会儿估计不会停的。"有条不紊地收拾好摊子，推着车往家走。孙哲在后面开车缓缓跟着。

王珏走着走着，地面突然塌陷，裂了好大一个洞，车咕噜一下就歪进地坑里。坑边的王珏死不撒手，就在地坑边哎哎地叫，眼见着一点一点被车拖下去。孙哲迅速停了车，奔过去，一把打在王珏的手背上，把她的手打松了，车立刻掉进地坑里，王珏撕心裂肺地喊："我的车！我的花！"

孙哲急得大喊："你不要命了啊！你不想想，你要是掉进坑里呢？你孩子怎么办啊？"

王珏开始哭："这回，就算找人，车都回不来了！"

孙哲几乎在央求了："一起开个花店吧！我相信你会赚钱的。"

两个人在雨里淋得湿透。突然孙哲的手机响了，是孙哲的姐姐。她在电话里焦急地问："你最近为什么总是不在家？家里出事了你知道不知道？你天天野在外面干什么?!"

旧金山那里，静波和李川奇还在享受着宁静的时光。车停在宾馆门口，两人都没有下车，静静对视着。静波不知该说什么，李市长也不说话。静波的手机突然响起来，打破彼此的宁静。静波看号码，是家里打来的。她犹豫着，李川奇轻声说："接吧！"

电话那头是孙哲一如既往平静的声音："孩子很好，你别记挂。"

静波心不在焉地"嗯"，也不问情况。"你记得回来的时候带奶粉。要分段的，吉泰到奶粉二段了。"静波继续"嗯"。"能多带就多带些，去一趟不容易。"静波还是"嗯"。"QQ要跟一丫求婚了，正在策划一场惊天动地的大场面，你我都有份，你一回来就办，所以分派给你一个特别轻的任务，因为你没时间彩排。"静波依然平静地"嗯"。

孙哲顿了一下，说："家里出了点事，你听了别蹦。"

静波不"嗯"了，马上问什么事。

孙哲却不知怎么说了："呃……呃……呃……那什么……"静波急得："你说呀！"

孙哲："我爸，和保姆，好了。他们俩要搬出去住。"

静波本来心不在焉的表情顿时变了："啊？？？怎么会这样？"

李市长一看这情形，立刻把车熄了火，把静波那边的车门打开，拉她出来，用口型告诉她，回房间说。

孙哲："呃……呃……是我姐发现了。我姐说，她进门的时候，看到他们俩在……"

静波急问："在干什么？"

"据说是在亲嘴。"

静波被李川奇拽着进了宾馆，开始爬楼梯，嘴里不停："你天天在家怎么一点都没发现，还是你姐姐看出来的？"

孙哲支支吾吾："呃……呃……这种直觉，只会你们女性才有，我们很盲的。"

静波何其冰雪聪明："不对！你当时在哪儿？为什么是姐姐看见的？"

孙哲又支支吾吾："我……我当时……我当时带孩子一起去超市了。"

"那现在，发展到什么情况了？"

"我爸爸说，他想和保姆，搬回他自己家住。"

静波果断决策："这不行！在我回家前，一切维持原样！不然

226

出了什么状况谁负责？你爸爸现在身体不好，脑子也不太好，不能听他的。"

到房间门口了，静波摸口袋，摸半天摸不出房卡。李川奇把静波口袋里的东西一样一样掏出来，最终找到房卡，打开房门，让静波进去。

静波电话还没聊完："还有，从今天起，你让保姆睡厨房间，你带着孩子守爸爸的夜。"

孙哲无奈："我现在就 hold 不住了，我爹多倔啊！今天不给他搬走，他就绝食了。"

静波指出了问题的关键所在："你劝劝你爸爸。这一看就是来家谋财害命的呀！你跟你爸说，不是我们不同意他走，我们怕他俩走了以后，女的在他饭里下药，夺他家产，他怎么办呢?"

孙哲一到莫衷一是的时候就惯性推诿："我劝不动他，要劝，你劝。"

静波急得想跺脚："你先拖住了他，我还没想好怎么处理。今天晚上肯定不能走，让你姐姐留在咱家。万一局面失控，他的房子归谁就没一定了。我想好了再给你打电话。"说完把电话挂了。

李市长在一旁笑了。笑得静波特别不好意思："对不起，扰了这么好的夜晚。"

李川奇并不介意："好时光总是昙花一现的。你今晚的状态，其实是生活的常态。我经常，在半夜的时候，接到类似救急的电话，然后从美梦中惊醒。"

静波笑了，有些害羞："我的事，哪能跟你的事比。都是些鸡毛蒜皮。"

李川奇："能把鸡毛蒜皮清理干净，就能治理城市了。我，其实还不如你。我看你，现在所有的心思，都在谋划你家里的事上了，我不打扰了，走了。"

静波有些怅惘，有些难受，欲言又止："我……"

李川奇："好好谈，不要着急，多考虑他人的感受，把自我降为零。"

静波："你就是这样憋屈地过到现在的吗？"

李市长想了想，说："倒也不是。我……我不是一个……嗯……我比较在意他人的感受，如果我身边的人，我的亲人爱人不快乐，我很难独乐。"

静波追问："那你为什么把女儿放在外地？你觉得她离开你，又没有母亲，会快乐吗？"

李川奇："可是，我如果把女儿带在身边，却没那么多时间照顾她爱她，而她的外婆又承受失独之痛，我逝去的妻子和丈母娘，会快乐吗？我，也是再三权衡的。"

静波沉默了，陷入思考中。李川奇拍拍她的肩："家，是一个讲爱的地方，不是讲道理的地方，你想想是不是这样？我走了。"

静波看他开开门，回头冲自己挥挥手，看他关门离去。独留静波黯然地低语："你知道我的感受吗？"她转身，开始拨打家里的电话。听到孙哲的声音，她直接命令："你姐姐，现在在家里吗？我要跟她说话！"

再待几天就要回国了，静波很惜时地在旧金山宾馆的沙发里盘腿坐着边在网上查资料边做笔记。手机响了，屏幕上显示着"李市长"三个字。静波明显心情愉快起来，腔调慵懒地接听："喂？"那边沉默了一下，问："是你吗？"

静波："是呀！你还在洛杉矶吗？"

李川奇："我回来了，明天一早的飞机就回国了。那个……那个……上次，我把你房门卡给带走了，我给你送过去吧！别带回国了。"

静波："好。你什么时候过来？"

李川奇："我刚下飞机，在车上，大概四十分钟后到。"

"那我等你。"静波挂了电话，立刻跳起来，换衣服，把身上穿的特别家居的服装给换掉，换成好看的洋装和长裙，然后开始化妆。

她对着镜子，化着化着，停手了，果断地把妆都卸了，露出一张干净的脸，又把衣服换回家居服，对着镜子再照，还是觉得不妥，于是换回简单的 T 恤和运动长裤，把辫子扎起来。捯饬完毕，门铃响起。静波又瞟了一眼镜中的自己，去打开门。

李川奇一进来就把门关上，特别羞涩加腼腆地笑了，把卡递给静波："我其实，是想来看看你。"

静波也笑了，接过卡说："我其实，在你走后，第二天就开了张新卡。"

俩人相视一笑。李川奇脱下风衣，穿着好看的衬衣，坐在宾馆小小的沙发上。静波问他想喝点什么，他很随意地说有什么喝什么。静波找了一圈，笑了。李川奇问她笑什么，静波笑着说："我只有婴儿奶粉，给我儿子买的，你喝吗？口感好像还不错。"李川奇也笑了："就白水好了。"

静波去接水的时候，李川奇翻看着她的笔记，不禁赞道："我没想到你的字这么漂亮！"

静波："一个人，总得有一两样特长吧？我又不会……"她挠头挠半天，终于憋出一句："我想半天，都没发现你有什么特长。你这个职业，需要什么技能呢？"

李川奇总能被静波逗乐："有技能的，都像你这样，是专业人才，我们这种没专业特长的，就只能当市长了，但我们有一颗服务的心，你需要什么，我就为你服务什么。"

静波看看自己手里的水杯问："那为什么现在是我为你服务呢？"

李川奇笑了，站起来，把静波按进沙发，把水接过来，问："你想喝点什么？我这里……只有奶粉。"

俩人一起快乐地笑起来。

孙哲姐姐又跑到孙哲家，抱着吉泰一边颠，一边耳朵夹着电话问孙哲："你到底什么时候回来？我不能这样一天一天替你盯着。而且，马上，静波就要回来了，你怎么办？"

孙哲那边也是耳朵夹着电话，脸上还挂着乳胶漆，他正拿着推桶在刷花店的墙。非常简单的装修。"我就是趁她回来以前，赶紧把活儿干了，我就结束了。"王珏端着几个一次性塑料盒过来让他别干了，先吃饭。说完，很自然地拿起桌子上的毛巾，帮汗流浃背的孙哲擦额头上的汗和漆点儿。

两人的午餐盒饭基本素，肉丝少得可怜。孙哲说："我爱人要回来了，之后，我就没这么多时间了，这两天我抓紧干完。"王珏看起来有些郁郁寡欢。孙哲看出来了，问她有什么事，为什么不说。

王珏忍了又忍，还是说了出来："孩子，昨天晚上哭着回来的。辫子散了，衣服破了，鞋子掉一只。"

孙哲心一紧，忙问出什么事了，王珏说孩子的班里有个很痞的男孩，当她面笑话她，说她是野孩子，没爸爸。她哭了，跟人打架，输了，哭一晚上，夜里都说梦话。孙哲没吱声，默默吃饭，却越吃越慢。良久，他抬头问："她学校在哪儿？"王珏问他干吗，孙哲说下午去见见她班主任。王珏叹口气："算了，多一事不如少一事。免得以后大人不在，孩子更受欺负。"孙哲很坚持："我还是去她学校一趟，跟她班主任谈谈，另外就是，我跟孩子，也谈一谈。"

班主任告诉孙哲："这孩子，很孤僻，不参加任何集体活动，我们春游也好，我们春节联欢也好，她都不参加。上课也不积极回答问题，如果不点她的名字，你有可能都忘记这个孩子的存在。"

孙哲担忧地问："她成绩好吗？"

班主任说："中等，不算差。"

孙哲："这样，我以后，会在学习上给她帮助，监督她完成课业。我猜想她不参加集体活动的原因是自卑，我回去会跟她谈谈。改变一个孩子，或者说引导一个孩子，要花很多心力，一方面我要麻烦您多

230

多注意她，另一方面，我们在家里也会配合。不过呢，我希望这种被欺负的事件，不要再发生了。再发生，我是不会允许的。如果老师不能很好地解决这个问题，我就要寻找其他方法了。"

班主任："这个问题，我很头疼很头疼。不仅仅是你女儿，其他同学也被这个男孩欺负过。这个孩子家教很差，他父亲本身就有些流氓习气，靠拳头打天下，我管也不好，不管也不好。去年把我们数学老师都打了。"

孙哲很吃惊："这样啊？那学校为什么不管？"

班主任："那我们怎么管？我都跟学校说多次了，要求他换个班级，这也是广大家长的请求，学校问，那你觉得他会被哪个班级接受呢？再说了，九年制义务教育，他就归这个片区，我们也不能不收他啊！"

从学校回来，孙哲跟王珏说的第一句话只有两个字："转学。"王珏吃惊地看着他。孙哲说："给姑娘转学吧！我去找人。惹不起，躲得起。这片学区本来就不好，耽误孩子了。"

王珏的女儿小丽放学回来，王珏在做饭的时候，孙哲拉过小丽促膝谈心："小丽啊，叔叔能为你做的是，给你一个安静安全的环境，不会有人欺负你笑话你，但你能给叔叔什么呢?"小丽沉默。孙哲接着说："小丽，自己的爸爸妈妈是不可以选的。但自己的道路，是可以选择的。虽然你爸爸离开你了，可是妈妈还陪着你，爱着你，叔叔也关心你，老师也关心你，你如果能够敞开心扉，多交朋友，有自己的小伙伴，你会过上不一样的生活的。"小丽依旧不说话。孙哲摸摸她的头："好好学习，学好本领，以后照顾妈妈。"小丽突然抬头问："叔叔，你会照顾我妈妈吗？"

孙哲想了一下，非常肯定地答复她："会。"

暮色四合的时候，又下起大雨，孙哲拉开门就要往车里冲。王珏拉住他："台风要来了，你现在开车回去多危险啊！"

孙哲："我得回去，我儿子和爸爸在家里。我姐也得回家，她儿子在家。"王珏犹豫一下，叮嘱他路上小心。孙哲点点头，冲进雨里。王珏跟后面喊："伞！伞！"孙哲并不回头。小丽突然抢过妈妈的伞，跑出去追孙哲，把伞塞进孙哲手里："叔叔，打伞。"孙哲突然心就软得不行，打开伞，把小丽送回屋，然后挥下手走了。

静波回国了，她推着行李车出来时，孙哲在机场接客处抱着儿子迎接："辛苦了，老婆。"静波把行李车丢一边，直接伸出俩手去抱吉泰："宝贝……妈妈回来了，你想妈妈吗？"她抱着孩子逗他："宝贝，你好吗？"孙哲在后面推着行李车替儿子答："好。"

静波回头问孙哲："你爸和保姆怎么回事啊？"孙哲有些哀怨地看着静波："你都不问我好吗？"静波笑了："那，你好吗？"孙哲："有些乱。"

静波问是不是因为爸爸和保姆的事，孙哲说："是。他们知道你今天回来，昨天晚上搬回我爸家了。"静波一听就毛了："你怎么能放他们走？"孙哲："不然我怎么样？软禁他们？我干不出这事。"静波："那是你爸！你眼见你爸给人骗，你不拦着？"

俩人一路都在纠结这件事，完全顾不上问候彼此最近的生活。直到上了车，把吉泰绑在后面婴儿摇篮安全椅上。静波刚坐在儿子旁边，手机就响了。是妈妈，说饭都做好了，问她要不要回家吃饭。

静波有点躁："不行，我今天不去你那儿，我先把家里棘手的事给解决了。"静波妈奇怪，刚落地，有什么棘手事？

"孙哲他爸跟保姆好上了，昨天开始就同居了，我得先把这个问题解决了，我过两天去看您。"静波妈当时就震惊了。静波淡定地说："嗨，不经历奇葩，怎见得彩虹啊！就这样。"

刚挂断，手机又响，静波忍不住说："我什么人品啊我，一落地能忙成这样！"屏幕上显示着两个让人无法淡定的字：老板。

一接起来，就听到老板殷勤的语调："辛苦辛苦，不容易啊，当着妈妈，还要出长差，我内心里，很过意不去啊！"

静波冷冷打断："别虚伪，别虚伪，说正题。"

老板："嘿嘿，嘿嘿，那什么，明天不是周一吗，我想问你，需不需要倒时差什么的？"

"我听出来了，你就是希望我说不需要——我不需要。"

老板心花怒放："太好了！明天市里有个会，你替我们公司去开去，要资源，记得！要资源！你不是跟李川奇很熟吗？"

静波立刻答："我不去。我跟他不熟。"老板刚质疑地"哎"一声，静波就直接掐了电话。

然后，李川奇的电话来了。静波口气明显不一样地接起来。

"落地了？"

"嗯。"

"还好吗？"

"嗯。"

"明天，我们应该会见到。一起吃饭？"

静波犹豫半天，欲言又止："我……"

"怎么了？"

"嗯。"

"你说话不方便是吧？再联系。"

电话挂了。孙哲问："谁呀？说个话这么吞吞吐吐。"

静波不接话，问："孩子尿布好沉了，他都背不动了，你带好奇了吗？我给他换一个。"

孙哲开着车没回头，直接说："他座位下面的包里有。回家换吧！车上不方便。"静波决定还是换一个。一打开尿布，吉泰的尿像喷泉一样直接喷到静波的脸上，静波哎呀呀地哈哈大笑："宝贝啊，你就用喷泉欢迎妈妈回家呀！"

孙哲边开车边问："怎么了？尿了？"静波笑着："尿我一脸！"

孙哲也笑了："没事儿，童子尿，入药的。他经常这样对我。包里有湿纸巾，擦擦就行了。"

静波抱着孩子跟孙哲商量："直接把保姆赶出去不就行了？"孙哲这次考虑得倒周全："不能硬来。你还没摸清楚她的底，也不知她为什么来我们家的。我们家住哪儿，谁长什么样她都知道，万一逼急了，怕对吉泰不利啊！"

静波有点后怕："那要你这么说，这人就更不能留了！留着太吓人了。现在也就算是看上你老爸，这要是看上我们吉泰，不是要我命了？"

孙哲："所以，要注意方式方法。谋定而后动。这也是为什么这么长一段时间，我密谋隐忍不发的原因。"

静波："扯吧你！把自己说得跟诸葛亮似的，其实就是胆小，怕得罪人。家里交给你，就希望你能把这些事处理好，到最后还来个密谋不发！"

孙哲："你是领导，你来！家里事，你说了算！你说怎么办，咱就怎么办！"

静波："我……我……真是邪门了。我就想找个贴心点儿的保姆，怎么什么蹊跷事儿都能轮到我家！上一个吧，谋财，这一个吧！害命！"

孙哲："那你想好了怎么办吗？"

静波："光想是没用的。得做。我先去会会她，见机行事吧！"

静波抱着吉泰，进门先跟老头儿打了一个招呼："爸，怎么我一回来，您就走啊？孙哲有什么不周到的地方，您跟我说，我批评他。"

孙哲爸："他没什么不好，我年纪大了，落叶归根，想回自己家住。你那儿也不方便，地方太小。"

静波："哎，爸，您这话，我不爱听啊！您哪儿没归根了？要说您的根，还在苏北那边呢！儿女的家，可不就是您的根吗？您现在腿脚也不方便，生活上也需要人照顾，妈又不在了，您这时候回来，您不是打我们脸吗？"

234

孙哲爸："那我明说了，我想自己过。"

静波："为什么呀？我们哪儿不周到了，您提意见，我们改。"

孙哲爸看着静波："我和大哲过不到一起去，我感到孤独。"

静波："这个，我信。孙哲吧，话少，不太会交流，而且我是媳妇，您肯定觉得不那么自在，要不，我们跟姐姐商量一下，您去姐姐那儿过？"

孙哲爸："我哪儿都不去，我就在自己家里，周姐会照顾我的。"

静波："爸，保姆，只能起个辅助照顾的责任，您家庭成员名单上，呃，就像吉泰的监护人，肯定只能填亲的，不能把保姆填进去，人家毕竟是打工挣钱的，万一出什么事，负责任的人，还得是您亲儿女吧？这样，我觉得不合适，人家周围邻居也会说闲话的。"

孙哲爸："说什么闲话？"

静波："肯定要说我们嫌弃您，把您给推出去了。"

孙哲爸："这是我们家的事，不用你外人管。"

静波笑了："爸，我今天来，还真就是受孙哲和大姐的委托，特地来跟您沟通的。本来，也真轮不到我管。我这刚回国，第一件事，就是特地过来，请您回家。您的内心呢，我也了解了，以后，我和孙哲，还有姐姐，会多陪陪您，和您说话。"

孙哲爸指指周姐："我有她，就够了。你绕这么大的圈，不过就是想把她排在外头，觉得她是外人，是保姆。她要是跟我离得近了，你们就远了，我的钱，就离你们远了。告诉你们，我还没死呢，我也不糊涂，谁对我好，谁对我不好，我心里都有一本账。你们也别惦记我的钱了。"

静波立刻翻脸："慢着！您把话说清楚，谁惦记您的钱了？妈妈在世的时候，我当场就表过态，这个家，每分钱我都不惦记，以后都留给姐姐，这也是当时你们老两口商量过的。我要是真惦记你这钱，我有私心，今天我倒不出面了。我今天敢站在这里跟您理论，就是想提醒您一下，妈妈这才刚走没几个月，孩子牙都没长呢，您怕不是心里已然没有妈妈的情分了?"

孙哲爸立刻瞠目结舌,愣了半天才说:"我的心,我自己知道!而且这个家谁说话都轮不到你说话,你也不想想,要不是因为你,我怎么会沦落到今天的孤独。你还有资格站在这里提妈妈!"

静波的眼泪立刻涌上眼眶:"你……你!你不要因为你自己那点不可告人的小心思就往我头上扣……"

孙哲立刻按下静波,以求息事宁人:"爸爸,我看,今天你和静波都累了,这个事情呢,俩人在没想好以前,都不谈。不谈。肯定会有解决的办法。咱们都先回去,明天我们再来看你啊爸!"

静波一回家就开始拍桌子骂孙哲:"什么叫你们俩人没想好以前都不谈?这事,是我们俩的事吗?这明明是你和你姐的事。你俩把我推出去做恶人,你俩缩后头当乌龟,什么东西!以后你们家的事,你不要来找我!"

孙哲赶紧倒水给静波递过去。静波一口恶气还没发完:"别来这一套!死一边去!"

孙哲:"我错了,我真的错了。我用词不当。我路上也想过了,自己很不地道,我怎么能说你们俩呢,应该是大家。大家没想清楚以前,先搁置争议。"

静波来一句:"你放……"看看在一边趴着自己玩玩具的吉泰,收了口,"你爸,你爸怎么这么不要脸啊!啊?没有一点点人的情感,没有一点点做人的道理!你妈照顾他这么多年,说起来感情好得如胶似漆,这刚走没几天,他就开始发骚了!你们男人,就这么憋不住吗?完全不顾过往的情分,儿女的情感!这就是你们男人的德行!"

孙哲眨巴眨巴眼:"我爸是我爸,他不代表我。"

静波:"我还没说你呢,你联想这么丰富干吗?小眼睛眨什么眨?眨什么眨?我且不说上梁不正下梁歪,就掰手指头数数,那谁,那……算了,不点他名了,点了也给掐了。数不胜数!怪不得人类进化史发展到现在女的平均寿命比男的长！那它就是为了保证一辈子奋斗的家产能踏踏实实落到自己孩子手里！你见过几个女的老伴走以后立马找人的？你们怎么就这么这么……这么贱呢！自私自利，一切为自己打算，没一个靠得住的！"

孙哲："你不要总拿女人跟男人比，根本不是一个参照物。你们女人的职责，就是保证孩子健康成长，我们男人的骨子，就说那动物性，他主要任务就是传播啊！多老，他也改变不了本我啊！"

静波："你爸都多大岁数了他还传播？一点都不给儿孙留脸面，一点都不在意操守。"

孙哲："唉！你换个角度想，我们国家，又没开始收巨额遗产税，又没有富翁死后财产捐给社会的习俗，可不就靠男的一婚二婚三婚实现社会财产的再次分配吗？要不是有我爸，她一农村屌丝中年妇女，她一辈子哪有翻身的机会啊？从我们家庭的个体说，这事儿的确是个灾难，可要是一想到整体为社会还是做贡献了，你就不要这样愤世嫉俗了嘛！"

静波啪地一拍桌子，把吉泰都给吓哭了。她赶紧过去抱孩子："宝贝，宝贝，妈妈教育你爹呢！跟你没关系，跟你没关系。"孙哲一把抢过孩子："你小声点儿，吓着孩子。再说，你看你脚丫搭凳子上，手拍桌子的姿态，给孩子留下什么印象！"

静波冷笑一声："财产比印象重要多了！"说着迅速拿来纸笔，"你给我，立刻，现在，立下字据，放弃一切家庭财产，全部归于吉泰名下，永无更改！我决不可能让我起早贪黑挣的钱落到别人手里！你写，你现在就写！明天去公证！"

孙哲又翻眼看看静波："这这这，这关我什么事啊，这明明是我爹的事，你怎么什么最终都能扯到我头上啊？我躺着也中枪啊！你先把我爹的事料理停当，再收拾我。要真不行，我看算了。说实话，人家是成年人，他们要非待一块儿，我们又能怎样？"正说着，孙哲的手机响了。他抱着孩子，只能按免提接听。

里面传来孙哲姐焦急又得意的声音："大哲，我跟你说，爸爸刚才问我要户口本！房产证！"孙哲凌乱了："他要那个干吗？"

孙哲姐："结婚呗！他肯定是被那个难看的狐狸精给迷心窍了。我真怕他给人家算计了。"

孙哲："我妈以前把户口本房产证放哪儿了你知道吗？别给他翻出去了。"孙哲姐开始笑："在我这儿。我给妈销户口的时候，忘记放回去了。嘿嘿嘿……"

孙哲："那，那，那现在，怎么办啊？我爸要是真要，我们能怎样？不给？他会不会给我们告居委会去？"

静波抢过电话："没那么便宜的事！我要替妈，替所有当妈的女人，讨回个公道！明天我就把那个居心不良的女人给弄走！"

二十二　女人和男人不是一个参照物

　　周一静波到了办公室就开始干活。老板进来一脸假关心："静波，怎么样啊，美国一趟回来以后，发现你沉寂很多嘛！办公室里都听不到你标志性的笑声了。"

　　静波："时间紧，任务重啊，尤其是您还老来捣乱。"

　　老板："我来看看你在做什么。"

　　"战略，规划在前，然后才是设计。我在找这个创意的价值核心在哪儿。"

　　老板："哟！这美国一趟，很有收获嘛！忽悠人上升到一个新的高度。你不要忘记了，无论你这个企案做得多漂亮，最终它是一个实例，是要付诸运营的，别忽悠太高了。最终，还是要那个掏钱的老板能看懂，能认同。"

　　静波："您放心，我就把您当白居易对着读诗的老太太，只要您看懂了，基本上其他老板就都看懂了。"

　　老板："哎？我和你之间对我个人的认知怎么差别这么大呢？我怎么觉得不是每个老板都像我这么有文化呢？我看看，我看看！'本案的核心在于宣扬产品的动感，动感是生命的延续，动感是活力的表现……'很好懂嘛，我都看懂了。很好！很有思想！"

　　静波笑了："您就是没看懂，您都不敢承认了。"

　　老板讪笑一下就切到正题上："我，想跟你商量个事儿，上次的会议结束后，有关于世界文明大会的招标，马上就要开始了，这一块儿呢，我想让你负责，你和李市长就直接对口了……"

静波直接拒绝："我只有两只手一个脑袋，我忙这个圣迭戈的参赛，就忙不了招标。这个，您另请高明。"

画饼是老板的拿手好菜："只有不敢想，没有办不到！我相信你，一定行！别推辞了。你要人我给人，你要钱，我给钱，你要职位，我给你副总干！"

静波无比淡定："我什么都不要，我想要多点时间回家陪孩子。"

老板："孩子，很重要；但给孩子更好的生活，更重要。你天天陪着他，感情上有收获，但资金上少投入啊。下周一，有个去张家界的创新文化探讨，届时分管我们的领导都会到会，你一定要去。"见静波不回应，开始收拾文案。老板问她这是要去哪儿，"我下班"。

老板："这，这不符合我们行业规范啊！起得最早的是做广告的，睡得最迟的是做广告的……"静波没心思跟他扯闲篇儿，直接打断："我家里有事儿，必须回去。"正说着，手机短信到，是李市长发来的："晚上俄罗斯芭蕾舞团的《天鹅湖》，我这有票，你想去看吗？"

老板瞄到，邪邪地笑了："家里有事儿，你必须得去！"静波看看短信，无奈地摇头。静波老板笑眯眯地走出静波的办公室。

静波回复："我家出事了，我不得不回去处理。"然后把包收好，关办公室门的时候，李川奇短信到："严重吗？"静波忍不住回他："太复杂了。三言两语说不清楚，你能学着用微信吗？我打字太累。"

对方立刻安静了。静波开着车直奔公公的家。

刚一打开门，迎面飞过来一不锈钢的茶杯，差点儿砸到静波的头。她镇定了一下说："什么都能成你的武器！您再这样，明天我连水杯都不放在您身边了。"进门就开始收拾乱七八糟的屋子。

孙哲爸用手拍着轮椅扶手愤怒地喊："你给我滚！你给我滚！"静波淡淡地看他一眼："您儿女都不来了，我再滚了，谁照顾您生活？"

孙哲爸怒不可遏："你有什么资格把周姐给我赶走？她是我的人，

240

我出的钱！你把她给我找回来。"

静波白公公一眼："您的钱，都好好放在您账上呢！这保姆，本来就是为照顾吉泰请的。我觉得她对孩子没什么耐心也没感情，我想换个保姆。今天换来的保姆，又被您撵走了是吧？"

孙哲爸咆哮："我谁都不要！她哪点得罪你了？她哪点不好了？你就是容不下旁人对我有一点好。"

静波平心静气地说："那关键得看怎么对您好法。她要是恪尽职守，我是喜欢都来不及，她要是越俎代庖，不干家务却亲您的嘴，那我就觉得她没把分内的工作干好。爸，您内心里，真觉得她是真的爱您吗？我怎么觉得她是冲着您的钱和房子来的呀？"

孙哲爸："她到底对我怎么样，不需要经过你的批准，也没必要向你汇报。她就是冲着我的钱和房子，只要我乐意，你们谁都管不着！"

静波："那我还非要管了。就当我主持社会正义，就当我除暴安良，就当我替去世的妈打抱不平。您跟保姆好，您问过妈的意见吗？妈同意您把她毕生积攒的心血拱手相送不相干的女人吗？哦，就因为她亲亲您的嘴，抱抱您的腿？那我不就在支持巧取豪夺吗？今天，我给您收拾到这儿，明天，我再给您派最后一个保姆。事不过三。明天您要再把她轰走，对不起，我就给您把饭做上，把菜盛上，给您套上纸尿裤，您就得一天天憋着，等我回来了。家门钥匙呢，您也知道，我换了，除了我，谁都没有。要是碰不巧我出个差什么的，两三天没人来也是正常的。"

孙哲爸气得，手都抖了，指着静波喊："你你你！我告你忤逆！我告你虐待老人！"

静波翻一白眼儿："都再找不到比我更孝顺的儿媳妇了。您病以后，女儿都不接纳您，是我接您回家的。您吃喝拉撒保姆用度都是我花的，而且我早早就表态了，不图您一分钱，不要您任何财产。像我这样纯粹的人，您还真打灯笼都找不着。我这么做，是被逼无奈，希望您一个人，冷静冷静，不要被荷尔蒙冲昏了头脑，您要是真爱，在您现在这个身体状态下，我绝对不拦着您。就怕您鸡飞蛋打命不久长，您糊涂，我不能跟着您一块儿脑袋发昏。过一阵子，您就知道，我是为您好了。我走了，灯我给您留着，您晚上睡前要是想关，就关，不想关，开着，电费反正是我出。"她关上门，给纱门上了锁，疾步下楼开车走了。

静波的车刚驶出小区大门，一个蹑手蹑脚的身影，拖着一条狗，就偷偷摸摸上楼了。

周姐按门铃，就听孙哲爸在里面喊："你滚！永远不要来了！"周姐也喊着说话："是我，是我，你开开门。"孙哲爸一听，立刻摇着轮椅到门前，把大门打开，隔着纱门问："你？你没走吗？"公公都要老泪横流了："真是对不起啊，苦了你了。"

周姐淡淡地说："瞧您说的，都是啥话呀！我转身就在旁边的保姆介绍所里找了份工，东家就在对面的小区，离您很近，我时不时过来看看您。"

孙哲爸有点不好意思地说："我想，我想看看你。"周姐一笑："想我了吧？我也惦记您。"她牵来的小狗急切地扒纱门。

孙哲爸问："这小狗？"

周姐道："它每天晚上都要遛，我就是借遛狗出来的。欢欢，欢欢，趴下，不要动，别吓着伯伯。"

孙哲爸："你……还好吧？他们对你还好吗？"

周姐没接茬儿，看到孙哲爸的袜子很脏，让他脱下来，她拿走洗了再拿回来。孙哲爸连说不用了不用了。周姐说："你给我客气什么呀？哎呀，怎么递出来呢？"保姆环顾四周，突然就有主意了。她从口袋里掏出个弹簧秤，用弹簧秤的钩子把下面的纱窗给刨了个洞。

孙哲爸："哎呀，这样，不行吧，要是被他们看见怎么办？"

周姐："就说是狗刨的呗！你把脚伸出来。"

孙哲爸搬着腿把脚伸出去，周姐席地而坐，为他脱下袜子，还给他捏了捏脚，抬起头问："舒服吗？"

孙哲爸："有点麻，不过还是舒服。"

周姐："麻好，说明腿在恢复。没感觉才不好。我给你再捏捏。哎，指甲又长了，把袜子也钩个洞。我明天晚上过来看你的时候，记得带把指甲钳。"

孙哲爸忙说："你别来了。万一被东家知道了，肯定要辞退你了。"

周姐："我要是不来，心里就慌张，觉得什么事没放下。看看你，我就放心了。你又把保姆赶走了？"

孙哲爸一提这事就气不打一处来："谁我都不想要。"

周姐劝他别苦了自己，有人伺候着，总比身边连个倒水的人都没有好。孙哲爸表态："他们要是不同意你回来，我宁可渴死。"周姐突然眼眶就红了，自己拿手擦擦鼻子，又把手在袜子上擦擦。孙哲爸很关心地问她："难受了？你要相信，所有的感情，都要经过斗争才能得到，跟革命一样。当年梁山伯和祝英台，到最后都化蝶了才能在一起。我们这，算什么呀！"

周姐："哥，说真话，我并不图你什么，就凭你这么真心对我，我愿意伺候你到老。真不能伺候你，我就这样，在你附近找个人家，能天天看你一眼也就知足了。你，还是得找个保姆。"

孙哲爸哽咽了："傻话。我知道。"

周姐抹把眼泪："哥，你给我唱支歌吧，我给你捏腿捏脚，我也要回报的。"

孙哲爸笑了，非常快乐的样子："你想听什么？"

周姐："《两只蝴蝶》。我觉得，这歌，唱的就是梁山伯与祝英台。"

孙哲爸："我得运运嗓子。你知道，我以前，是唱京剧的……亲爱的，你慢慢飞……"唱出一股京剧腔，把周姐乐翻了。对面邻居开门了问谁在这儿，一看是周姐坐在地上："哟，你在这儿干吗呢？"

周姐慌张地站起来，结结巴巴地说："我……我……我给老爷子送晚饭。"

静波和李川奇约在了网球俱乐部的包房里。李川奇站起身很恭敬地跟静波说:"我来服务。喝点铁观音?"

静波:"不要了。我怕失眠。"

李川奇关切地问:"最近睡眠不好?"

静波:"正想找你的那个挚友帮我开点儿失眠药。"

李川奇:"这不行。首先,她开不出这种药。其次,我也不赞同你有药物依赖。睡眠不安是心不安的反映。你的心,又怎么不安了?"

静波:"我难受。很多问题,我想不明白。"

李川奇:"你说来我听听,看看能不能三个臭皮匠顶个诸葛亮。"

静波白了李市长一眼:"我这儿,就你一个人。你不是夸自己是诸葛亮吗?"

李川奇立刻做谦恭状:"是是是,事后的。"

静波:"我不太理解男人这种生物的构造。为什么男人都是薄情的,古有陈世美,今……今我就不举了,太多。以前陈世美还要砍头,现在,都没有惩罚和约束了。"

李川奇探究地看着静波。静波挥挥手解释说:"我不是在说我家。"李川奇:"你想听我说实话?"静波点点头。李川奇说:"有选择,是好事——你别急着打断我。我虽然是男性,但我坚决地成为妇女之友。我想,我应该是本市最受女性欢迎的几位男性之一吧?我一方面,对你说的现象与你们广大妇女同仇敌忾……"他笑了笑,接着说:"另一方面,我想跟你们说,有选择,虽然残酷,但它是好事。你想想,以前不仅是铡美案,还有潘金莲呢!潘金莲也是苦出身,如果她生活在今天,她就没必要忍受她不爱的武大郎,可能就会提出离婚了。选择是双向的,不能看对自己不利的一面,一定有有利的一面。"

静波哼切吓:"你就是打着妇女之友的旗号损害我们的利益。对绝大多数男人有利的事,一定是对绝大多数女人有害的。都有选

244

择，女性的选择比男性小多了。你几时见到七八十的女性丧偶后立刻再嫁的？"

李川奇："你不要极端嘛！最近不是有个 Vera Wang 六十多岁离婚跟二十多岁男生好上了吗？"

静波："这才是极端！有几个人能成为 Vera Wang 啊？"

李川奇："现在它开始有，以后会越来越多。这就是双向的含义。你只要保证自己的优秀，那你在任何时候，任何年龄段，都不缺爱你的人。无论男女。你想想是不是这个道理？其实，你讨论的问题焦点偏颇了。我们讨论的肯定不是回退到不能离婚，一夫一妻到底的日子，我们讨论的是补偿和保障。每个人都有选择的权利，但有选择权的人，往往是生活的强者。但如何保障弱者的权利才是问题的焦点。无论男女，你在任何时候都可以去追求你以为的真爱，但你不能因为真爱而不负责任。我们目前缺乏的，是对责任的约束。你奔你的幸福而去了，就不能让伴侣既没有感情又降低生活标准。这才是重要的。"

静波："对，也不能让孩子的生活标准因为你的背信弃义而降低。人家德国的总理，几次离婚之后，抚养费付到自己出门得骑自行车。他就该为自己的朝三暮四付出代价！"

李川奇："你看你看，你动不动就用这些大是大非的词汇。人吧，其实不能简单定义好或者坏的。人是复杂的，立体的，多面的。换个角度想，已经和秦香莲没有共同语言的陈世美，和公主自由恋爱了，你就非给人家扣上背信弃义的道德帽子，也违反陈世美和公主的人性吧？如果他们俩好了，却依旧保证秦香莲和孩子们有稳定和优裕的生活，我觉得还是应该给人家幸福的机会的。否则秦香莲的幸福不是建立在别人的痛苦之上？"

静波："你怎么能这么说呢？铡陈世美是因为他追杀秦香莲，潘金莲千年恶名是因为她谋害武大郎！您怎么能给这么无耻的两个人平反呢？"

李川奇笑了："对对对！你说得对！可是，你想想，如果古代可以自由选择……会少多少命案呢？婚姻这个东西，背负着法律和道德层面的责任，但最终，婚姻，是两个人内心的东西，感情在与不在，是婚姻质量的保障。哪怕一个人没有感情了，婚姻都会造成两个人甚至包括孩子的不幸。你觉得呢？"

静波："你让我转个弯儿想想。"

李川奇："你小脑瓜里弯弯绕绕太多了，让你去看芭蕾舞，你还拒绝了，那个，是净化你脑子里弯弯绕绕的工具。跟吸尘器一样。你还拒绝吸尘。"

静波："唉，不瞒你说。我去处理我公公的情感问题了。他和我家保姆……嗯……嗯……唉，怎么说呢？"

李川奇："有私情。"

静波："还是你文雅。就是这个意思。我把那个居心叵测的保姆给撵走了，这两天每天要给他送饭。因为派去一个保姆，他就撵走一个。我已经很疲惫了。我今天给他换了把锁，跟他说，再这样，我就让他独处了。"

李川奇劝她："静波啊，我觉得，你这样做，不妥。他是个有行为能力的成人，他爱上谁，娶了谁，是他的自由。你怎么能横加干涉呢？尤其是后面的行为，你公公完全可以告你非法拘禁的。他们家的事，你不宜多参与。你说呢？"

静波："我……我……我不这样认为！我认为以后要制定一条法律，人从六十岁退休起相当于十八岁，需要监护人，每往后加一岁就相当于孩子减一岁。要是老年痴呆被人骗了呢？谁负责？"

李川奇看看表说："走，我送你回去。咱们路上聊。"

静波："你后面还有事吧？我开车了，我自己回去。"

李川奇："我的确后面还有事儿。要准备明天的一个会议。我们微信上交流吧！"

静波笑了："你终于装微信了。"

李川奇："你说的是对的。我也要与时俱进，否则就要被你每活一年就减一岁了。静波啊，你还是缺乏对他人的感受啊！你要体谅体谅我们这些老年人的情感。"

静波又笑了："你得了吧！你才多大啊！"

二十三　你已长大到需要我仰视

王珏的花店开张了。她在店里边学插花边经营，有些土，但还学得像模像样。孙哲找一机会，又抱着吉泰来花店了，看到王珏正在忙活，高兴地赞道："不错啊，进步很大！是对着书学的吗？"

王珏有些羞涩地笑："不是。不仅仅是。我还在网上查了一些样本。"孙哲很受用："你看，我跟你说店里通个网络，当时你还不要。"

王珏："有网的确好多了。有些资料能现查。网真是聪明啊，怎么样保持花期，怎么样包扎得漂亮，全都有哎！"

孙哲："我家里电脑多了好几台。都是以前不用的，我建议，你在你住的地方，也通上网络，让孩子也有学习的机会。我回头把一台旧电脑给你拿去。"

王珏："还是不要了吧！一个月好贵的。而且，我怕她沉迷于网络。"

孙哲："孩子靠引导。单单堵，是不行的。网络已经是现代生活的一部分了，该花的钱，要花。"

王珏说实话，感觉心理压力大，怕挣不出那么多钱来。孙哲给她打气："估计也亏不了多少吧？我们哪天想想营销的法子看，做点电线杆小广告？"王珏笑了，非常开心。孙哲感觉从重逢那天起还没见她这样开心地笑过。她看着孙哲，说他还是像以前那么聪明。孩子已经转学，也除却了她最大的心病，她发自肺腑地说了声，谢谢你。

孙哲："你那么客气干什么。哎，你怎么长一脸小包包。我印象里，好像松山医院有种药膏，抹了会好，很便宜，才两块多一盒，我去开两盒来给你。"

王珏轻声害羞得用手抚着脸："谢谢你……其实，不用。"孙哲关心地看着她："怎么能不用呢？你还老摸，容易感染——手别抠。"说着很自然地将她的手从脸上拨开，"跟你说了别抠，也别挡。你以为挡着就没了啊？"

王珏："我自己，觉得难看。"

孙哲："有病就治。治了就好看了。其实也没那么难看，是你心理作用。"

进来一个顾客，要买花。王珏忙去招呼，向她推荐："这把二十枝，三十五块。"女顾客嫌贵，说人家路边摊儿才三十。王珏实话实说："我这开着店呀，店是有本的。"

女顾客嘀咕着："你有本也不能叫我摊呀！我还是等晚上他们出来了再买。"

孙哲忙问她买花是不是有急用，顾客说是结婚纪念日。孙哲很会聊天地说："一年就一次的日子，五块多也就多了吧！你别等晚上来，发现人家没出摊儿，这两天市容建设，反正我是三四天没见出摊儿了，到时候就空手回了。再说了，您得趁现在有花赶紧拿，到晚上再过来，就是出五十，可能玫瑰也卖完了。这花，多好看啊！杆子这么肥，能放十几天呢！我们以前就是摆地摊的，我还能不知道？你多花五块钱，也多漂亮几天。地摊的那种玫瑰，没我们这种好。"

女顾客笑了："你们家，明显你会做生意。你看她说的那实在话！五块钱是店本钱……让人听着就不甘心。"王珏也笑了："人家有学问，人家是硕士生。不比我。"

女顾客也笑了，说这两口子有意思。几句话熟络起来，看王珏实在，也就不拘小节地说："你瞧你，脸上长的包，怎么这么密密麻麻的呀？"

王珏有点难为情，想想也没什么："呃……嗨！人丑呗！"

女顾客很了然地说:"荷尔蒙失调! 让你老公,多努力努力。"递过一张 50 元,又对着吉泰笑,"这孩子,真是漂亮! 像爹,不像妈! 找钱!"

王珏打开腰包从里面掏零钱。一个钢镚儿一个钢镚儿的。女顾客直叹:"呵! 瞧您这钱,真够零的。"

孙哲立刻掏出钱包:"跟我换吧! 我这有 5 块整的。"女顾客笑眯眯地接过钱:"你们俩还独立结算啊! 走了!"

王珏有些喜欢,有些仰慕地看着孙哲:"我……我嘴笨,我连店都看不好。"

孙哲:"这个,是可以培养的。开久了,经常跟人打交道,就会见人说话了。这个我倒不担心。我担心的是,你还年轻,不能总这么……这么单身下去,你得有个男人。无论家里的事也好,你自己也好,都有个指靠。"

王珏脸色一下就黯淡下来:"我不找了。我这一辈子,就这样了。"

孙哲:"开什么玩笑啊? 你才多大一点儿?"

王珏:"谁会要我啊! 长得又不好看,也没读过什么书,还离婚带个娃,我自己都能看到是什么样的结果。万一来的一个还不如前一个,苦我孩子。我就这样吧! 单身就单身了。"孙哲犹豫了又犹豫,最后说:"你哪怕不结婚,你也得有个伴儿。不然……人受不了。"王珏脸突然就红了,低下头。孙哲也觉得气氛有些尴尬,就抱着吉泰玩花。吉泰开始哼哼唧唧。孙哲突然想起来说:"我得回去了。他下午有游泳课。"王珏一脸惊诧:"他这么小就开始上课?"孙哲:"教育,要从娃娃抓起。身体是革命的本钱。他妈妈给他报的班儿,我负责执行。走了。"

孙哲往门外走,一不小心,外套口袋挂在门把手上,撕了个口子。王珏呀了一声。孙哲也呀了一声。王珏要给他补一下,孙哲忙说不用了,要赶时间。

王珏:"很快的。你这样出门,别人会笑话的。"说着熟练地从十字绣的针线包缠绕的丝线上找出靠近衣服颜色的线，帮着孙哲脱下外套，一针一针给孙哲补口袋。

孙哲笑了："你针线做得真好！我记得以前上学的时候，你就喜欢钩个杯垫什么的，你还给我钩过那种没手指套的手套。"

王珏笑问："你老婆呢？"

孙哲感慨："我认识她这么多年，就没见她拿过针。估计都不晓得线是怎么穿进针的。"

"那你们家扣子掉了袜子破了怎么办？"

"袜子就扔了，扣子……我丈母娘会隔一阵子统一补一下。"

"以后拿这儿来吧，我替你们缝。"

"哎呀，这怎么好意思。"

"受你这么多恩惠，也不能替你做些什么。其实，这也不算什么了，都不好意思说。"王珏把补好的衣服给孙哲穿上。孙哲应着："行，谢谢。"

突然，王珏从孙哲背后，扯着一只袖子，把脸埋在他背上。孙哲吓一跳，回头看看她。王珏也抬起头看着他："你肯吗？"

孙哲慌乱了："什么？"

王珏又问了一遍："你肯吗？"

孙哲还是没明白："肯什么？"

王珏："不结婚，做我的伴儿。"

孙哲犹豫半天，不知说什么，吞吞吐吐地："这个……可能……我……"

王珏幽怨地说："我，不敢信任别人，也怕人家对我好。只有你，我信得过。我什么都不图你的，想都不敢想和你结婚的事儿，我就是，想有个人，说说话，抱抱我，我好久，都没有人抱了。"

孙哲转过身，一只手抱着孩子，一只手轻轻地揽住王珏。王珏的表情，如一股电流击穿她的身体，她就那么，信任地，义无反顾地，闭上眼睛，将头埋在孙哲胸前。

孙哲看了，有些心疼，用些力，将她搂着，对着她的耳朵边，轻语："我要走了，你好好的。"他摸了摸王珏的头，用了些力气推开王珏，走出门。

王珏站在门口，一直目送到孙哲的车启动，走远。

监护完儿子，孙哲又马不停蹄地监护老子。他和静波俩到爸爸那里，一个抱儿子，一个端饭菜，洗衣机里转着刚洗的衣服。孙哲爸毫不领情："我不要吃这个饭。我消化不了。吃了胃酸。"静波问："想喝粥吗？想吃韭菜合子吗？给您找个保姆，保姆立马给您做。"孙哲爸立刻不说话。

孙哲起身要给爸换纸尿裤，孙哲爸生气："我要告你们虐待老人！你们整天整天把我关在家里，让我穿着纸尿裤。"

孙哲："我们够孝顺的了，想给您请保姆，您不让。"

孙哲爸："你要是孝顺，你就应该顺着我的意思，把小周给我请回来！"

孙哲："人都走了，找都找不着了，我怎么给您请啊！"

孙哲爸："我有她电话！"

静波一面扫地，一面寒碜孙哲爸："哟，这些天，你们俩还鸿雁传书啊！我说家里电话费怎么这么高呢！您也矜持点儿，人家也要生活，您天天这样缠着人家，人家东家要轰她的。"

孙哲爸喊："我银行卡呢？我要银行卡。"

孙哲："您要卡有什么用啊？要什么您跟我说，我替您去买。您动都动不了。"

孙哲爸直喊着要现金。孙哲诧异："都说了您要钱有什么用啊？我给您买，您要什么？"孙哲爸张张口："我！我……"还没等想好怎么说，静波一撇嘴说："想给人家塞钱是吧？爸，我告诉您，考验你们真感情的时候到了。她要真不图您钱，无论您手多紧，人家都会惦记您。她要是图您钱呢，您憋着几个月一分钱没有，您看她还跟你眉来眼去不?"

孙哲爸使劲拍轮椅扶手:"那是我的钱!你要是不把卡给我,我就报警!"静波把无线座机推到孙哲爸眼前:"您报,您报!要我给您拨吗?110?您报什么呀?您一瘫痪老人,要求现金卡,把钱支出来给保姆?就因为人家亲了您脸蛋儿?您不好意思说,您说!我又不怕。"

孙哲爸一下就给将军了。

静波也就不再多言,把衣服从洗衣机里掏出来,递给孙哲晒。自己接过孩子。孙哲先把衣架上的衣服收了搁沙发上,然后开始晒衣服,让静波就手把衣服叠了,静波颠着吉泰说:"别叠了,就堆那儿吧!叠完也得抖开了穿。"

孙哲:"那饭今天吃了明天还得吃呢,堆这儿多碍眼啊?顺手的事儿。"

静波火了:"我千手观音啊?两手抱孩子两脚叠衣服?"

孙哲:"脾气那么大干吗?你把孩子放沙发上不就行了吗?"

静波:"你怎么分不清主次呢?孩子要从沙发上滚下去,损失大了!有那点时间干这种无聊的事儿,不如多陪陪孩子了。我一天才能抱他多久啊!难怪你在单位里一直上不去,尽干无用功。"

孙哲立刻不高兴了,仰头晒衣服不吭声。直到收拾利落要出门了,俩人还在怄气。孙哲在门口收拾包,静波抱着孩子,互不说话。

孙哲到门口回头跟他爸说:"爸,明天中午,姐姐来给您送饭。您这样,我们太累了,能找个保姆吗?不能什么都依着您吧?"

孙哲爸头都不抬:"你要嫌累,你可以不来,你姐也可以不来,我饿死都不要紧。"

静波踩上高跟鞋,头都不回地把门给砰上,巨大的声音。孙哲看看她,也不吱声。俩人在路上还赌气,一句话都不说。

静波的车一走,保姆周姐就走进了小区的大门。她在门口等着,等有人进出单元门的时候，就跟着进去。进门的邻居问她去哪儿，她就赔笑脸说去504。人家问她钥匙呢，她说："我没钥匙，家里主人腿脚不好，不能给我开门。"

邻居斜眼看看她，自己上楼去了。周姐跟随后面亦步亦趋，也不敢超过。等邻居进了三楼的门户，她才三步并两脚地快快到老爷子家门口。老头坐轮椅上已经在门口候着了。

孙哲爸向周姐身后看了看问她："你今天怎么没带狗来？"她哼哼唧唧："那个……我换人家了。这家人没狗。"说着席地坐下，就开始给孙哲爸捏脚。孙哲爸问怎么换人家了，是不是人家嫌她了。她又哼哼唧唧："嫌我每天出来时间太长，电话太多，把我给辞了。"

孙哲爸："哎呀，还拖累你。算了，你就不要来了。"

周姐："没事儿。我找活儿，分分钟的事儿。这不，又找了一家。"

孙哲爸："那你刚去人家就往外溜，人家也留不住你呀？"

周姐："我说我去超市买盐。你吃饭了吗？"

孙哲爸："我吃不下。他们都尽着他们的胃口做。儿子也不可能单为我做，他们回去跟我吃的是一样的菜。就一锅煮了。肉也咬不动，菜也不好吃。"

周姐从口袋里掏出个馒头递给孙哲爸："我下午蒸的。我特意问他们家爱吃馒头不，他们是北方人，爱吃，我就蒸了一笼屉，我自己的没舍得吃，给你带出来了。"

孙哲爸感动到心酸："哟，那你还饿着啊？"

周姐："没事儿，我吃你的饭，我不嫌硬。我明天，想法子熬点红豆粥给你送来。"

孙哲爸："你呀，可别这样。回头给人家发现了，说你品行不好。"

周姐叹口气："我真想，过来照顾你，为什么，他们就容不下我呢？他们就是请别的保姆，不也是花钱吗？"

孙哲爸："他们，唉，他们怕你……"

周姐心里清楚："怕我惦记你的钱是吧？哥，我是没本事，没骨气，我不能说我就跟着你，啥都不要。我要是年轻个十几年，我就说。可我现在也是上有老下有小，家里指着我养。有时候想想，人活着，真是受罪，万事，都不能如意。要么就碰上靠不住的男人，要么，就碰上不能被成全的男人。我真没想到，你我都这岁数了，竟然还不能自由。"

孙哲爸叹口气："是啊！小辈们，只为他们自己打算，我们就算是老了，可我们也是人啊，也有感情啊，他们年轻的时候都要自由恋爱，要自己谈，怎么到我们，反倒不能自主了呢？"

周姐："哥，我想给你剪个手指甲，也拉拉你的手。"

孙哲爸："我肚子大，弯不下来。"

周姐："要不，我们再掏个洞吧！"

孙哲爸笑了："那还要纱门干吗呀，直接揭了不就完了？"

周姐也笑了："就还说，是狗掏的？"拿个指甲钳把纱窗给戳个洞，用手掏大些。两只手，就那么很有感情地握在一起。

孙哲爸问她孩子怎么样，周姐说："老大寄宿着，技校，学修车的，想想现在车这么多，该不会失业吧？老二……老二想妈了，老问我什么时候回去。"

孙哲爸有点担心："那你，回去吗？"

周姐："我回去了，你怎么办？"

孙哲爸："你真回去了，我也就死心了。你要不，还是回去吧，跟你孩子在一起。我让他们另给我找个保姆，这样他们也不看着我了，你别到城里来了，我寄钱给你。"

周姐："我不要。钱你自己留着，留着看病，留着买点儿好吃的。我能养活自己。"

孙哲爸："要是，要是我能娶你就好了，咱俩在一块儿，你把小的带到城里来读书，未来日子也好过些。"

周姐："怎么可能呢？咱就别想这美事儿了。哥，我谢谢你，我知道你心里有我。我死，心里都无憾了。想我要什么没什么，也不好看，都这个年纪了，拖两个孩子，还有哥疼我，我的命，不差了。"

孙哲爸："你人好，厚道，就是没我，也会有别的男人看上你的。"

周姐："可我，也不一定能看上别人啊！我给你搓搓手。你手和脚都裂，我看我东家有一种特别好的油，抹了马上就好。我问问他们哪儿买的，我也给你买。"

孙哲爸："别瞎说了，我都不能给你钱，还花你钱。你把钱，都留给孩子吧！以后花钱的地方，还多着呢！"

孙哲走以前已经把饭菜都放在桌子上了。俩人赌了一路的气，回到家，静波看到饭菜就更没好气。孙哲抱过孩子，让静波先吃，吃完了换自己。静波抱怨："不吃了。天天一样的菜，还是冷的。"

孙哲马上说去热热，静波态度强势："我饿着。当减肥了。"孙哲一把拽住要往房间走的静波："走！我带你出去吃。"

两人跑到一家装修精致的川菜饭店，吃到一桌子残羹剩菜。孙哲问静波："好吃吗？"

"好吃。"

"知道这家店叫什么名字吗？"

"没注意。"

孙哲："这家店，叫麻辣诱惑。之所以诱惑，是因为麻辣。可是，你天天吃麻辣，胃受得了吗？大部分时间，你还是得吃一样的家常菜。"

静波看着孙哲，不说话。孙哲也看着静波。静波眼睛有些发虚："你想跟我说什么吧？直说。"

孙哲："你手机设密码了。"

静波："我怕丢了，人家把我信息给盗用。"

孙哲："以前，设密码这些事，你是让我替你干的。"

静波："这……这又不是什么难事。学学就会了。"

孙哲："那你现在，把密码给去掉，再设一遍。"静波突然就不说话了。孙哲说："你设了密码，可你用的是我的生日。"静波眼睛睁大了。孙哲继续说："这么多年，你所有的密码，就只有一个，我的生日。你的银行卡，你的淘宝，你的一号店，你的当当。"静波低下头。孙哲说："我昨天想给你把去美国拍的照片 down 下来让你有空间干别的，发现你有密码了，我一次就试进去了。"

静波立刻怒了："你怎么能!!! 你想怎样!!!"周围人已经看着拍案而起的静波。孙哲静静地看着静波。静波看看孙哲手里熟睡的儿子，不再说话，慢慢坐下来。

孙哲顿了顿："我没看你手机。"静波眼光有些惊讶。孙哲说："我猜想，你既然设了密码，就是有东西不想被我发现；你既然用的是我的生日，就说明那个不想被我发现的东西，不如我在你心里的印迹。静波，我以前就说过，我爱你，爱你，就是给你自由。你心里有我，你就不会离开；你心里没我，我也拴不住。我选择，尊重你。"

静波表情复杂，望着姿势专业地抱着孩子的老公："你……"

孙哲平静地说："始终如一。从我见你那天起，到现在，我从没有变。只是，你的变化，太大。"

静波："我……"

孙哲没有等静波的辩解："我其实，特别喜欢我们刚认识的时候，你的样子，你扎一个马尾辫，直直的黄毛，好像没长大的样子，到哪儿都拉着我的手，跟在我的后面，我和朋友聊天的时候，你就安静地听着，从不说话。问你，你就笑笑。那时候，我说什么，你都一脸惊讶和仰视，那时候，你自行车被偷了，你会哭着来找我，那时候，你第一次跟我回家，脸通红地喊我爸爸妈妈叫叔叔阿姨，那时候，你问我，要是有一天我不在了，你该怎么办……今天的你，已经长大了。大到需要我仰视了。我有时候，很佩服你的果敢，很佩服你与周围关系相处得融洽，也很佩服你的上进，你的坚持不懈。我承认，我没有你那么强大……"

静波安安静静地听。

孙哲却不再往下说了，他突然问："你还要点什么吗？cheese cake 还是酒酿圆子？"

静波轻轻舒口气："孙哲，我都不敢回想，我以前，曾经那样爱过你。很深很深的。我认识你的时候，真像一张白纸啊！可你知道，仰视高山，是因为它的高度，它永远在那儿。你在哪儿？我需要你的时候，你在哪儿？我们俩，第一次买避孕套的时候，你让我去。你知道我站在柜台前的尴尬吗？我们俩第一次去国外旅行，问路的时候你又推着我让我去，他们说的鸟语，我也不懂啊！我们俩在我家被我爹堵在床上的时候，你悄没声穿上衣服溜墙走了，把我丢给我爸一个人面对。你让我爸觉得我遇上的是什么男人啊？毕业的时候，你是分配进银行的，第一天上柜台，你就丢五百块钱，你破了人家连续五年无差错的纪录，你让我心里，有多么恐慌？"

孙哲叹口气："静波，我承认，我有很多事，做得的确不好，伤了你的心。可你该高兴，不是每个人都像你这样，这么适应这个社会的。我，不太会像你那样，跟你的每任老板都打得火热，也不会像你那样那么会争取自己的权利还不会伤别人的颜面，我跟这里那里，总是不太和谐。可我，也有优点吧？如果我一点优点都没有，你早都离开我了。至少，我是爱你的，而且，我给了你其他人都不会给你的空间。不会有男人像我这样，愿意为了让你高兴，让你有发展，离开工作，在家带孩子的。我就算跟人家关系没你那么好，但我凭技术，吃个安稳饭是不成问题的。不必在家里看你脸色，被你呼来喝去。你想想，我为什么愿意？"

静波低下头："对不起。我有对你呼来喝去吗？我改。"

孙哲按住静波的手："你不必改。被老婆呼来喝去并不丢脸，世界上被老婆呼来喝去的人多了去了。上至克林顿或者英女王的丈夫，下至老百姓，谁家都差不多。呼来喝去并不可怕，可怕的是，当你把我呼来喝去的时候，你并没有意识到，我忍你让你，是我爱你，你却在嫌弃我。爱的呼喝，我只当它是打情骂俏。不屑的呼喝，我很受伤。"

静波："对不起。我，我不是故意的，我没意识到。我最近，工作很忙，家里事也多，你爸我老是搞不定，心里烦躁。"

孙哲："无论为什么事，都不要因为你的情绪，影响到我们的家庭生活。"

静波："这，估计，对我很难。我……我努力克制。"

孙哲："有什么事，我们一起面对。你跟我商量，一起想办法。甚至，包括我爸爸。"

静波："你，有什么办法？说给我听听。"

孙哲："你如果觉得烦，你就不要管了。我每天去看我爸，我和我姐商量换班或者请保姆的事，跟老头多沟通沟通，让他知道我们也爱他。这事，交给我吧！你不要问了。"

静波："那你以前，为什么扔给我？"

孙哲："因为你意见多。你喜欢做主。如果我不经你同意把这么重要的事给自己解决了，你会咆哮天庭的。我有时候，是为了不多事，不代表我没有处理的能力。"

静波："好，我看你怎么处理。"

难得的，静波被孙哲拉着手，孙哲手里抱着娃，另一只手牵着老婆。静波另一只手里拎着打包的剩菜。回家。

二十四　一切不正常看起来都如此正常

孙哲敲开旅店里一间房的房门。里面是已经焦躁不安又有些期盼有些紧张的王珏。她看见的孙哲，也是同样的情绪。

孙哲："我……来晚了，先去办了点事。"

王珏："你出来，还方便吗？今儿是周末。"

孙哲："还行。那……我先……"

王珏："嗯，我去帮你放水。"

孙哲湿漉漉地从卫生间探出个头："没浴巾。"王珏手里张开一条浴巾，很安详地等着孙哲。孙哲有些不好意思，走进浴巾里。王珏又用一条面巾，很细心地帮孙哲擦干头发："我帮你吹吹吧！"

孙哲："不用。一会儿自己就干了。"

王珏："吹吹，免得受了凉，头疼。"

孙哲坐床上，裹着浴巾，王珏又细心，又充满爱意地先把风用手试到合适的温度，慢慢摸着孙哲的头，慢慢用吹风机给孙哲吹发。孙哲很享受地，像只猫一样，闭上眼睛。王珏轻声问："她给你吹吗？"孙哲一笑："在我们家，我给她吹。"说完，孙哲觉得自己太寒碜，又加一句："她工作很忙，经常回来的时候都累得扶着墙。她工作上非常厉害，已经是公司的副总了。"

王珏一脸羡慕的表情："多能干的女人呀！我怎么就不能像她那样呢？"

孙哲没有转过脸，只是用手试探着够王珏的手："你有你的好。"

王珏娴熟地关上吹风机，把电线绕好，装进布袋里收拾利落，然后把屋里的窗帘全部拉到暗，灯关上。把自己，很温柔，很依赖地投入孙哲的怀中。孙哲有些犹豫，有些担心，有些不确定地轻轻搂着她。王珏闭着眼睛享受："真好。"

过了一会儿，孙哲主动开灯，跟躺在身边的王珏说："对不起，真的对不起。我……"

王珏连忙安慰孙哲："没事儿，没事儿。我不是非要……我其实，就是喜欢身边，有个男人躺着。我不在意的。"

孙哲赶紧躺好。

俩人都面朝天花板。

王珏突然问："你在家……也这样吗?"孙哲不知怎么回答，怕伤到王珏，犹豫了半天才说："在家，其实，我们现在吧，也很少了。"

王珏很心疼地转过身，摸着孙哲的头："你，是累着了啊!"

孙哲："我? 我还好，我不太累。"

王珏："心累。"

俩人又不说话了。良久，王珏开口："我知道，你心里，其实是怕我。"孙哲不说话，听着王珏说，"你怕我们俩要真是亲近了，有感情了，你甩不掉我。"

孙哲还是不说话。"你多想了。我不会的。我当年没有，现在就更不会了。你和我，是两个世界的人了。你心好，同情我，可怜我，愿意帮助我，我知道。我也从没想过要和你怎么样，谢谢你，陪我走这一段最难的日子。"

孙哲还是不说话。

王珏说："你抱抱我吧! 你抱着我，我就很满足了。"

孙哲转身，温柔地抱着王珏："珏啊，我亏你，太多了。我又为你，做不了什么。"

这个周末，静波带吉泰去了冯莹家。冯莹妈抱着吉泰坐沙发上，偶得把吉泰逗得可欢腾了。静波搬把椅子坐边上跟冯莹妈聊天。冯莹妈感慨："孩子都长这么大了！长势喜人啊！不见孩子，不知道自己老啊！"

静波夸大姨身体好，冯莹妈说："人呀，要接地气，不接地气不长命。能坐绝不躺着，能站绝不坐着。"

静波吓得赶紧站起来，靠墙站着，屏气凝神，"您这说的，哪里是养生啊，您说的是减肥口诀啊！"

冯莹妈："减什么肥呀，我就天天说冯莹，你们别老觉得自个儿胖、难看，你趁现在，赶紧拍照，过两年再看自己，更难看，看过去的照片，妈呀，以前我这么漂亮啊！我们都是这么过来的。你们现在，能吃就放开肚子吃！等你们到我这个年纪，倒是想吃，吃不下了。我年轻的时候，咬核桃，咬啤酒瓶盖儿，现在，米硬点儿，我都咬不动。"

静波叹口气："唉，大姨啊，我知道你说的都是金玉良言啊！可在我这年纪，做不到啊！我不还没看穿呢吗？人生在世，吃穿二字，可就这二字，还不能两全。吃了就穿不了，穿了就不能吃。"

冯莹妈："要我说啊，吃是给自己享受的，穿是给旁人看的。何必为旁人委屈自己？"

冯莹去片了些水果端出来，听到这话，说："妈，话不能这么说。女人穿衣服，也不为旁人好看，自己也好看啊！"又问静波，"哎，孙哲去他爸那儿了？"

静波："嗯。老头真能扛。我发现，现在的保姆，真是厉害啊！拿下一老头儿，轻轻松松的事，关键还能让人家死心塌地至死不渝呢！他爸爸宁可穿纸尿裤，都不肯换个人照顾！"

冯莹正给孩子和妈发水果，忽然就愣住了："那你有没有想过，其实，他们俩还是有联系的？"

静波也警觉起来："怎么联系？"

冯莹分析："你我都谈过恋爱。恋爱这个东西吧，就是你越压制，他越起劲。你真让人家在一起，人家说不定倒自己就分了。我猜想，他俩现在肯定还是交往的。"

静波："肯定！电话不断！"

冯莹想了想，摇头："光电话是不足以让老头有这个动力的。他们应该是见面的。"

"不可能。他们没钥匙，钥匙在我这儿呢！"静波说着突然愣住，"嗯，你说的有可能。孙哲说家里大门的纱窗给野狗刨两个洞，哪是什么野狗啊！是野女人！"

冯莹："不怕贼偷，就怕贼惦记。你家的家产，要是真被人惦记了，你也只能认栽。这种事情又不是你家独创的。多少后妈跟孩子为家产打官司的。"

静波："孙哲爸，又不是什么有钱人！"

冯莹："可在保姆眼里，他就是个有钱人了。你也不想想，这座城市的一套房子，多少人要不吃不喝奋斗一辈子才有啊！更别提以后孩子们就大串小，像穿羊肉串一样就进来了。这一跳，多容易啊！又不费什么力气。"静波又开始生气了。冯莹笑："万一再生个小的，你家吉泰就会有个小叔叔了！人家这个位置就彻底坐牢了！"

静波打住："你别恶心我了，我都……浑身起鸡皮疙瘩！"

冯莹："在这个社会里，一切不正常，都看起来，如此地正常。"

静波："那我该怎么办？"

冯莹："忍着。这社会，唯一锻炼的，就是人的忍耐力。好听的词，就叫宽容。"

静波忍不住又拍桌子了："就因为太宽容了，才有今天一切的不合理，莫名其妙！一屋不扫何以扫天下！不行，我看靠孙哲的怀柔政策，根本不可能有结果，我耗不下去了！关键时刻，还得看我出手！一个心存不善的保姆我都摆不平，我白混这么多年了！她越想得逞我越不能叫她如意！"

冯莹："这啊，这没什么可气的。毕竟是你公公的事，钱你自己又放弃了。你干吗不叫孙哲姐姐去争取呢？你还不如操操你哥哥的心。今天，玩砸了吧？我难得看QQ对一个女人这么专情，不晓得会不会把他这个好开端给毁了。"

夜晚，静波坐在车里，一直观察小区的门。果然，保姆周姐急匆匆走进小区，四处看看，然后尾随他人进了门洞。静波开着车，尾随保姆，到楼下，却发现没车位。保姆已经上楼了，静波却没地方停，她有些急，顺着路一路找过去，停在很远的一个角落里，然后走回来，蹑手蹑脚上楼。

静波是有些气愤，随时准备抓奸的状态。到楼梯转弯处，听见保姆和公公很温馨的谈笑声，这是公公和孩子们在一起没有的。

周姐在说自己二儿子闹出的笑话，正说到"叫他组词，流，流氓，流产……"听到公公大笑着说："这小子！那，老师怎么说？"周姐的声音："老师就让家长去学校跟他谈谈。"

孙哲爸："那你怎么办？你又不能回去。"

周姐："是啊！我给老师打电话，跟老师道歉了，跟他说，小孩子哪懂啊！小孩就是抄字典嘛！不是故意的。"

孙哲爸："唉，我跟你说啊，孩子，还得带在身边。不带在身边，这个教育问题，很麻烦啊！"

周姐："你说的那个教育，都是吃饱饭以后的事，我这还在为吃饭问题发愁呢！你都谈那老远了。来伸右脚，我换只脚给你捏捏。"

孙哲爸："你看你，这段日子，头发都白了。"

周姐："全白最好。"

孙哲爸："那不好。买个染发油吧！我回头跟我儿子说，就说我要的。"

周姐："我不要。要是真能全白了，咱俩看着就般配了。也没人说我是图你的钱了。哎哟！你看，我今天真是！咋先摸的脚？我兜里装着发糕呢，你自己摸，你自己摸。晚上要是饿了，你就吃两口。"周姐站起来，孙哲爸的手从上面的洞里伸出来，并没有伸进保姆的裤兜，却很温柔地在保姆的屁股上摸了一下。周姐咯咯地笑了："你讨厌……"公公也呵呵地笑。

静波，眼睛竟然湿了，她一副认账的表情，静悄悄地走了。

进了家门，孙哲看静波有些怏怏的，忙问今天怎么了，回来这么迟，是不是工作上的事。静波："没有。我开车出去转了一圈，把脑子理一理。"本想这样搪塞过去，孙哲一听，就想岔了，不再问，默默地开始摆饭桌："没吃饭吧？我给你热热。"

静波托着腮在饭桌边沉思。孙哲有些慌，怕静波跟自己摊牌，于是也不吱声，一道一道端菜。放好菜以后，孙哲解下围裙，抱着儿子坐在桌边，看静波。

静波叹了口气。孙哲也不接话。静波说："有件事儿，我想跟你商量。"

孙哲："说吧，我听着呢！"

静波："我……我怕你不同意。"

孙哲："我同意。你只要做了决定，你自己开心，我都同意。你不要考虑我的意见。"

静波："我怎么能不考虑你的意见呢？毕竟是你家的事儿。"

孙哲："啊？我家的事儿？我们已经分开了吗？"

静波才反应过来，点一下孙哲的脑门儿："你脑子里，想什么呢？我是说你爸的事儿！"

孙哲"哦"一声，如释重负。

静波问："你爸的纱门，你换了吗？"孙哲摸不着头脑，只说还没呢，静波平静地说："明天，去换了吧！"

第二天，孙哲、静波、孙哲姐姐、吉泰，还有惶恐的周姐和惶恐的孙哲爸一起坐在孙哲爸的家里。静波主持家庭会议："周姐，今天特地把你叫来，是想问问你。"

周姐已经慌了："我，我什么都不知道啊！我什么都没干啊！"

静波："什么都没干，大门的纱窗上，怎么有两个洞啊？"

周姐："啊？啊？我……我不知道啊！"

孙哲爸："你们别难为周姐，那是我掏的。"

静波："那，您，为什么掏呢？"

孙哲爸："周姐怕我吃不惯孙哲烧的饭，每天晚上给我送点吃的。"

周姐赶紧护老头："那门，不是爷爷掏的，是我掏的。我，我没别的意思，也没带什么东西走。"

静波："还捏脚丫了吧？"

周姐脸顿时红了："我，我是给爷爷，剪脚指甲……"

静波："今天早上，纱门，孙哲已经换过了。我希望你们以后别再掏了。"

周姐特别惶恐："哎哎！"她有些难过，眼泪就要掉下来了。

静波不动声色地说："周姐，我觉得，爸爸这儿，还是需要你的，我已经跟孙哲和姐姐商量过了，今天起，你那边的东家要是方便，你就辞了吧！你愿意过来照顾我们爸爸吗？"

幸福来得如此突然，以至于孙哲爸和周姐呆若木鸡。静波已经忍不住笑了："你们倒是表个态啊！你要是不愿意，我得赶紧给爸爸另找个保姆了。"

周姐和孙哲爸立刻狂点头："愿意，愿意！"

静波看看孙哲姐，孙哲姐把户口本交给静波，还有房产证。静波把这两样东西，交给孙哲爸，却没放手："爸，妈妈去世了，户口也销了。姐姐帮您保管的户口本和房产证，以后就交给您自己保管了。您爱给谁，您爱添谁的名字，我们不问。这是您自己的事，您的自由。"

孙哲爸差点儿没给吓晕过去，还犹豫着要不要接的时候，静波又抽回去，接着说："但，爸爸，我们也要对得起妈妈这一辈子对家的贡献。妈妈在世的时候，说得清清楚楚，她的房子，以后是给姐姐的。您的那一份，您自己做主，但妈的那一份，您不能因为有了周姐

266

就给占了，这样我们做小辈的以后也不好跟妈交代。您能签个协议书吗？我们去公证一下。这个房子的一半所有权，是姐姐的。剩下那一半，您自己分配。您要是答应了，我这就还给您。"

孙哲爸看看孩子，又看看周姐。周姐的头，点得跟鸡啄米一样。孙哲爸："行！小文，也是我亲生的，孙哲妈，一辈子跟我吃苦，到老也没享福，她的心愿，她做主。"

静波先把准备好的契约拿出来，让孙哲爸签上字，然后交给孙哲姐，再把户口本和房产证，交给孙哲爸："那爸，从今天起，我们可能做不到天天地来这儿看您了。这个家，就交给周姐当了。您的退休金，您的医保卡，您的银行账户，我们可都一把交给周姐了。你俩别吵架啊！我们小辈不负责调停。周姐，你也别欺负我爸。虽然你们俩自由恋爱，但我们这些监护人，还是盯着看的。我希望，明年这门上，能贴上五好人家。"

周姐的眼泪滴滴答答掉下来。忽然，周姐就跪下了，把一屋子人都吓着了。她哭着说："大姐，大妹子，大兄弟，我谢谢你们。我谢谢你们。我心里，是真觉得爷爷人好。他现在腿脚不好了，我会当自己亲人一样伺候他的，我给他养老，送终，我守着他，哪儿也不去。我尽量，不给你们添麻烦。我知道，你们都是好人，也不嫌弃我。其实，我真是没骨气，没本事。我要是有本事，我就跟你们说，我只图爷爷的人，钱啊，房子啊，我什么都不要。可我没这个底气。我家里，孩子小，负担重，城里要是有个依靠，我的心，会踏实很多。今天，我拿了你们的东西，我心里，愧得很。我求你们，别嫌弃我，瞧不起我。大妹子，你走在马路上，看到个要饭的，都会给点钱，你就当帮帮身边的人，随手做个慈善了，我心里，谢谢你们，我一定会对爷爷好，好好报答你们的！"

静波赶紧上去扶："快起来快起来，你让我浑身都不自在。以后别叫我大妹子了，这辈分都乱了。我们以后，就喊你周姨，你该喊爷爷哥，你就喊哥，我们听不见，听不见啊！"全家都笑了。

孙哲姐也感动得要落泪："你好生伺候着我爸。我爸活得长，对你也有好处。人好歹退休工资也四五千呢！"

　　周姐抽泣着点头："哎！哎！"

　　孙哲幸福地、嘉许地搂着静波的肩。忍不住，他轻轻地，自愿地，亲了静波一下。静波白他一眼，拍拍他脸蛋。

二十五　鞋不如新，人不如旧

孙哲爸的"私情"终于变成一件全家人都满意的乐事。静波想到了一个人。

她要去找他，和他分享这快乐。于是他们约见在一个会所。

李川奇一边用毛巾擦手，一边听得哈哈大笑。

静波绘声绘色地描述完经过，还一唱三叹地说："你知道吗？她能给我跪下！你想想，这以前，她得多压抑啊！"

李川奇也嘉许地拍了拍静波的肩："早跟你说了，家是讲感情的地方，不是讲理的地方。那你说说，你怎么会转过这道弯的？"

静波："我以前，总站在我婆婆的立场上去想问题，我替我婆婆不值。我觉得你们男人，真是太不要脸了。"

李川奇附和她："嗯，真是哦！真是的！太不要脸了！"

静波开心地笑："可我那天晚上，看到他俩那么愉快地聊天，聊的内容是我们一辈子都不会跟老爸聊的，保姆就那么边聊边给他捏脚。哎，你知道吗？我公公，我公公他还，还摸人家屁股！"

李川奇又哈哈大笑："不太好，是吧？"

静波："我突然就觉得，媳妇啊，真是外人。要是孙哲和他姐姐看到，肯定要气晕了。我看到，我怎么觉得很温馨呢？他爸爸需要的那些，我们做儿女的，真的给不了。婆婆已经去世了，我们为什么不能让活着的爸爸舒心点呢？我心里想，要是婆婆地下有知，要是她真的爱公公，她应该会高兴，有人替她照顾老头儿。所以，我就去做姐姐的思想工作，先把财产给摆平了，剩下的事，就好办了。”

李川奇笑停了，认真起来：“静波啊，你知道，你为什么招人喜欢吗？”

静波面带天真：“为什么？”

李川奇：“你情商高。很多别人看起来一团乱麻的事，你能轻轻巧巧就解决了。你聪明，而且正直，更重要的是，你懂感情，你通人性。你很难让人不喜欢啊！”

静波一边吃着葡萄，一边渴望地望着李市长：“你夸夸我，你再夸夸我！求表扬！我现在特别饥渴这个！你千万别停！我还有什么优点？你能说得再具体点儿吗？”

李川奇又开怀大笑了：“求表扬啊？那太多了，一时半会儿真夸不完。我得以后给你开个专场，个人先进事迹表彰大会！”

静波用很认真的表情顺竿爬：“您的意思，明年的全市劳模，就是我吗？”

李川奇：“呃，这个，我真不能保证，但我吧，我能保证你是我心中的劳模。”

静波：“呸呸呸，净玩虚的，不发奖金。”

李川奇：“奖金，我已经给过你了啊！奖金，它不一定是实物形式的，也不一定是钱，可以是非物质文化遗产嘛！”

静波：“那你得让我感受到啊！你给我留什么遗产了呢？”

李川奇：“我，留给你，一个 rain check。”

静波：“什么是 rain check？”

李川奇：“rain check，相当于一个预期的兑换支票，就是一个承诺。任何时候，在我可以帮助的范围内，只要你需要我，我都会出现在你的身边。这个怎么样？很大的空头支票了吧？”

静波眼睛一亮：“哇！真好！你就是传说中的机器猫，阿拉丁神灯和内裤外穿的超人啊！”

李川奇又哈哈大笑：“超人，超人……但这个超人最近这段时间不能兑现你的芝麻开门。我要去北京学习半年。"

静波愣愣地看着李川奇："你要去长江商学院吗?"

李川奇笑得更开怀,他实在是喜欢眼前这个看起来傻乎乎、实际上一点儿不糊涂的姑娘。确切地说,是孩儿他娘。每次见到她,李川奇无论是淤积于胸的郁闷,还是挣脱不出的牢笼,顿时都松绑。"我不是去商学院,我去党校。"静波笑得牙龈都豁开了:"我以为你去找对象!原来是升官去了!"

李川奇叹口气,不知拿这个口无遮拦的女人怎么办:"学习,不一定升官。说明领导觉得我水平不够,还需要上课。"

静波哼一声说:"只要是上学,都是好事。老祖宗都说了,书中自有黄金屋,书中自有颜如玉。其实,书中还有乌纱帽。"

李川奇又笑。

五个月后的一天。一丫跑到冯莹家,疯狂敲门。门缝一开,一丫就把脚上的两只鞋丢进门,光脚蹦进来:"姐!快!创可贴!"

冯莹以为她伤哪儿了,慌乱地问:"怎么了怎么了?"

"真受罪!脚上穿的这鞋!你们给出出主意!怎么弄吧!"一丫抱怨。

静波走过来,偶得也过来看稀奇。静波拎起地上的鞋:"这鞋,多好看啊!""可不是吗!难看我都扔了。你哥送的礼物,我又不能扔了,穿四回,回回磨脚,每次穿都跟上刑一样痛苦。刚上脚其实很舒服,走五分钟后立马给我难看,恨不能光脚走!"

静波问:"你脚多大?"

"三十八。"

静波一脚踩进去:"你送我啊!我正合适,我正……哎哟,这鞋,名牌啊!你知道多贵吗?我就是裹成小脚,我都得塞进去!"

冯莹一把推开静波:"捣乱。人家的定情物你掺和什么呀!等着,我给你拿酒精擦擦再拿小锤子给你敲敲,敲大点儿就合脚了。"

一丫从身上背的超大双肩包里往外掏衣服："姐，你要的衣服，我给你带来了。"

静波速抢："我试试，我试试！哎！跟我想得一样哎！你太能干了！天哪！还有蕾丝边！比我想得还要好看！"静波进了卫生间，出来的时候咧着嘴手捏着腰，一脸尴尬："就是，就是……腰，我和那麦兜一样没有腰了。"

冯莹替静波捏住衣服的边大喊："吸气！再吸！哎呀，扣不上。算了。你都当妈了，你还想怎样？你还蕾丝边，你打算勾搭谁啊？"

"当妈的就不可以有追求吗？当妈的就不可以有青春吗？当妈的就不能风骚吗……"

一丫和冯莹异口同声告诉她："不能！"

静波："哎，我批判你们俩啊！我可以骚，他们不可以扰嘛！哎哟！我那压压葫芦腰啊！都上哪儿去了？现在这肉扑扑地往外溢，像……像素鸡。"

一丫左右打量："还行吧，不像素鸡，最多像粽子。要不换一件，换这件蓝色的。"

"不，我喜欢这件蕾丝边的，女人！"

冯莹上前，从上往下打量静波，意味深长地说："你非得把自己撑进这件蕾丝边干吗？头发又烫成这样，浑身上下冒春水儿的，有啥思想活动？"

静波就跟鬼心思被看破一样张口结舌："我，我，我干广告的啊！我打扮是名片啊！……我……我……我明天有个活动！"

一丫："什么活动啊？"

静波："我们入选广告创意大赛首轮的五名选手有个颁奖大会。"

冯莹："颁奖大会？谁颁？"

静波："能有谁，我们几个领奖的。"

冯莹："问你谁颁？"

静波支吾着："市里领导。"

冯莹开始起哄，了然地调侃静波："李川奇回来了？"

静波的脸唰地红了。

一丫感叹："半年过得真快啊！"

静波："不到半年，五个月二十六天。"

冯莹打量静波，学着她的腔调说："五个月二十六天——记得真清楚。"她静静看着静波，仿佛什么都看出来了，然后把手中的鞋子递给一丫："试试，差不多干了，也捶过了。"

一丫："你叫我现在穿，都舒服，得走五分钟之后才知道好不好。"

冯莹似有若无地说："这鞋吧，跟男人一样，再好看，再名牌，再喜欢，都得合脚，否则，那就不是你的鞋，不如扔了省得总惦记，穿着又受罪。"

一丫："可不能扔！放在家里供着也养眼啊！"

冯莹看着静波说："再养眼，走路干活，不都得穿舒服的？"

静波知道冯莹在说自己，笑："看透不说透，才是好朋友。是你，这鞋，你舍得扔吗？你要舍得扔，你现在扔出去我看看。"

冯莹给将军了，噎半天没说话。"我……"想半天，"我可能会送出去。免得放我这儿，来个人就惦记想穿走。鞋不如新，人不如旧啊！"

一丫啥都没听懂，仍很高兴地说："我还给你们家娃带了好些衣服，我让师傅特地做的，不然你都买不到这么样子！"

这一天到了。静波把车停在颁奖典礼的会场外，心里五味杂陈。与会者鱼贯而入。她的眼睛，看着进会场的大门方向，却不下车。然后，看见李川奇的车驶入停车场，一众人等上去迎接。李川奇风姿卓越地跟大家寒暄握手。他真是，站也好看坐也好看，笑也好看，不说话都好看。他就是那双又贵，又好，又名牌的……不合脚的鞋子。

静波对着后视镜审视自己，无限怅惘。再看看自己脚上的鞋子——我已经有吉泰了，我已经有孙哲了。我是有鞋的人。

正想着，孙哲的电话到了。他在王珏的店里，王珏抱着吉泰在哄。孙哲手里拿着他的 IPAD 跟静波说话："这个月水电煤我都付了。"静波心不在焉哦。孙哲："你的信用卡要核对一下。"静波依旧哦。"4 号你在 ATM 机上取了五千三，是干什么用的？公款还是私款？"

静波不得已把目光从窗外的李川奇那儿收回来："我……我……我想不起来了。"

"你好好想想。"

李川奇已经入会场。

静波看看表："能回去想吗？我忙。"

"不行，今天是还款日。"

"那就先付了吧，一般不会错。"

"静波，能不能专心些？"

静波有些烦躁："我真的想不起来了。我在开会。"静波把电话挂了，沉静片刻，把车开出会场。

手机又响。静波戴上耳机。老板聒噪的声音炸耳："你怎么还没到啊！会都开始了！李市长都来了！等你领奖呢！快点儿！"

静波犹豫一下："我不去了。鞋不好，走不了路了。"

"啊？那，那怎么办啊……"

静波把电话挂了。李川奇微信到："你在哪儿？没见到你。"静波没有回，开车在马路上狂奔。静谧的树林在车窗外快速向后驰去。静波的泪水肆意流出。

一间有点偏僻的咖啡馆里，冯莹一落座就对静波抱怨起来："我这都忙成这样……你还……还跑那么大远的！"

静波可怜巴巴地看着冯莹，自己的闺密。冯莹立刻收声，头一歪，意思是说吧，我耳朵支着呢！静波开口："那双鞋，我扔了。"

冯莹不得其所踪："哪双？""贵的，名牌。"

冯莹恍然大悟："应该。人，不应该拿不属于自己的东西，拿了也驾驭不好。你和孙哲，多好啊，原配夫妻，不说青梅竹马，但也彼此无猜的……"

静波："有猜。"

冯莹："你不让他猜不就过去了吗？"

静波："不是我，是他。"

冯莹瞪大眼睛。

静波："他跟我核对信用卡。我有一笔钱，想不起为什么花了，顺便翻了翻他的卡。"

冯莹："你发现他包二奶了？"静波摇头。"那你猜什么？"静波拍出一张卡在冯莹面前。冯莹接过去一看，张嘉平的："什么意思？嘉平在外头有人？"

静波："哎呀，跟你们家嘉平没关系。"冯莹舒口长气。

静波："是孙哲。"

冯莹："怎么？"

静波："孙哲每个月固定从嘉平这张卡上支钱。支的位置，就是对面那家花店，看见没？"

冯莹："你怎么能查出来？这是嘉平的卡。密码我都不知道。"

静波扑哧笑了："在我家，查第三类情感很容易。上次孙哲一抓就抓住我，这次同理，一抓我就抓住他。我家，就一个密码，我的生日。我从付费通上发现的。他绑定的这张卡，是嘉平的，我昨晚从他钱包里拿出来的，还给你。你替我，回去问问他。这张卡，第一次支出三万多，已经是大半年以前的事了。"

冯莹对着卡，沉默了半天。她把卡推回去："女人，知道太多不好。我不问。"

静波："都跟你说了，不是你家嘉平的事！"

冯莹表情很奇特："不一定。男人的事，让男人自己处理。除非，那事，已经不得已，推到自己面前。"

静波："你……"

冯莹："走吧！"

曾几何时，那个心无旁骛，带着鲜花，笑靥盈盈去外地看望丈夫，却让惊喜变成惊吓的冯莹，就这样，在日子的锤炼里，收紧翅膀。

冯莹和静波走出咖啡馆。冯莹在前面走，静波叫住她："姐，你等一下。陪我到对面买下花。"冯莹谨慎地警告她："你别生事儿。"

"我就去看看。而且，我下午去机场见客户，我还没写牌子，让花店顺便替我写了。"

两人走进花店。看店的是个小姑娘，看起来瘦瘦小小。冯莹笑了，冲静波一挤眼。意思是：多心了吧？静波问："能帮我写个牌子吗？"小姑娘熟练地打开电脑："可以啊！你要写什么？我们这里也有打字复印业务的。"

静波："我还要一束花。"

小姑娘："好呀！牌子写什么？"

静波开始掏包："你等我查一下邮件啊，名字在邮件里，特复杂。"

小姑娘："姐姐，我们这有 WIFI，密码是 WJSZ1502……"

静波打开 iPad，iPad 自动链接了。显示屏上，是吉泰的照片。小姑娘喊："吉泰！这是吉泰！哎！这是孙哲叔叔的 iPad！"

静波想不明白："你认识孙哲？"

小姑娘点头："是啊！我也认识吉泰！你是他亲戚吗？"听静波说"我是吉泰妈妈"，小姑娘顿时傻了。

静波手里抱着花，冯莹抱着牌子，走出花店，俩人一头雾水。

静波："我原本以为卖花姑娘都跟槟榔西施似的，没想到是个小丫头。我连话都问不出了。"

冯莹更是一头雾水一脸疑云："哎，真是啊！孙哲看上去，肯定不像跟这……会不会是她妈妈？"静波非常自信："拉倒吧！她都这么大了，她妈得多老了？孙哲没这么重口味，昨晚看电视里内衣秀还流鼻血呢！"冯莹扑哧笑了。静波还在描述细节："哎，我一点儿不夸

276

张！是真流，边看，鼻血就突突往外冒！"

冯莹已经笑得不行了："以后别浪费我的时间。好好过日子。别七想八想。""那，那你家这张卡，怎么解释？""说不定俩人做好事，或者发展个三产什么的，补贴家用。你想啊，我家现在人口多，负担重！男人的事，少问，少操心。"

静波听冯莹的话，不问不操心。

这天，她拿着 iPhone 给吉泰拍照片，逗他玩儿。吉泰摇晃着走，喊："爸爸爸爸……"静波用微信打开视频，呼唤孙哲。

孙哲正在王珏的家，很破的一间房子。他在一张小餐桌前看iPad，旁边坐着乖巧的小丽。王珏端着水壶给孙哲续上热水。

视频里的静波对孙哲说："给你个惊喜，听见了吗？"孙哲不明所以。静波激动地说："你儿子喊爸爸。"

孙哲高兴地喊："让我听听！"

静波把手机对着吉泰逗他："宝贝，你刚才说什么？再说一遍。"吉泰天真无邪的笑脸，断断续续地冒出几个字："爸爸爸爸……"

孙哲大笑："你这是喊爸爸呢，还是要拉屄屄啊？"

王珏拿一双袜子来，非常自然又谦卑地蹲在地上给孙哲一只一只套上。孙哲很习惯地翘着一只和另一只脚。

静波逗着吉泰："说，爱爸爸……爱爸爸……问爸爸，你在干吗呀……"

孙哲："爸爸在辅导那天妈妈见到的花房姑娘做功课。满足你的好奇心了？"

静波："吉泰说，向爸爸学习，向爸爸致敬！你爸爸一到周末就学雷锋做好事去了。"

王珏又很自然地拿一件衣服给孙哲披上，屏幕上，露出王珏在孙哲肩膀上揉一下离开的身影。静波面色一变。

她旁边，是吉泰流着口水对着太阳眯起眼睛笑得开心的脸蛋。

图书在版编目（CIP）数据

宝贝／六六著．

武汉：长江文艺出版社，2013.5

ISBN 978-7-5354-6474-3

Ⅰ.①宝…

Ⅱ.①六…

Ⅲ.①长篇小说-中国-当代

Ⅳ.①I247.5

中国版本图书馆 CIP 数据核字（2013）第 046406 号

sina 新浪读书
http://book.sina.com.cn　新浪读书强力推荐！

选题策划：金丽红　黎　波　安波舜
责任编辑：张　维
装帧设计：谷　宇
媒体运营：张　坚　严晶晶
责任印制：张志杰

出　　版： 长江出版传媒 长江文艺出版社	电话：027-87679310	
	传真：027-87679300	
地　　址：湖北省武汉市雄楚大街 268 号湖北出版文化城 B 座 9-11 楼		
邮　　编：430070		
发　　行：北京长江新世纪文化传媒有限公司		
电　　话：010-58678881	传真：010-58677346	
地　　址：北京市朝阳区曙光西里甲 6 号时间国际大厦 A 座 1905 室		
邮　　编：100028		
印　　刷：三河市鑫利来印装有限公司		

开本：700 毫米×1000 毫米	1/16	印张：17.5
版次：2013 年 05 月第 1 版		印次：2013年5月第2次印刷
字数：233 千字		

定价：32.00 元

　　我们承诺保护环境和负责任地使用自然资源。我们将协同我们的纸张供应商，逐步停止使用来自原始森林的纸张印刷书籍。这本书是朝这个目标前进迈进的重要一步。这是一本环境友好型纸张印刷的图书。我们希望广大读者都参与到环境保护的行列中来，认购环境友好型纸张印刷的图书。